「よしよし」
キャロルが手を伸ばすと、
星屑は嫌がりもせず、
自ら嘴を差し出した。

シャム
ユーリ

リリー
キャロル
ミヤロ

「ユーリくんは
私も連れてってくれるつもりなんかなぁ……」

亡びの国の征服者

魔王は世界を征服するようです

2

著

不手折家

イラスト

toi8

Conqueror of the dying kingdom.

CONTENTS

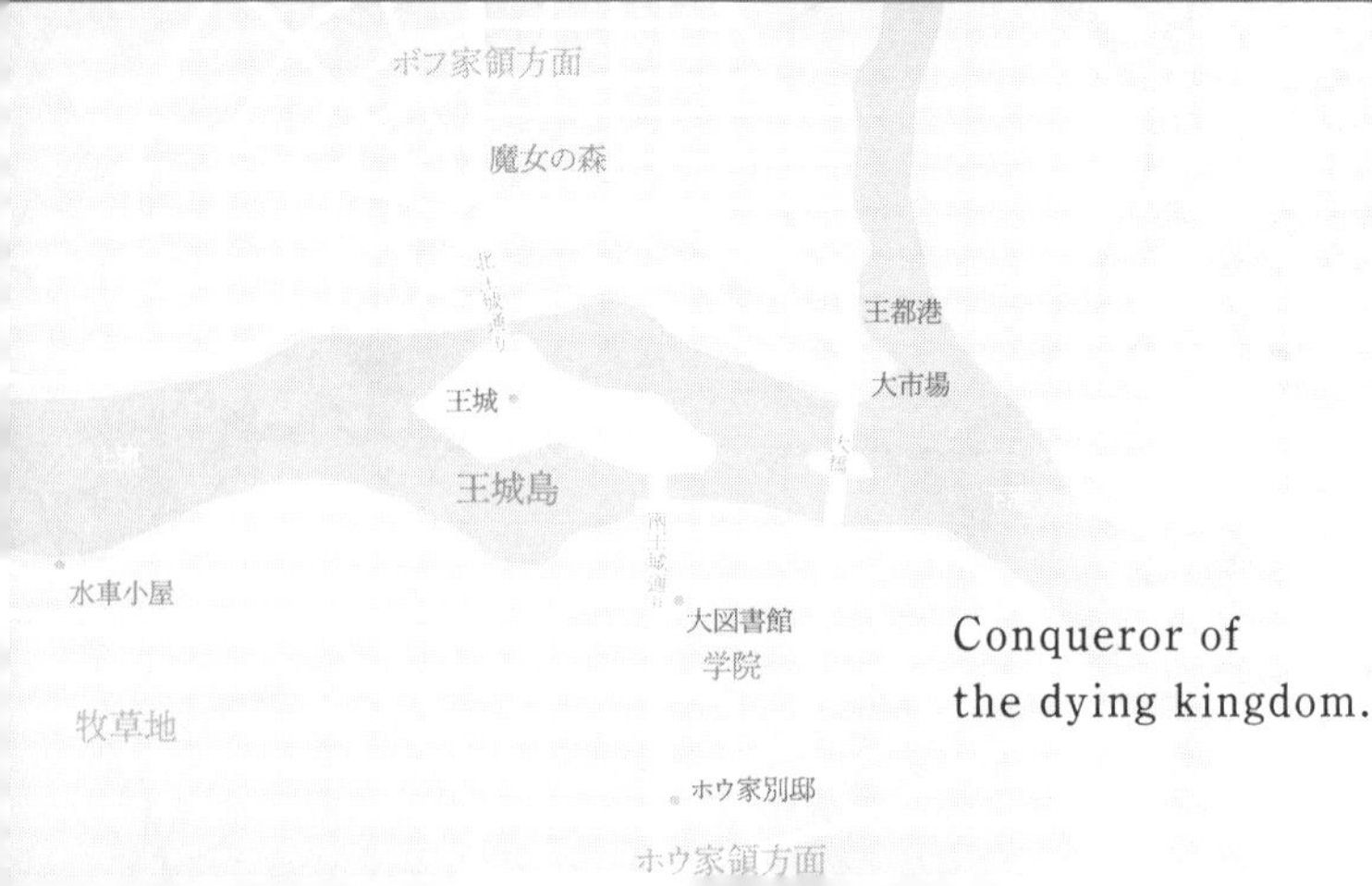

Conqueror of
the dying kingdom. 2

第一章　初講義

Ⅰ

王都をお散歩して、おかしな経緯から王女様を助けてから二日後。始業式も終わり、学院は新年度に突入し、いよいよ講義が始まった。

父親のルークが言った通り、騎士院では午前中の講義は体育、というか実技に充てられるものらしい。


俺たちぴかぴかの一年生は、朝食をとったあと道場のような施設に集められていた。

道場は木造で、柔道場を二つ並べたくらいの大きさになっている。本当はもっと広くしたいのだろうが、柱のない大ホールを木造で造るのは、建築学や構造力学が発展していないので危険なのかもしれない。

騎士院にはこのような施設が幾つもあって、中には数人で借り切って練習する小さな道場もあるようだ。

「よし、では授業を始める！　各自、ここにある木槍《もくやり》を一人一本持て！」

わけも分からず道場に出頭した俺たちに対して、教官と思われる大人は大声で言った。並ばせて訓示を垂れるとかではないのか。

「どうした！　早く取りに来い！」

大声で怒鳴ると、子どもたちがパラパラと動き始めた。教官の後ろにある縦長の木箱から、刺さっている棒を取り始める。

俺もその中に紛れて取りに行った。棒は、片方の先端に大きな丸い綿がついていて、本体に縛り付けられクッションになっている。本当はこの中に鉛を仕込んで穂先の重さを再現するらしいが、軽く振ってみても鉛が入っている感じはしなかった。

年少組の間はこれを使うのかもしれない。クソガキが悪ふざけで他人の頭を思い切りぶっ叩《たた》いたら、重りが入っていたら死んじまうかもしれないもんな。

俺は元の場所に戻って、石突を立てて待機をする格好をした。師匠のソイムに教えられたものだが、かなりの人数が同じような立ち方をしているので、ホウ家だけの文化ではないようだ。逆を言えば、それをしていない者もいる。槍に触れたことが殆《ほとん》どないのだろう。

「よし。では、これより指導を始める。全員壁際に並んで、一人ずつ俺にかかってこい」

えっ。

いきなりそんな稽古から始めるのか？　棒の振り方とかじゃなくて？

「どうした！　さっさと壁際に並べ！」

教官が怒鳴ると、生徒たちは戸惑いながら壁際に寄っていった。

教官は怒鳴っているが、表情を見ると怒っているような様子ではない。恐らく毎年のことなのだろう。

「待て、最初はお前からだ！　こっちへ来い」

そう言って手招きされたのは、俺ではなかった。

「そう、お前だ。名前は……確かキャロルだったな。槍を構えろ」

のっけから自分の国の王女、しかも将来は女王になるかもしれない少女を怒鳴りつけて呼びつけるとは。中々根性の座った教官である。

内心はヒヤヒヤしているのかもしれないが、見上げたものだ。

「わ、わかった。構えればよいのだな」

「返事は〝わかった〟じゃない。〝ハイ〟だ！」

「は、ハイ」

「よし！　では構えろ！　好きなように突きかかってこい」

「はい！」

小気味よく返事をすると、キャロルは構えた槍で突きかかっていった。

キャロルの連続した突きを教官が弾《はじ》き、カンッ、

カンッ、と小気味よい音が道場内に響いた。

教官は三分ほどそれに付き合うと、キャロルの槍を強く弾いて構えを崩した。そして、すぱっと胸元に槍を伸ばし、当たる寸前で止めた。

「二組だ。今言った番号を憶《おぼ》えておけ。よし、次！　そちら側の端にいる者から順番に来い！」

教官が大きな声で言った。どうやら、壁に並んでいる列がそのまま順番になっているようだ。


途中で教官が二人に増え、列の逆側から相手をしはじめた。

それでも、一人につき数分の時間を要すので、ひたすら長かった。ミャロと隣り合っておけば小声で雑談でもできたのだが、こんなことになるとは知らなかったので、離れてしまっている。暇だ。

と思ったら、ミャロが出てきた。棒を持ったミャロが構えると、うーん……彼は初めて槍を持ったのだろうか、と思えるような構え方だった。

「えいっ！」

と声をかけて突きかかったが、教官にいなされてしまった。教官も分かっているのだろう。キャロルのときのように強く槍を弾くと、ミャロの場合は筋力がなさすぎて、槍がどこかに飛んでいってしまうかもしれない。それくらい、ミャロはヒョロかった。

「えいっ！　ハァ、ハァ……」

木槍自体、彼にとっては重いのだろう。ミャロは数分もしないうちに、息があがってしまったようだ。

「よしっ！　四組だ。できれば課外で走り込みなどをして体力を鍛えるように」

「はぁ、はぁ、は、はい……」

ミャロは息も絶え絶えに、壁沿いの列に戻った。

四組は恐らくドンケツに当たる数字だろうな。

できれば、唯一気の合うミャロと一緒に講義を受けたかったが……うーん、四組となると、ちょっとやめておいたほうがいいかもしれない。父親のルークやソイムの耳に入ったら、そんなことはあり得ないので少し妙なことになってしまいそうだ。

ミャロは息を荒らげながら、槍を重そうに持って元の列へと戻っていった。

糞《くそ》DQNのテストは、案の定イノシシのように突進して跳ね除《の》けられて終わったのだが、彼は二組だった。力任せで技術の妙などはなかったが、技術がまったくなかったかというと、どうも父親のガッラに多少は鍛えられたらしく基礎の基礎くらいは身についていたようなので、これで二組となると一組はだいぶ少ないだろう。

そうして、俺の番になった。

「よろしくお願いします」

俺はぺこりとお辞儀をした。その際、目線が相手から切れない程度に浅く頭を下げるのが武人の礼法とされている。それは不意打ちに斬りかかられたとき、とっさに対応するためだ。

それは、常に相手を疑ってかかれという悪い意味ではなく、武人としての心得を守らずして勝負に挑むのは、相手に対して無礼。というような話であるらしい。

「よし、始めろ」

言われたので、俺は木槍を構えた。さーて、どう攻めたもんかな。

そもそもが、この対決はこっちのほうが圧倒的に不利だ。力が弱いのに加えて、子ども用の木槍は長さが短く、腕の長さその他、体のフレームの大きさもすべて相手が上回っているので、単純に間合いの差で相手の体まで槍が届かない。

子どもなんだから当たり前なのだが、その差は埋めがたい。他の生徒は、とにかく槍が胴体に届くように突っかかっていたが、それは無謀で、教官にとっては打ち払うなり、いなすなりできる空間が前に広々とひろがっているので、どうとでも対処できてしまう。

「ハイ」

と返事をしながら、俺はまず持ち手と逆の方に軽く槍を突き入れ、すぐに素早く戻した。さっきから見ていたが、この教官はこの種類の突きには、必ず打ち払うかいなすかで対処をする。

　フェイントに反応して穂先が移動したのを見て、俺は一転、全身を使った最速の突きを槍を持つ右腕に放った。教官が慌てて槍を戻して対処する。防がれるのは分かっていたので、槍を受けられながら低く飛ぶように踏み込んで間合いを潰した。

　これで槍が届く。そこで、教官が蹴りを放った。長柄の武器は足元をチョロチョロされると対処が難しいので、大抵の大人はこうする。ソイムに何度蹴られたことか。

　俺は膝を曲げながら、ダンスを踊るように踵《かかと》を使ってくるりと回って蹴りを避けた。が、肩が抜け切れずに足の端が当たってしまった。若干バランスが崩れ、体勢を立て直すのにワンテンポ遅れる。

　引き寄せた槍を教官の顎下に突き上げるが、体幹が崩れていたので蹴り足に力が入らず、腰の入らない腕だけの攻撃は、簡単に避けられてしまう。

　そして教官の槍が来た。地面を掃くようにして柄が迫り、俺は槍を横にして受けた。体勢が悪く、踏ん張りが利かない。力任せに振るわれた槍を受けると、物凄《ものすご》い膂力《りょりょく》に押し流されるように、俺は体ごとそのまま転がっていってしまった。ゴロゴロと二転した先で、こちらが構え直す前に、一瞬で間を詰められて眼前に槍を伸ばされていた。

「参りました」

「……ホウ家の古参兵にひとしお鍛え上げられたようだな。お前は一組だ。次！」

　俺は床に尻もちをついた状態から立ち上がって、列に向かって歩き出した。

　一組か。それはいいんだが、これは座学の講義のように単位を免除されたりはしないんだろうか？

　内心では期待していたんだけどな。そのへんの仕組みをあらかじめミャロに聞いておけばよかった。

　壁際に戻ると、列を離れて物凄い嫌な奴《やつ》がやってきた。

　ドッラだ。列から離れてこっちに来るとか。無言の了解で列から離れてはいけないという認識が共有されているとは思わないのか。相変わらず頭がぶっ飛んでやがる。

「勝ったと思うなよ。俺はぜってぇ、一組になる。首を洗って覚えとけ」

　馬鹿が意味の分からない馬鹿のような言葉を放つと、ドッラは元の場所に戻っていった。

　教官は見ていたのか見ていなかったのか、すぐに終わったので見逃したのか、咎《とが》めるでもなく何も言わなかった。

　一体なんなんだアイツは。

◇　◇　◇

　騎士院のカリキュラムというのは、基本的に午前は実技、午後は座学となっているらしい。俺は免除を大量に受けた関係で、午後は同級生たちと離れることになる。

　今日の午後は上級算盤《そろばん》の講義だった。残念ながら、ミャロは同じ時間に行われている別の講義に行っているので一緒ではない。ひとりぼっちだ。

　思えば、大学でもぼっち講義は多かったな。

　講義室に入ると、三百人くらい座れる教室に人がいっぱいいた。そろばん教室みたいな小さな講義を想像していたのだが、そうでもない。俺もけっこう早く来たのに、こんなに混んでるのか。まあ、一般科目は教養院のほうからも人が来るから、人が多いのかもしれない。

　俺は適当な席に座った。そして、かばんからマイそろばんを取り出して机に置いた。それでやることがなくなった。

「よう、あんた騎士院の子か？」

　いきなり隣の奴に話しかけられた。そちらを見ると、なかなかのイケメンが座っていた。年の頃は、どうだろう、二十歳前後に見える。

日に焼け、とてもよい体格をしている。俺も騎士院の男たちを何人か見かけたが、良い体格をしている連中はたくさんいるものの、焼けている奴はあんまりいない。

シャン人の肌はなかなか焼けないのだ。普通に屋外労働をしていても、まぁちょっと焼けたかなという程度で、なかなか小麦色にはならない。体質もあるのだろうが、地域柄、紫外線が多くないのが要因と見ている。

「こんにちは。いかにもそうですが」

「俺はハロル・ハレルだ」

ハロル・ハレル。

苗字《みょうじ》は聞いたことがない。つーか、聞いてもいないのに、名乗りおるとは。なんつーか、馴《な》れ馴《な》れしいな。

「僕はユーリ・ホウです」

「おお」

ハロルは大げさに驚いたふりをした。

「ホウ家の跡取り息子か。有名人に出会っちまったな」

どいつもこいつも俺の名を知ってやがる。ちょっと気味が悪いな。自分の力でノーベル賞でも取ったのならともかく、何もしてないのに有名人というのは。

「有名人かどうかは知りませんが」

「あんた、ここには飛び級で来たのか？」

これは免除を受けたのか、という意味だろう。

「ええ、そうです」

「俺は去年から学院の授業を受けてるんだ。親父《おやじ》の跡を継ぐことになったんでね」

去年から？　どういう意味だろう。こいつ、二十歳くらいに見えるけど。

騎士院も教養院も、十歳から入学可ということで、別に二十歳から入学するのもできなくはないらしいが、やっぱり浮くし、俺の年では年齢が違う同級生はいない。去年からというと、どう考えても年代が合わないのだ。よほど年かさになってから入学したことになる。

「失礼ですが、あなたはどちらの学生なんですか？」

「俺は聴講生だよ」

？？？　聴講生とは？

「騎士院でも教養院でもなく、一般人ということですか？」

思えば、彼は制服のようなものを着ていない。まるっきりカジュアルな私服だ。

「知らないのか？　一般から来ている聴講生はたくさんいるんだよ。ここの野郎どもも、半分くらいはそうなんじゃないか」

え、マジで？　そんなの初めて聞いたけど。しかも、半分といえばかなり多い。

なるほど、半分は一般人だったわけか。よく見たら服装も様々だ。

「それってなんか得になるんですか？　資格がもらえたりとか」

「別にそういうもんはねえが……聴講料は安いし、教師の質もいいからな。遠くから来て聴講生をやっている奴も多いぜ」

「純粋に学問のために来ているわけですか」

そりゃまた偉いもんだ。

「そんな大層なもんじゃないさ。俺なんか商人の子だから算盤は覚えなきゃなんないしさ。読み書きもできなきゃ同業者に馬鹿にされちまうだろ？　多少は教養もないと貴族様とも話ができない。お知り合いにもなれないわけだ」

ほほー。

義務教育がないぶん、自主的にこういうところに通って学を身につけるわけだ。家庭教師《ガヴァネス》を雇うよりは安くつくんだろうな。

それに家庭教師《ガヴァネス》なんか雇っても、場合によっちゃ教えられた知識が正しいとは限らない。だけど、ここなら大貴族様と同じ講義を受けているわけだから、知識が正しいか間違っているかは別として、取引先との会話で認識の相違が起こる心配はないわけだ。

「各々必要な講義だけとっているわけですか。じゃあ必修とかもないんですね」

「そういうことになるな」

「なるほど……ところで、ハロルさんのところは商人をやってるって言いましたよね」たしか、商人の子だと言っていた。「どんな商売をやっているんですか？」

「うちは貿易だな。船乗りだ」

「キルヒナのほうに？」

貿易といっても、相手国はキルヒナしかないはずだ。他は全部滅びてしまっている。

「そうだな」

やっぱりバルト海を渡って貿易をしているらしい。あーあって感じだ。キルヒナが滅びたら商売ができなくなる。キルヒナは現在進行形で攻められていて、しかも劣勢なのだから、あまり将来性がある商売とは言えないだろう。

「戦争のほうは大丈夫なんですか？」

と俺が聞くと、ハロルはなんだか嫌なことを思い出したような顔になった。

「あがったりだな」

商売は厳しいらしい。

「そうなんですか……」

俺の認識と違って、キルヒナは風前の灯《ともしび》なのだろうか。

「うちが運んでた商品の産地がトガ領って場所なんだが、潰されちまったからな」

なんだ、キルヒナが滅びる一足先に商売が成り立たなくなったわけか。

「なるほど、そういうわけですか」

「他の商品はまた別の商人のシマになっちまってるから、手は出せないし」

そりゃ大変なこって。

「そりゃ……難しいですね」

倒産寸前の会社を継いだようなもんだ。

この世界には有限責任なんていう良心的な制度はないだろうから、商会が倒産したら丸裸にされるはずだ。丸裸になる前に自分から潰してしまえばそうならずに済むが、長年やってきた家業というのはそう簡単に切り捨てられるようなものではないだろう。

　新しい商品でも開発できればいいんだけどな。

　成功するに決まっている商品のアイデアは幾らでもあるが、彼らは作る側ではなく売る側の人間なので、教えても意味がないだろう。そもそも、そこまでしてやる義理もない。

「それでも、ハレル商会を潰すわけにはいかないからな。俺が頑張らねえと」

　ハロルは切羽詰まった顔をしていた。なにやら責任を感じているらしい。

「まあ、頑張ってください」

　せいぜい頑張れ。陰ながら応援してるさ。

　と思ったとき、ふと考えついた。

「そしたら、クラ語を覚えてクラ人と貿易したらどうですか?」

　シャン人がだめならクラ人と貿易したらいいんじゃないのか。

「クラ人と?」

　ハロルは、はてなという顔になった。

「クラ人のほうは我々を毛嫌いしているそうですが、別にこの国にクラ人と取引しちゃいけないって法があるわけじゃないでしょう。スパイのような真似《まね》をすれば死刑でしょうけど」

「そうなのか?」

「いや、僕は法律家じゃないんで知りませんけどね」

　我ながら、まったく無責任な話である。とはいえ、雑談ついでに思いついただけの話だしな。

「まあ、調べてみるか。だが、商売できるのかな」

「どうでしょうね。最初にツテを作るまでが難しそうですけど。こっちはともかく、向こうはシャン人と貿易するのは禁止でしょうし」

「そうなのか?」

「いや、知りませんけどね。でも、たぶんそうなってると思いますよ」

知らんけど。

だけど、戦争をするとなれば、普通は前段階として国交断絶があるものだ。いわゆる断交である。

それは、こっちの世界でも元の世界でも変わらないだろう。なぜ断交するかといえば、戦争中の国に自国民が旅行や商売に行ったりすると、捕虜や人質にされたり収容所に送られたり、商売の場合は財産を没収されたりと、色々と面倒なことになるからだ。だからあらかじめ国境を封鎖し、人の行き来を禁ずる。

それは当然の措置であるはずなので、こっちの世界では事情が違う、ということはないだろう。

だが、何事にも裏口のようなものはある。儲《もう》けでだけ動く半分ならず者みたいな奴と取引すればいい。これは馬鹿でも考えつくことなので、ハロルも分かっているはずだ。

「でも、よっぽど上手《うま》くやらないと最初のツテを作る前に殺されちゃうかもしれませんね」

その可能性は高そうだ。何事も最初が難しい。

「うーん……」

ハロルは考え込んでいた。

「向こうで捕まったら、問答無用で奴隷にされるらしいからな」

そうなのか。

「軽々しく言ってしまってすみませんでした。やっぱり難しいものですね」

俺の一言でクラ人の島にでも乗り込んで、こいつが奴隷にされたらちょっと夢見が悪いぞ。

「いや、面白い」

「うっ……そうですか?」

「面白いかもしれねぇ」

二度言った。二度言うということは、よほど興味をもったのだろう。自分が言っといてなんだが、やめておいたほうがいいと思うが。

「危ないですよ」

「やってみる価値はある。こちとら海賊の相手は慣れてるしな」

「……そうですか」

海賊というのはクラ人の海賊だろうな。

ハロルが「うん、うん」と頷《うなず》いているうちに、教師が入ってきて授業が始まった。

◇　◇　◇

それから数日して、待望のクラ語講座の日がやってきた。

教室に入ると、他の講義と違って、殆ど人がいない。商人のハロル・ハレルと、俺の付き合いで講義をとったミャロ。その他には五人くらいしかいなかった。

元から人気がないのもあるだろうが、制服の割合を見ると、どうもハロル以外は一般人の参加がないようだ。

この期に及んで、この国の人らは、外国語の必要性をまったく感じていないのだろうか。

そもそもシャン人に国際感覚なんてものは存在しないのかもしれない。クラ人というのは、例えば黒人と白人といったレベルではなく、性交渉しても子どもができないレベルでシャン人とは別人類らしいので、最初から外交しようという発想は芽生えないのかもしれない。

または、九百年間も内輪で、鎖国というか重商主義のような外交をしてきたから、外国語を学ぶという発想がないのかも。

既に講義室に来ていたミャロの隣に座る。

「こんにちは」

と挨拶してきた。

「うん」

といっても、別に話すことはない。朝方にさんざん喋《しゃべ》ったばかりで、話題が特にない。

「よう」

そこで、俺の隣にハロルがどっかりと座った。俺が来たのを見て、席を移動してきたらしい。

「こんにちは」

ミャロがハロルにも挨拶をする。

「そっちの子は誰だい。紹介してくれよ」

「ミャロ・ギュダンヴィエルさんですよ。あ、彼はハロル・ハレルさんです」

「どうも、こんにちは、ハロルさん」

ミャロはにっこりと微笑《ほほえ》んだ。初対面の人用のよそ行きの笑顔という感じだ。

だが、ハロルの反応は極端だった。途端に怖気《おじけ》づいたような顔をした。

「よ、よろしく。ギュダンヴィエルどの」

なにやら恐縮しておる。殿って。

「ハレルというと、ハレル商会の方でしょうか」

知ってるのかミャロ。

「お、おう。いや、はい。お聞きに及ばされて光栄で……」

「普通の話し言葉でけっこうですよ。ユーリくんと同じで、ボクも気にしませんから」

「そ、そうか」

ハロルは明らかにほっとした顔になった。なんだよ。俺のときは最初からタメ口上等って感じだったのに。

「いかにも。いちおう、ハレル商会の跡取りってことになってる」

「ハレル商会って有名なのか？」

とミャロに小声で聞いてみる。ミャロは、俺の耳元に口を近づけて話し始めた。

「大商会とはいえない中堅ですが、マルマセットに商売の邪魔をされて没落しつつあるという話は聞きました。あそこは賄賂を拒む商人に嫌がらせするのが仕事みたいなものですから」

へー。

マルマセットってのは、タチの悪いヤクザみたいだな。そのヤクザの一員が教養院の院長ってところが、これまたタチの悪い冗談みたいだけど。

だとすると、ハロルがミャロに遠慮してたのは、議員の息子（俺）とヤクザの息子（ミャロ）どっちが怖いか、みたいな感じなのか。

「なんの話をしてるんだ」

ハロルは心配そうだ。言っちゃっていいのかな、とミャロを見ると、いたずらっぽく頷いていた。

「たかり屋の被害に遭っているお店だって聞いただけですよ」

「ンム……まァな……」

あながち間違いではないらしく、ハロルは憤懣《ふんまん》やるかたないといった顔をしている。だが、ミャロがいる手前、大っぴらに魔女の悪口は言いかねるのだろう。

「ハロルさんは、どうしてクラ語を?」

ミャロが話題を変えた。

「あ、ああ。こないだこい……この子と」こいつって言いかけたな。「この子と算盤の講義で一緒になったとき、仕事がないならクラ人と貿易すればいいんじゃねえかって言われたんだ。それでな」

「クラ人と……ですか?」

ミャロは少し眉根を寄せていた。ミャロにとってさえ、クラ人と貿易するというのは突飛な発想だったのだろう。

「親父もいい考えだと言っていたからな。早速申し込んで、この講義に来たわけだ」

「ちょっと思いついただけなんだが、なんか問題あるかな?」

気軽にそう訊《き》くと、ミャロは考え込み、少ししたあと口を開いた。

「問題はないと思いますが、いろいろ困難がありますよね」

困難があるという言い方はミャロらしい。

「殺されたりとかな。まあ、それでも構わないらしいけど」

ハロルはうんうんと頷いている。

「それはいいんですが、困難にあたって付随する行為が問題になるかもしれませんね」

「どういうことだ?」

困難にあたって付随する行為?

俺もシャン語は随分と得意になったと思うが、それでも難しいと感じる言い回しであった。

「問題は取引相手を探すまでの間だと思います。

これにはもちろん危険が伴いますが、殺害や拉致を回避するために、ハロルさんは十分な数の武装した私兵を使って退路を確保することを考えるでしょう」

　ミャロは、何も説明せずとも取引相手がならず者になるということは分かっているらしかった。ならず者相手なのだから、自衛の用意をしておくのは当然の措置だろう。私兵と言うと人聞きが悪いが、船員に武装させて守らせるくらいのことは当然やるはずだ。

「それはたぶん、クラ人国家の領土に侵入してやることになりますよね。問題は、そこで私兵を使って暴れ、クラ人を大勢殺害してしまうと、自衛のためとはいえ、見た目の行為は海賊と同じになってしまうことです。海賊罪は死刑なので、運良く逃げ延びても、なにかの拍子にそれが露見してしまうと、こちらで捕まって縛り首になるかもしれません」

　ああ、なるほど。そういう方面から違法になってくるのか。考えもつかなかった。

　まあ、よくよく考えてみたら、ごく普通にヤバいよな。敵性国家に勝手に交渉しに行って、上手くいかなかったから大勢ブチ殺して退却してきました。って絵面になるし。最初の目的は交渉でした、という点で弁護の余地は多少あるけども、極小規模の私的戦争を勝手にやらかしたのと構図は変わらない。

「ああ、そうか……うーん……」

　ハロルはなんだか考えこんでしまった。

「確かに危険ですが、こちら側にないものを仕入れられるわけですから、実入りは大きいかもしれませんね。さすがはユーリくんです」

　なんだか知らんが褒めてもらえた。

「どうだろうな、よく考えたら実際は自殺行為かもしれん」

「野心ある商人というのは、そういった危険なことに挑戦するものでしょう」

　ミャロは当然のことだというふうに言った。

それは確かにそうかもしれない。ハイリスク・ハイリターンの危険な取引に体ごと突っ込んでガッポリ稼ぐか、もしくは権力者に上手く取り入って利権を分けてもらうか、どちらかというイメージがある。ハロルは後者に向かないのは一目瞭然というか、既に嫌われてしまっているようなので、これは前者しかないだろう。

「ところで、クラ語の教師はクラ人らしいですね」

ハロルが黙ってしまったところで、ミャロがぽつりと言った。

「え」

知らなかった。クラ人とかって普通にこの国に住んでるのか。いや、住んでてもおかしくないけど。

「そうなのか、初めて見るな」

「ボクも初めてです」

そうなのか。

「この国にもクラ人って住んでるんだな」

「基本的には居住していませんよ。スパイになったら面白くないですから」

そりゃそうか。

「でもいるんだろ。どんな人たちなんだ?」

「亡命者ですね」

あっ。なるほど。

「あちら側の国に住めなくなった人たちか……でも、普通は東に逃げないか?」

ユーラシア大陸は広い。どうせ異国に逃げ延びるのであれば、東のほうに行けばいいだろう。南、つまりアフリカに逃げてもいい。

どちらにせよ、なにも言葉も通じぬ異人種の、しかも極寒のこの国に来ることはない。

「追手がかかって殺される危険が高い人々が来るようですよ。ここなら追手のかけようがありませんから」

「ああ、それはそうかもな」

確かに、ここならそういう心配はない。

暗殺者を仕向けるにしても、途中にいるのは明らかに見た目の違う異人種なのだから、隠れるにしても難しいし、外は寒いから行軍も厳しいしで、かなり難易度が高いだろう。どこぞに依頼を出して終わり、というような形ではなく、何人もの手《て》練《だれ》を用意して命がけの暗殺団のようなものを結成し、周到に計画して送り出すといった大規模な計画になるだろうし、そしたら人一人殺すのに金が幾ら必要なんだ。という話になる。

「特にヤバい奴らが来るわけか」

どうしようもないので修羅の国に逃げざるをえないみたいな。

「さすがに、罪状を調べて大量殺人とかで追われている人は亡命を許さないようですよ」

「やっぱそうか」

そんな奴を匿《かくま》ったところで、デメリットしかないもんな。

「実際には、政治犯のような人が殆どだそうです。教鞭《きょうべん》を執られる先生は異端者だそうですけど」

異端者。剣呑《けんのん》な響きだ。

「先生はクラ人の宗教者で、三年ほど前に亡命してきたらしいです」

へー。

それにしても、なんでそんなことを知っているんだ？

本当にどこで調べてくるのだろう。

◇　◇　◇

その女性は普通にドアから入ってきて、トコトコと歩くと、教壇に立った。

クラ人だというその人は、見た目はあまりシャン人と変わらなかった。二十歳くらいに見え、少し肌が浅黒い。

シャン人は全員が全員肌の色が薄いので、俺は新鮮な思いがした。十年以上ぶりに見る人種だ。

あえてアピールしているのか、その女性は長い黒髪を耳にひっかけていた。耳の形はシャン人とは違い、ちゃんと耳たぶがあり耳も丸っこい。

もちろん、耳に毛などは生えていない。シャン人の女性と比べて若干背が高く見えるが、これは個人差かもしれないから、クラ人の一般的な体質かどうかは分からない。

　つまりは、まるっきり俺の知っている人間だった。シャン人よりよほど、俺が知っている人類に近い。

　俺もツノが生えた鬼のような人種を想像していたわけではないが、クラ人はシャン人と子どもが作れないほど分類学的に離れているのだから、大分容姿が違うのだろうと思っていた。

　これでは、まるっきり人間と同じだ。子どもが作れないと言われるよりは、作れると言われたほうがずっと腑《ふ》に落ちる。

　なぜ子どもが作れないのだろう？　分類学の生物分類で言えば亜種程度しか離れていなさそうだ。

　顔の作りは少しクラ人とは異質だが、この人は眼鏡をかけているので、むしろ一般的なシャン人より知的に見えた。この国には眼鏡といえるような眼鏡はなく、ルーペや虫眼鏡のようなものを使う。耳と鼻梁《びりょう》で支持するツル型の眼鏡を見たのは、こちらに来て初めてだった。

「イーサ・ヴィーノと申します」

　ぺこりと頭を下げた。

「見ての通り、私はクラ人です。女王陛下の情けを得て、この学院で教鞭を執っています。よろしくお願いします」

　まだシャン語に慣れていないのか、発音のイントネーションに少し違和感があった。

　だが文法は完璧で、文法的な無理は一切ない。イントネーションに難があるということは、クラ語というのはシャン語と発音が大分違うものなのだろうか。

「さて……まず最初に、この講義について二つほど注意事項がありますので、お聞きください」

　なんだろう。

「一つ目の注意事項は、私が教えるクラ語というのは、クラ人の国家全てで通用する言語ではない、

ということです。この講義で教える言語は、正確にはテロル語と呼ばれているものです」

まあ、それは想定していた。

こっちは世界をシャン人とクラ人で二分して考えているが、クラ人のほうはそうではないのだろう。シャン人というのは、世界中に無数にある地域圏の、しかも辺境の一地域に生息する異人種にすぎない。

以前、義伯母のサツキに確認してみたが、この世界でシャン人が最も隆盛していたシャンティラ大皇国の時代でも、シャン人とクラ人以外の第三の人種というのは確認されていなかった。ということは、少なくともユーラシア大陸のシヤルタとキルヒナ王国以外の地域には、すべてクラ人が住んでいるということになる。

ユーラシア大陸全土で通じる統一言語がありますなんて言われたら、逆にびっくりだ。

「つまり、テロル語を学んだからといって、世界中どこに行っても言葉が通じるというわけではありません。ですが、テロル語は何十種とあるクラ語の中でも、最も広範に通じる言語の一つです。そして、シャン人国家を取り巻く周辺地域で話されている言語でもあります。また、非テロル語圏に行っても話者は多く、話者を探せば会話に困るということはないでしょう。つまり、あなたたちが学ぶのにもっともふさわしいクラ語であることは、間違いありません」

前世で言う英語みたいなものか。

いや、違うか。この水準の人類社会では、国際的な流動性はさほどないだろうから、安易に国際言語のように考えるのは危険だ。

残念ながら一地方言語と考えたほうがよいだろう。

「さて……では、二つ目の注意事項をお伝えします。それは、テロル語……もとい、クラ語の習得難度についてです。

クラ語というのは、講義期間の一年間では、とてもではありませんが習得できません。一年間、この学習だけに専心するのなら別ですが、他の学問と並行して学ぶのであれば、五年くらいはかかってしまうと思います。

ですが、私に与えられている講義はこの一コマだけなので、四単位しか皆さんに差し上げられません。

つまり、クラ語の十分な習得を条件に単位を与えるとなると、他の科目と比べて単位あたり五倍ほどの努力を皆さんに強いてしまうことになります。これはとても不公平になりますので、習得は十分でなくとも単位は与えたいと思っていますが、それでもやはり一般的な科目の二倍くらいの努力は必要になってくると思います。

私としてはとても残念ですが、これを聞いて嫌になった方は講義を変更することをお薦めせざるをえません。もちろん、残った方には誠心誠意クラ語をお教えしますし、課外でも習得のお手伝いをさせていただきます」

ふむふむ。

外国語という大きな課題に立ち向かうのに、普通の講義一つ分の単位しか貰《もら》えないというのは厳しいな。初級中級上級と分けて十二単位くらいはくれてもいいのに。そうしたら、腰を据えていっちょやってみるかという連中も現れるだろう。

しかし、五年というのはどうなんだろう。週一コマの授業を五年やるだけで、一から外国語をマスターできるものだろうか。それはちょっと楽観的なような気がする。

俺などは、中学高校の六年に加えて大学でも英語をずっとやってきたが、無理だった。海外旅行をするのに困らない程度の英語は話せたし、時間をかければ論文も英語で書けたが、向こうの研究者と専門的な会話を苦もなくできる、といったレベルに達することはできず、イントネーションにも難が残った。

「それでは、講義を始めたいと思います。まずは、基本的なクラ語とシャン語の違いから解説します。

私もシャン語が完璧ではないので、分からないところがあったら随時質問してください」

講義が始まった。

もったいないことだが、羊皮紙に要点を書き込んでいく。板書もろくにできないのだから不便なものだ。

この講義では、英語を勉強したときの知識が役に立つことが分かった。クラ語、というかテロル語は、ＳＶＯ型の言語であるようだ。シャン語は日本語と同じＳＯＶ型の言語なので、日本語と英語の関係に似ている。

加えて、アクセントの付け方も違った。文法は単純に勉強をすればよいが、アクセントの付け方が違うというのは、非常に厄介なことだ。音の高低で発音を補うような言語に慣れ親しんでしまうと、強く発音する一つの音を他が補うような形の言語には、容易には順応できない。文法かアクセントかのどちらかが同じなら一気に親しみやすくなるはずだが、両方違うとなるとさすがに壁を感じる。

イーサ先生が実際にクラ語を喋ってみせると、ミャロあたりは目を白黒させていた。

一方、ハロルのほうはわりと平然としている。貿易なんて仕事をしていれば、海賊の言葉として聞く機会もあったのかもしれない。

コマ区切りの鐘が鳴ると、講義は終了した。

「それでは、これで講義を終わります。これから一年間よろしくお願いします」

イーサ先生は、ぺこりと頭を下げると、教室から出て行った。

うーん……とりあえず単語帳とか欲しいんだが、どうしたものだろうか。

隣を見ると、ミャロがぽけーっとした顔をしていた。心なしか、煤《すす》けてみえる。

「ミャロ、どうしたんだ」

心配になって声をかけた。

「……ボクには無理かもしれません」

ぽつりと言った。

「そ、そうか」

語学は向き不向きが大きい。

他の勉強はできないのに語学だけは得意で、中学二年くらいで英検一級を取るような奴もいれば、語学留学までしてもモノにならない奴もいる。覚えておいて損はないと思うが、必修ではないのだから無理しなくてもいいと思う。

イーサ先生の言うとおり、損だし。

「……タコかなにかの言葉のようでした」

重症だ。タコの言語とは。

俺も語学はどちらかというと不得手なので、先行き不安ではある。

うーん……まあ、先は長いんだし、のんびりやっていけばいいか。

Ⅱ

ああ、あの夢だ。そう思うと、夢の中でまで沈んだような気持ちになった。

俺はその日、WEBサイトを巡回していて、目についたあるニュース記事を見ていた。それは経済新聞が投資家向けに書いたよくある記事で、とある企業が新商品を開発したというものだった。

その新商品は、特許申請中の新技術が使われた太陽光発電パネルで、メーカーの言い分では素子の改良で発電効率が伸び、さらにパネル表面のフィルムにも特殊な加工が為《な》され、耐候性も良好というものだった。

ゾッとした気分を覚えた俺は、すぐに特許庁に連絡して情報を調べてもらい、神に祈るような気持ちで待った。連絡が来ると、確かに特許は申請されているそうだった。俺が（自分の中では）天才的な閃《ひらめ》きと思い、研究していた新規技術は、企業に先を越されていた。

終わった。

この技術で特許をとり、あわよくばそれを手土産に一部上場メーカーに入社して……と思っていたのに。

そのときの俺は、だらだらとポスドクをやっている、一介の研究者だった。

俺は、特許を先取りされたショックで抜け殻のような顔をしていた。そうして、放心状態のまま、休み明けに研究室に顔を出した。

すると、研究室には俺のパソコンがなかった。

「ごめんねぇ、君が休んでる間に、××君が君のピーシーに水かけちゃってさ、修理に出しといたから」

教授に言われて、俺はなにがあったのか察した。教授が放った一言に、そこはかとない演技臭さを嗅ぎとったからだった。

教授は、研究者としては一人前でも、役者としては落第ものだった。

一瞬、頭のなかが真っ白になり、次の瞬間には脳細胞が一斉に酸化反応を起こしたように熱に浮かされた。別の表現をすれば、怒りで頭が沸騰した。

「あー……そうなんですか。じゃあ今日はやれることないですね」

「悪いねっ」

「いえいえ、××君に気にしないでって言っといてください。落ち込んでいるようなら」

××君はもう三十五にもなる先輩のポスドクで、異常なほど気弱な男だった。

ついでにいえば、俺が特許を先取りされたと思っていた企業は、この研究室に頻繁に出入りしている企業でもある。広いようで狭い業界なので、特にそれが必然とは思わなかったが、パソコンがなくなっていたことで、点と点が繋《つな》がった。

そもそも、ノートパソコンならともかく、デスクトップのパソコンが、水をこぼされたから壊れたというのは、ちょっと状況が想像できない。吸気ファンにホースで水を流し込んだのならともかく、普通ならちょっと水がかかったからといって、壊れたとは思わないだろう。拭いて終わりか、場合によっては俺が留守の間に乾燥することを期待して、電源を抜いておくくらいはするかもしれない。だが、本人に無断で修理に出す、という行動は明らかにおかしい。

　とはいえ、まだ俺の研究が盗まれたと決まったわけではない。証拠もないような状況で騒いだら、もし俺の杞憂《きゆう》が現実だったとしても、ボッコボコに叩かれて放り出されるだけだ。ポスドクの立場なんてものは、吹けば飛ぶようなものなのだから。

　慌てるな、慌てるな。と自分に言い聞かせつつ、机を調べた。

　その大学では研究内容は各々に宛てがわれたパソコンに保存しておくのと同時に、接続してあるサーバーにバックアップを取ることになっている。研究が盗まれたと仮定すると、パソコンのＳＳＤに保管されている研究データは完全に消去されているだろうし、サーバーのバックアップも消去されているだろう。

　もちろん俺にはサーバーのバックアップまで消去するなんてことは不可能だが、教授の管理者権限があれば可能だ。パソコン本体も、バックアップのデータも両方消されてしまったとしたら、俺がその研究をしていたという証拠自体がなくなってしまう。

　だが、俺はＵＳＢに繋いだ小型の外付けＳＳＤにもバックアップを取っていた。

　以前、研究用のパソコンが一つ前の型で、ＨＤＤだった頃、ＨＤＤがぶっ壊れたことがあった。そのとき、バックアップサーバーに接続するパスワードをすっかり忘れてしまい、しかも運悪くサーバー管理者が盲腸で入院していたため、再発行に一週間ほどかかり、その間研究が進まなくなってしまった。

　それ以来、セキュリティ上問題があるとは思いながらも、外付けのＳＳＤにもバックアップを取るように設定をしていた。ちょうど、壊れたノートパソコンからサルベージしたＳＳＤが一個余っていたのだ。

その外付けSSDは、USBハブの一つにくっついたまま、机に入っているはずだ。果たして、その外付けSSDは机のなかに入ったまま、そこにあった。

よかった。

パソコンに直付《じかづ》けではなく、USBハブに繋がっていたのが幸いしたか、見逃されていたのだ。

俺は外付けSSDを回収すると、

「休み中に思いついたことがあって、図書館で調べたいことがあるんですが、今日はなにか急ぎの仕事あったりしますか?」

と教授に聞いた。

いつもなら何かと用事を言いつける教授は「いやぁ〜、大丈夫」と快く許してくれた。

負い目でもあるのか。

「それじゃ、ちょっと行ってきますね」

そう言って、俺は研究室を出て行った。


それから一週間ほどして、俺は学校と企業を相手取って訴訟を起こした。なけなしの金で探偵を雇い、レコーダーで無知を装って様々な言質を集め、企業から教授への謎の顧問料の支払いも暴いてもらい、弁護士に相談し、提訴した。

本来なら、このような裁判で勝ちを拾うことは難しい。盗んだ側は「技術は自主開発した」と言い張るし、それを否定する証拠を集めるのはとても難しいからだ。

だが、俺のケースでは、運良く企業側がミスをしてくれていた。

特許申請の際に提出していたデータの中に、俺が実験で算出したデータとまったく同じものが入っていたのだ。

同じ実験をしたのであれば、似た結果が出てくるのは当たり前だが、閾値《いきち》の小数点以下までまったく同じというのはおかしな話だった。別の実験室で別の実験器具を使ってやったのなら、なおさらおかしい。

ビタ一文払わない構えを見せていた企業も、これには参ったという様子だった。

結果的に、俺は勝てなかったが、負けもしなかった。

示談になったのだ。

大学側と企業側、別々に示談金を貰えることになり、俺はそれで妥協した。

俺は、一生は遊んで暮らせないが、当分は遊んで暮らせる、サラリーマンの生涯賃金の半分くらいの金を手に入れた。

粘って特許を奪っても、どうせ二十年しか持たないのだし、一生遊べる金が入ってくるわけではない。個人ではまともに特許料の徴収ができるとも限らないので、これでいいと思った。

だが、職を失った俺に、世間は冷たかった。

「研究がなかったら、あなたってなんの取り柄もないじゃない。性格も悪いし話もつまらないし、馬鹿みたいね」

家に来た彼女が、家に置いた自分の荷物を集めながら言った。

俺も、まったくその通りだと思った。反論のしようもなかった。俺には友達という友達もいなかったし、性格も悪いし話もつまらない。そして、研究室と揉《も》め事《ごと》を起こして放り出され、正真正銘の無職になってしまった男など、馬鹿みたいなのも確かだった。

同時に、やっぱりそういう風に思われていたのだと思うと、奇妙に傷ついた。

「そうか、じゃあお別れだな」

「そうね。清々するわ」

確かにお前の言うとおりだ、と納得する反面、俺は憤りを覚えてもいた。

こいつは、旅の恥をかき捨てるかのように、捨てた男は幾ら傷つけても構わないと思っているのだろう。人間に優しさという概念があるとすれば、この女ほど優しさから遠い女はないと思った。

人生で初めて女にモテたと思ったら、これだ。

有名大学の研究職だというので誤解でもしていたのだろうか。将来は教授かなにかで、有望株だと。

別にポスドクは未来ある研究職ではない。自主研究で成果を残せなければ、三流大学の講師にもなれず、ただ大学を放り出されるだけの哀れな存在だ。

俺はそれでもついてきてくれるいい女だと勝手に思っていた。馬鹿なことに、勝手に誤解していたのだ。

「清々するか。実は示談金で一生遊んで暮らせる金を貰えたんだけどな。しょうがない、気晴らしに旅行にでも行って、一人で使うとするよ」

俺がそう言うと、示談金を貰ったことを知らなかった彼女は、唖然《あぜん》とした顔をしていた。

俺は彼女をアパートの外に突き飛ばすと、扉を閉めた。

少し胸がスカッとしたあと、すぐに胸糞《むなくそ》が悪くなった。ガキが虚勢を張るように嘘《うそ》をついて、見栄を張って喜ぶなんて、なんて小さい男だ。これじゃ、俺もあのクソみたいな女と同類だ。

自分がどうしようもない底辺に落ちてしまった気がして、イラついて壁を殴った。安い壁紙が割れ、自分のしていることの馬鹿さかげんに腹が立った。

いっそ本当に旅行に行ってやるか。

俺は愛車の250㏄のバイクに服とテントと寝袋を積むと、その日のうちに走りだした。行くあてもなく新潟まで走り、興に乗ってフェリーに乗船し北海道まで行って、三週間後帰ってきた。

帰ったのは自宅が恋しくなったからではなく、国内を旅行するという行為に、急に興が醒《さ》めたのだった。北海道は美しかったが、日本国内を走っているうちは、胸に滞ったモヤモヤは消えなかった。

大学の近くのアパートを解約すると、俺は相続していた亡き祖父の一軒家に引っ越し、荷解《にほど》きもしないうちにバックパッカーに転職した。

羽田から台湾桃園行きの航空便に乗って、そこから旅を始めた。青春時代の焼き直しをするように、そこらじゅうをほっつき歩いた。

台湾から中国に渡りインドからイスラエルに行ってイスタンブルを通ってスペインまで行った。そこからアメリカへ渡って、ロサンゼルス国際空港から日本に帰った。

一年ぶりに自宅に帰り、見たかった世界を思う存分見て回り、旅に満足すると、俺はもうなにもやることがなかった。

ネットとゲームと本の世界に耽溺《たんでき》するような日々を送り、冷蔵庫の中で忘れられた野菜のように、静かに干からび腐っていった。

◇　◇　◇

目が覚めたときには、寮の天井が見えていた。

夢か。

自分の手のひらを見て確認する。白くて小さい手だ。黄色い肌の大人の手ではない。

……ふう。

起き上がると、汗で濡《ぬ》れた服が肌にぺとりとくっつき、気持ちが悪かった。

「大丈夫か？　ずいぶんうなされていたぞ」

隣のベッドから声がかかる。そっちを見ると、キャロルがいた。

一気に目が覚める。というか、青ざめた。

「……なんでここにいる」

「ここが私のベッドだからだ」

ああ、そういえば、そんな話を聞いたことがあったような。もう一人のルームメイトはキャロル殿下であると。

そのときは「ふーん、一応は部屋を用意しただけで、どうせ一度も使いやしないんだろ。部屋が広くて儲けたな」としか思わなかった。

本当に男ばかりの部屋に泊まらせるとは、王城の連中はなにを考えている。馬鹿の集まりか。

しかし、昨日の夜にはこいつはいなかった。ドッラも実家に帰っていなかったので、俺は一人で眠ったはずだ。ということは、キャロルは夜中か朝に来たのだろう。

当のキャロルは、パジャマのような真っ白な上下を着て、ベッドの上で平然と胡座《あぐら》をかいている。ここにいるのが当たり前という顔だ。

いや、こいつのベッドなんだから、当たり前っちゃ当たり前なんだが……。危険だろ。やっぱり、何度考えても当たり前でもなんでもない。止めようとする奴はおらんかったんかい。俺とドッラを安牌《あんぱい》だとでも思っているのか。

……うーん。考えてみれば、ドッラと喧嘩《けんか》する前の俺は、スッゲーよくできた落ち着きのある子で通ってたし、さらに言えば首席だった。そしてドッラはクソガキだが、なにしろ近衛軍幹部の子だ。安牌と思って俺とドッラをルームメイトにしたのか。ドッラの糞ＤＱＮな気性を考えると疑問だが、そこまで調べが回らなかったのかもしれない。

五席までは別の部屋、なんてことをミャロが言っていたが、そんなルールはキャロルの安全と比べればゴミのようなものだろうしな。

外を見ると、まだ夜明け前で、薄暗かった。

胡座のままベッドの上に座ったキャロルは、ふいに、

「それにしても、どんな夢を見ていたのだ」

と聞いてきた。

「……女に振られて旅に出る夢だ」

と正直に答えてやった。

「なんだ？　女に振られると、男は旅に出るのか？」

キャロルは小首をかしげて言う。

この国の文化には、傷心旅行というものはないのだろうか。そういえば聞いたことがない。

「まあ女にフラれただけじゃないんだけどな。仕事をクビになって無職になったら、女のほうにゴ

ミみたいに捨てられたから、なにもかも虚《むな》しくなって旅に出たんだ」

「ふうん……よく分からぬ」

文化が違うのだろうか。クビになって女に捨てられ涙目になって旅に出るなんていうのは、なかなか典型的な話だと思うけどな。

「失業したのは残念だろうが、なんで女に捨てられたのがショックなのだ」

「そりゃ……付き合ってたんだからショックだろ」

「そうか？　むしろ安堵《あんど》するところじゃないのか？」

「安堵？」

この国では女にフラれたらホッとしなきゃならんのか。

理解不能な文化である。

「だって、その女は屑《くず》だろ」

キャロルはバッサリと斬り捨てた。

屑か。


俺も昔はそう考えて憤っていたこともあった。特に北海道にいるときに、事実婚の状態であったから、半分貰う権利がある。などというメールが来たときには。

「でも男は無職なんだから、屑というほどでもないだろ」

「ん？　ああ、そうじゃない」

？　何が違うの？

「結婚相手を選ぶにおいて真っ先に除くべき男のことを屑というのだ。この場合は女だが、女でも基本的には変わらぬだろう」

よく分からん。屑というのは、コイツの中では一種の専門用語なのか。

「お母様は、人となり以外のものを見て、私と結婚したがる男は屑だと言っていた」

「へー」

なんだか得意げだ。毎度思うが、なんで得意げなんだこいつは。

しかし女王陛下はたいへん手厳しいことを言う

方のようだな。将来謁見したとき「あなたは最低の屑ですね」みたいなことを蔑んだ目で言われたらどうしよう。

「なぜだか分かるか?」

「分かんねえな」

「そうか、お前にも分からんか」

だからなんで嬉《うれ》しげなんだよお前は。家訓の由来なんて分かるか。

「そういう男は、美貌でも地位でもいいが、惹《ひ》かれるモノがなくなったら心が離れてしまうのだ。心が離れてしまったら、そいつは女を裏切る。そういう男を夫にしてはいかん」

ぐっ……身につまされる。

というか、なぜか自分が人格攻撃をされているような気分になる。俺のことじゃないのに、なんだか暗に嫌味を言われているような……。

「だが、人となりで結婚する場合はそれはない。王位を失うことはあっても、私が私でなくなることはないからな。私自身が屑にならない限り、裏切られる心配はない」

単純明快な理屈だ。

「まー、それは確かにそうだな」

一理ある。一理どころか、百理くらいあるかもしれない。

「だが、それをたしかめるのは大変なのだ。男は顔や体を見ていても、心を愛してると言うからな」

キャロルは、したりげにウンウンと頷いている。まったく意味分かってないだろ……。

「それにしても妙な夢を見たものだな。まだ女と付き合ったこともないのに、屑な女に引っかかって捨てられる夢を見るとは。小説かなにかでも読んだか」

「よく分かったな」

そういうことにしておくか。

「ふふん」

だからなぜ得意げなのだ。どうだ、私の推測が的中したか。してやったり。みたいな感じか。

「つーか、お前はなんでここにいるんだよ。いくらベッドが用意されているとはいえ、嫁入り前の娘がこんなところに来るもんじゃないぞ」

クソガキに犯されでもしたらどうする。今はまだいいが、あと何年かしたら、本格的に危険になるぞ。

「なんだ、お前もそんなこと言うのか」

きょとんとした顔をしておる。さては他の奴にも同じようなことを言われたな。

「将来の騎士と友誼《ゆうぎ》を深めねば、騎士院に来た意味がないのだ」

「教養院で深めればいいだろ」

「教養院でも深めるさ。どうも、向こうに泊まれとうるさいしな。だが、こちらのほうが、私にとっては重要なのだ」

騎士院のほうが重要と考えているらしい。別に見栄で騎士院に入ったわけではないんだな。

この国も、キルヒナ王国ほどではないが窮地に立たされているわけで、騎士院を重視するというのは間違った判断ではないだろう。

「そうか、まあ頑張ってくれ。俺は顔でも洗ってくる」

「洗ってきたらイッキョクだからな」

？？？

イッキョク？

「イッキョクってなんだよ」

「斗棋《トウギ》に決まってるだろ」

ああ、一局か。あまりに唐突だったから分からんかった。

それにしても、なにが決まっているのだろうか。いつ決まったのだろうか。謎である。

「なぜ俺が」

「寮の評判によるとお前が一番強いらしいからな、今日はお前を倒すために来たんだ。フフン」

……どんな暇人だよ。まあ、ちょっとくらい付き合ってやるのは構わないが。

「まー別にいいけどな……。お前もしかして斗棋《トウギ》めっちゃ好きなタイプか」

「ああ、好きだな、大好きだ」

「そうか」

なんか、そこはかとなくルークと同じ匂いがするな。それが気のせいだったらいいんだが。

第二章　シャムの入学

I

十歳になった私は、学校に入れられることになった。教養院というところらしい。

学校に入らなくても、私はもう先生を持っている。なのに、なんでこの上学校に入らなければならないのだろう。私は、まったく気が進まなかった。


教養院というのは、ユーリが通う騎士院と同じ敷地にある学校で、もっと言えばいつも行っている大図書館の母体になっているような学校だ。

ユーリと同じ学校……ではないけれど、学ぶことの半分は似通っているらしい。

入学の前になにやら席次を決める試験があって、入学の数日前に学校へ赴き、テストを受けることになった。私は制服を身に纏《まと》い、同じ服を着た同い年の子どもたちと同じ問題に取り組んだ。

そのテストには、子どもの頃からお母さんが私に教えこんできた知識が出てきた。対照的に、私が好きでやっている分野の問題はあまり出てこず、出てきてもまったく入門的な内容としか思えない問題ばかりだった。

同じテストに出てくる問題なのだから、これらは世間的には同じレベルの問題なのだろう。ということは、私は一方では門を叩いて一歩目のような問題すら分からず、もう一方では何百歩も先んじているということになる。

お母さんやお父さんも言っていたけれど、どうも私はとても極端な頭脳の持ち主であるらしい。

そして、問題の傾向から考えると、この学校はどうも私の不得意な……というより、興味のないほうの学問を学ぶための場所であるようだ。ますます、入りたくなかった。


それが終わると、翌日には入学式という催しに出席した。テストで優秀だった順番で席が決められ、私は真ん中くらいだった。

実際、分からない問題が多かったので、真ん中に振り分けられたことに対しては屈辱を感じなかった。これが例えば数学一教科の試験であったら、私は涙を流すほど悔しがっただろう。それを考えると、やっぱり私は数学や自然科学以外の学問には興味がないのだと感じる。負けても悔しくないし、勝とうとも、勝ちたいとも思わないのだから。

近くの父兄席には、ユーリとお母さんが並んで座っていた。

式の間、いろいろな肩書の人々が、いろいろなことを喋っていた。私たち生徒の前途がどうのこうの、国の将来を背負って立つがどうのこうの。言葉の意味は理解できるけれど、内容は頭に入ってこなかった。

私は、昨日ユーリに教えられたことを思い出そうとした。天体に大気がない、つまり大気摩擦や断熱圧縮を考えなくてよい単純なモデルで考えると、天体の表面に立って石ころを適切な速度で水平に放り投げると、地面に落ちないまま天体を一周して頭の後ろから帰ってくる。そのとき、もし石ころを避ければ、そのまま延々と天体を回り続ける物体となる。それが月と同じ衛星である。

天体力学とは、なんて美しい学問なのだろう。複雑な力学がバランスし、自然が定めたあるべき形に収斂《しゅうれん》する。それは人間が作った法律のような、不完全で局地的なものではない。星を律する力のはたらきを解き明かす科学なのだ。しかも、それは決して人智《じんち》の外にあるものではない。数学という言語を正しく使えば、人間は宇宙すらも理解できる。この素晴らしさを、なぜ大多数の人たちは解《わか》ろうとしないのだろうか。

ふとユーリのほうを見ると、目が合って、こっちを見ながら小さく手を振ってきた。

世界で唯一の理解者が近くにいる喜びに、思わず顔がほころぶ。

一年前、ユーリが騎士院に入学してからは、私たちはなかなか会えなくなってしまった。これからは少しは、会える機会が増えるだろう。そう思うと、入学したのも悪いことばかりではないのかな、と思う。

ただ、会えなかった時間も、そんなに悪いものではなかった。会えない時間も、彼と離れているわけではなかったからだ。

会えない間、考えて、考えて、すごく深く考えて、突き当たりまで辿《たど》り着いておく。そうしておいて、ユーリが帰ってきたときに質問をすると、ユーリは嬉しそうな顔をして、「いい質問だ」と言って、頭をなでてくれるのだ。そうすると、むず痒《がゆ》いような、くすぐったいような、認められて嬉しい気持ちが、体じゅういっぱいに広がる。

そして、そのあとには決まって、停滞を打ち破る鍵を教えてくれるのだ。そうすると、会えなかった時間が埋まった感じがする。寂しくなくなる。

壇上では、何が面白いのか、何を意味して、何を教えたいのかよく分からない話が、延々と続いていた。そうして、男子生徒と女子生徒が壇上に上がり、何かの宣誓をして、女王陛下の手の甲に口づけをした。

これは、お母さんが言ってたやつだ。お母さんは、この役をする子は光栄で、ユーリは去年あれをやったのだ。と言っていた。だから頑張れと。だけど、結局、私は先頭から遠く離れ、こんなところに座っている。

私は、お母さんの期待には応えられなかった。

でも、いいのだ。

ユーリはいつも褒めてくれるのだから。

◇　◇　◇

ようやく式が終わったとき、私は勝手に耳に入ってくる意味のない話を散々聞かされたせいで、とてもうんざりした気分になっていた。

椅子に座ったまま、嫌な意味でへとへとになっていると、すぐにユーリが近づいてきて手を差し伸べてくれた。

「大丈夫か？」

「……はい」

私はユーリの手を借りて、椅子から立った。

「次は入寮でしたっけ」

「いや、まだ間があるから、食事をしてからだな。店も予約してあるんだ」

ああ、そうか。入寮まではまだ時間があるんだ。

私は寮に入るというのが、これも嫌で嫌で仕方がなかった。知らない人と同じ部屋で暮らすなんて、想像もつかない。

これについては、ユーリだって上手くいかなかったらしい。ああ、そうだ。去年の今日、ユーリはうちに帰ってきちゃったんだった。とてつもなく粗暴な原始人みたいな人と一緒になってしまい、喧嘩をして追い出されたのだ。

「ユーリ、大丈夫でしょうか」

私は心配になって、思わず尋ねた。

「なにが？」

「去年、ユーリが喧嘩した相手みたいな人が同居人だったら、私、どうしたらいいか分かりません」

私がそう言うと、ユーリはぶっと吹き出した。

「ぶはっ……ハハハッ……くっ、ククク……」

私はそんなに面白いことを言っただろうか。

ユーリは、なかなか笑いが収まらないようで、他人の目がなかったらお腹《なか》を抱えて笑い転げそうな勢いで面白がっている。必死に口を覆って、口どころか鼻まで塞いで、呼吸を止めてまで必死に笑いを噛《か》み殺していた。

こんなにユーリが笑っているところを見るのは初めてだ。

「フフッ、ユーリ、笑い事じゃないですよ」

釣られてちょっとおかしくなってしまいながら、私はユーリに言った。

「はぁはぁ……はーっ、ふーっ。落ち着け、面白くない、そんなに面白くないって……っ」

なんだか息を整えている。

「クックック……」

「ちょっと、酷《ひど》いですよ。私は本気で心配しているのに」

「ふーーーっ。大丈夫だよ。ふふっ、あんなやろ……奴は教養院にはいない。こっちだけに稀《まれ》に現れる馬鹿だからな」

「そうなんですか」

「ああ。そうだな……奴が教養院にいるなんてのは、モグラが空を飛んでるくらいありえない。奴はそういう動物だから、教養院に生息している可能性はゼロだ。安心していい」

ああ、そうなんだ。

つまりは住む世界が違うから心配いらないということらしい。それなら安心かな。

◇　◇　◇

ユーリにエスコートされながら、王城を離れると、私たちは馬車に乗ってレストランに向かった。

レストランはとても高級そうなところで、私たちが個室の席に座ると、来店の時間をあらかじめ告げてあったのか、すぐに料理が出てきた。

私は、家で食べるのとは違った味付けの料理を、ぱくぱくと食べてゆく。これはこれで美味《おい》しい。お腹も空《す》いていたので、いくらでも入りそうだった。

「………」

と、そんな私をお母さんがじっと見ていることに気づく。

「なに？」

「大丈夫かしらねぇ」

お母さんは手を頬に当てて、心配そうな顔をしていた。

「なにが？」

と聞き返すと、

「……はぁー」

ため息をつかれた。なんなのだ。

「別に、汚らしい食べ方ってわけじゃないんですから」

ユーリが助け船を出してくれた。どうも、食べ方がまずかったようだ。

……といっても、いつもどおりだけど。

「でもねぇ……」

「いいんですよ。そもそも、魔女家の気取ったような連中と仲良くなる必要はありません」

ちょっと何を言ってるのか理解できなかった。

「そうはいってもねぇ」

「もしかして、いじめとか心配してます？」

「まぁねぇ、ないわけではないから」

いじめ……いじめってなんだろう？

昔、うちにいた猫のしっぽを引っ張ってたら、いじめちゃだめと言われたけど、そういうことをしないか心配なのだろうか。

私だって、あのときは引っ掻《か》かれて懲りたし、そんなことを心配しないでほしい。

「言うのを忘れてましたが、シャムのことは殿下に頼んでおきましたから」

「えっ、キャロル殿下に？」

「借りを作ったわけではないので、ご心配なく。代わりに僕の方も頼みを引き受けましたから」

「そんなこと、心配してないわよぉ」

「まあ、殿下もあれで教養院では上手くやっているようですから。頼んでおけば何かと力になってくれるでしょう」

「それはそうね。私もこれでやっと安心できるわ。ユーリくん、気にかけてくれてありがとうね」

なんだか分からないが、ユーリが誰かに私のことを頼んでおいてくれたらしい。

その人がルームメイトになるのかな？　ユーリの紹介なら安心だ。

◇　◇　◇

一旦家に帰ってから、今度はユーリと二人だけで馬車に乗って、学校へ向かった。

そのときになっても、私は不安でしょうがなかった。心配で、馬車の中で何度もユーリに話しかけたけれども、帰ってくる答えはいつも「大丈夫」だった。

学校に着くと、みんなで馬車を降りた。なんだか、いまだに寮に入るのが嫌で、体がむずむずした。

降りたところには、同じように馬車がたくさん停《と》まっていて、同級生っぽい子たちがたくさんいた。みんな、自分と同じ意匠の真新しい制服を着ている。

「遅かったな」

そこで、おもむろに話しかけてきたのは、女の人だった。

透き通るような薄い黄色の髪をしていて、それが背中まで伸びている。なんだか、風に揺れる小麦畑のような髪の毛だった。瞳も、なにか深い海を覗《のぞ》き込んだような色をしている。

彼女はとても凛《りん》とした雰囲気を纏っていて、堂々とその場に立っていた。

なんて綺麗《きれい》な人だろう。同じ制服を着ているんだけど、先輩ってことになるのかな。

「ちょっと母親との食事が長引いちまってな。今日で一応はお別れってことになるし」

「そうか……それなら仕方ない」

なんだかやけに親しげだ。どうも、彼女はユーリの友達のようだ。

「こんにちは、ユーリくん」

金髪の女性の隣にいて、続いて声をかけてきたのは、ユーリと同じ制服を着た人だった。

ユーリと比べると、体の線がとても細い。物腰がとても柔らかだ。とても整った顔立ちをしているし、最初は女の人かなと思ったけど、髪の毛が短く、ユーリと同じ男物の制服を着ているので、そうではないと気づいた。

　ホウ家の領で見る男性といえば、武芸者や兵士のような人たちばかりなので、こういう男性もいるのかと新鮮な気分だった。

「……お前は、なんでここにいるんだ」

　ユーリはちょっと訝《いぶか》しげにその人を見た。

「ユーリくんの従妹《いとこ》さんがご入学されると聞きまして。お顔を拝見しようかと」

「マメな野郎だな」

「そこの彼女が従妹さんですよね」

「そうだよ」

「シャ、シャムです。よろしくお願いします」

　私はぺこりと頭を下げて挨拶した。

「うん、よろしくね。ボクはミャロといいます」

「よろしくお願いします」

　緊張して、思わず「よろしくお願いします」を二度繰り返してしまった。恥ずかしい。変に思われただろうか？

　ミャロさんはそんな私をおかしがるふうもなく、ニコニコと私を見ていた。

「こいつはただシャムを見物しに来ただけだから、どうでもいい」

「ひどい」

　ずいぶんな言いようなのに、ミャロさんはなんだか嬉しそうだった。ユーリに気が置けないふうに扱ってもらえることが、嬉しいという感じ。どういう関係なんだろう。

「シャムに紹介したいのはこっちだ」

「キャロルだ。よろしくな」

　キャロルと名乗った女の人は、片手を差し出して握手を求めてきた。

　私は、その手を握る。細くて綺麗な手なのに、手のひらの皮は少し硬かった。かちかちに硬くなってささくれだった皮が、私の手に刺さって、少しチクリとした。

　ユーリの手と似ている。槍を日々握って、鍛えている人の手だ。

「よろしくお願いします。シャムです」

「シャムちゃんか。従兄《いとこ》と違って素直で可愛《かわい》い子だな。これでこそ好感が持てるというものだ」

「嫌味か」

ユーリは面白そうに笑いながら言う。嫌味か、なんて言った割には、ぜんぜん嫌がっていない。なんだか面白いな。

この二人に対するユーリの態度は、私に対する態度とも、家族に対する態度とも違って、なんだかすごくあけすけだ。余計な気遣いがない気がする。

これが友達ってやつなんだろうか？　私にも、こういう友達が作れるのだろうか。

「それにしても、ほんとにちっちゃくて可愛いなぁ」

キャロルさんは握手をしたまま、私の手をぎゅっと握りつつ、空いた手で頭をなでなでしてきた。

私はちっちゃいのだろうか。確かに、午前の入学式で一緒に座っていた人たちは、考えてみれば私と同年齢にもかかわらず、私よりだいぶ背が高かった気がする。

それにしても、すっごい頭をなでなでしてくる。ちょっとしつこい。

「そのくらいにしとけ。猫かなにかじゃないんだから」

「う……そうだな」

キャロルさんは、やっと私の頭から手を離してくれた。

今度はユーリが私の頭に触った。ささささっと私の髪を整える。なんだかくすぐったかった。

髪を整え終わると、

「それじゃ、頼むぞ」

と、ユーリはキャロルさんの肩をぽんと叩いた。

「分かった。それより、礼のほうは承知しているんだろうな？」

「分かってるって。あーほんとは乗せたくないんだけどなー、しょーがないなー」

「ふふふ、絶対に乗せてもらうからな」

「殿下をまんまと……」

という声が、ミャロさんの口から聞こえてきた。

「それじゃ、よろしくな」

「任せておけ」

キャロルさんはそう言うと、私の手を取った。

ユーリは、私に背を向ける。このままどっか行っちゃいそうな感じだ。

「ユーリは行かないんですか？」

「えっ、俺が行ったらぶっ殺されるだろ」

え。

こ、殺されるの？

「シャムちゃん、白樺《しらかば》寮には男の人は入れないんだよ」

ミャロさんが言った。

頭が真っ白になった。

ユーリは入れない？　なら、これからどこで会えばいいのだろう。領にいた頃のように同じ建物で暮らすわけではないことは知っていたけれど、寮の中で会えもしないなんて。

「不安に思うことはないぞ。私がついているからな」

キャロルさんが言った。

なんの慰めにもならない……。

◇　◇　◇

ユーリと別れ、キャロルさんに手を引かれて向かった先は、やたらと大きな建物だった。石と煉《れん》瓦《が》が山のように積まれた建物で、壁には大量に窓がついている。領にある本邸より大きいかもしれない。これが寮だとすれば、一体何人が住んでいるのだろう。

人がたくさん歩く通りを、手を引かれながらてくてくと歩く。

「ごきげんよう、キャロルさま」

と、通りすがりの人たちは一様に型にはめたような挨拶をしてきた。

「ごきげんよう、キャロルさま」

会う人会う人がそう言って、こちらに会釈をしてくる。顔を合わせたらそういう挨拶をする仕組みなのかな？

同じような挨拶は、そこらじゅうで行われていた。けれど、歩いてるだけで全員に挨拶されるなんて人は、どうもキャロルさんだけのようだ。

なんだか変な感じだ。

ずっと昔、お父さんが生きていた頃は、お父さんと一緒に家に帰ると、衛兵や召使いたちが同じように挨拶していた。ゴキゲンヨウではないけれど、お疲れ様です、とか、おかえりなさいませ、とか言われていた。

今はお母さんやルークさんが挨拶されているけど、それと同じに見える。

あれだ、寮の主《あるじ》みたいな感じなんだ。

でも、中にはキャロルさんよりだいぶ体が大きい、大人みたいな学生もいる。私と同じ服を、年齢差があるので大きさはまちまちだけれども、みんなきっちりと着ている。その人たちも、キャロルさんには腰を折って「ごきげんよう」と挨拶していた。

キャロルさんは、その挨拶に、いちいち「うん」とか「おはよう」とか返している。

なんだか凄《すご》いな。

「ここでは基本、あーいうふうに、ごきげんようと言っておけばいい」

ゴキゲンヨウって言っておけばいいんだ。

「分かりました」

そんな言葉初めて聞いたんだけど、たぶんこの寮の人々特有の挨拶かなにかなのだろう。

ゴキゲンヨウ、ゴキゲンヨウ。

オハヨーと比べるとやけに長いから、朝から何度も言うのは辛《つら》いかもしれない。

「ごきげんよう、キャロルさま」

試しに言ってみると、キャロルさんはぷっと吹き出した。

「フフ、その調子だ」

「なにかおかしかったですか？」

「いや、おかしくはないが、ユーリの従妹に言われたと思うと、面白くて」

なにがおもしろポイントだったのだろう……。

そのまま寮の大きな扉をくぐって、奥のほうに行くと、なんだか開けた空間に出た。吹き抜けの天井から、天然の陽光が差し込んでいる。どうも、建物の真ん中がくり抜かれているようだ。

くり抜かれた部分は、緑地庭園になっていて、ちょっとした森ができている。背の高い木は、全部シラカバだ。その根元には、鮮やかな花が咲く低木が生えている。植物の緑色が、石の世界に映えて見えた。

庭園前の大きなロビーのような場所には、人だかりができている。なんだか大きな木の板でできた看板が貼り出されているらしい。

「すまない、通してくれ」

そう言いながらキャロルさんが人だかりに入ると、ささっと避けるように道が開けた。

すごい。

やはりキャロルさんは、ここでは特別な存在のようだ。

「えーっと、どこだろ……。よし、ちゃんとなってるな」

と一人で言うと、私の手を引きながら、また歩き始めた。


階段を幾つか上って三階まで行くと、キャロルさんはとある部屋の前で止まった。

「今日からここがシャムちゃんの部屋だ」

キャロルさんはコンコンと部屋をノックした。

「どーぞー」

と間延びした声が返ってくる。キャロルさんがドアを開け、中に入ってみると、そこは二段ベッドのある小さな部屋だった。田舎のお屋敷にある、私の自室と同じくらいの広さの部屋だ。

ベッドの横には小さなクローゼットと、二台の机がある。一つの机はまっさらでなにも載ってい

ない机で、もう一つのほうには既に人が座ってい
た。

その机にはメチャクチャにものが積まれていて、ごちゃごちゃだった。まるで、家にある私の机みたいだ。お母さんにいつも「掃除しなさい」と言われる、あれだ。

「リリー。話していた子だ」

「うん」

リリーと呼ばれたその人は、制服の前に分厚いエプロンをつけていた。

「かわいらしい子やねぇ」

椅子に座ったたまま、私を見て柔らかに言った。

なんだか穏やかそうな人だ。穏やかなのは、激しいよりもずっといい。

ちょっと山の背の方言があって、私やキャロルさんより幾らか年上に見えた。

「まー、仲良くやろー」

ひらひらと手を振ってきた。

「よろしくお願いします」

私はぺこりと頭を下げた。この人となら、上手くやっていけるかもしれない。そんなに怖くない。

「礼儀正しい子やねー。殿下がおーげさに言うから、心配してもーたよぉ」

リリーさんはなんだかほっとしている様子だった。私はどんな人間だと思われていたのだろう。といっても、私のほうも会ってもいない同室の人を恐れていたわけだけど。

「私も今日、初めて会ったんだ」

「そーなんかぁ。じゃあ、ユーリくんはよっぽど心配性なんやねぇ」

「ほんとにな。なんだかこの子は自分の数倍頭がいい大天才だから、馬鹿どもに汚染されるのが怖いみたいなことを言っていたぞ」

ユーリは何を言ってるんだろう。そんなことを言って回っているのだろうか。

そんなわけないのに。

ユーリはよく「俺のほうが一年長く生きてるからな」なんて言ってごまかすけど、出会って三年

経《た》った今でも、初めて会ったときのユーリのレベルに辿り着いているようには、とても思えない。一年どころか、百年くらい差がついているような気がする。

　ということは、私より百倍頭がいいとしか、説明できないのだ。私がユーリより頭がいいなんてことは、論理的にありえない。

「ユーリくんよりずっと頭がええなんて、すごい子やなぁ」

「そんなわけないです」

　私は否定した。

「まー、冷静に考えたらそうかもなぁ。ユーリくんみたいな子がポコポコ生まれたら、どんだけーって話やし」

　納得してくれたようだ。よかった。

　どんだけーって言葉は初めて聞いたけど。今日は初めて聞く言葉が多い。ゴキゲンヨウ、ドンダケー。どういう意味なんだろ。

「あんなのは一人で十分だ。シャムちゃんは似なくてよかった」

「そうかなぁ。面白そうな子ぉやと思うけど」

「会ってみれば分かるぞ。なんとも捻《ひね》くれてる。あれで有能だから始末が悪い」

　酷い言われようだ。褒めてるんだか貶《けな》してるんだか分からない。でも、ユーリに捻くれてるところなんてないと思うけど。

「講義のコマが合わないんよなぁ」

　リリーさんは残念そうだ。

「すまん、話の途中で悪いが、ちょっと失礼するよ。この子に寮を案内してあげないと」

「え、それも殿下がやるのん？　いつも忙しそーにしとるのに」

「奴との約束だからな。ちゃんとやっておかないと」

「そっかー。特別なんやねぇ」

　リリーさんはニヤニヤしている。

「特別ではないが、奴が頼み事をしてくるなんて、初めてのことだからな」

ユーリはキャロルさんに、無理に頼み事したのかな。なんだか申し訳なくなる。

「それが特別っていうんやんかぁ」

「いわない」

「だって、義理で仕方なくやっとるだけやったら、そこまでやんないんやないの～？」

「アホなことを言うな。これは単なる取引だ」

「へぇ～、どんな取引をしたん？」

リリーさんは興味津々のようだ。

「……行ってくる」

キャロルさんはリリーさんの問いには答えず、私の手を引っ張って部屋を出た。

「シャムちゃん、またな～」

扉の向こうから声が聞こえた。


それから、階段を上ったり下りたりしながら色々な場所を案内された。洗濯室、お風呂場、炊場、水場、井戸、売店、といろいろな施設があった。


どこへ行ってもキャロルさんは注目の的で、通ろうとすれば向こうから道を空けてくれた。

「ここが売店だな。ご飯が足りなかったら、ここでお菓子でも買うといい。日持ちする焼き菓子しかないけど」

「はい、そうします」

ホウ家では、男の人たちはお菓子をあまり食べないし、お母さんもそれほど好んで食べないので、そういったものを食べる習慣が殆《ほとん》どなかった。

王都とホウ家領ではいろんなものが違う。王都ではお菓子が頻繁に出されるし、製法に工夫が凝らされているのか、とても美味しい。街を眺めると女性が好みそうな喫茶店がたくさんある。そういったものを見ると、文化人類学にはあまり興味はないけれど、女性の支配する街というのは随分とカタチが変わるものなのだなと感じる。

お母さんによると、この白樺寮は、その中でも女性の文化の醸成地みたいなところらしい。上手く馴染《なじ》めるといいけれど。

私は、キャロルさんに手を引かれて次の場所に向かった。

「ここが食堂。生徒の数を考えると少し小さいけれど、各階で鐘を鳴らす時間をずらしているから、あんまり混まないようになっている」

十分大きいように思えるけど、これでも小さいらしい。

「どうしてもお腹が空いたときは、前の鐘のときに食べても怒られないから」

「そうなんですか」

「まあ、詳しい生活の取り決めはリリーに聞くといい」

「はい」

「あとは……うん、大体は案内できたか。じゃあ、戻ろうか」

「はい」

しっかりしてるなぁ……。

私は、長女だけどホウ家では女は当主になれないから、わりと自由に育てられたように思う。

ユーリなんかは、元から家を継がされる予定だったからしっかりしている。この人は、なんでこんなにしっかりしているんだろう？　やっぱり将来家を継ぐ予定の長女だったりするのかな。

そんなことを考えながら、部屋までの道を手を握られながら歩いていると、突然人影が現れて、私たち二人の行く手を塞いだ。

当たり前だけど、女の子だった。なにか用があるのかな？　と、そう思ったときだった。

「お姉様、一体全体、どういうつもりなのよ!!」

と、唐突に大声で怒鳴りつけてきた。私はもちろん初対面なので、この子のお姉様ではない。ということは、キャロルさんの妹さんである、という推論が成り立つだろう。

キャロルさんはユーリと同い年で、そのキャロルさんを姉と呼んでいるのだから、つまり彼女は私と同い年の新入生ということになる。うん、そう考えるのが妥当だ。

目の前の女の子は、とても可愛らしい顔をしていて、お姉さん似の小麦色の髪も似合っているけれど、なんだか顔を真っ赤にして涙ぐんでいて、可愛い顔が台無しだった。

キャロルさんを見上げると、あっちゃー、って顔をしている。どうも、会いたくなかった様子だ。

「どういうつもりもない」

「そこの子は誰よ！」

私を人差し指で指差してくる。失礼なことをされている感じがするが、気圧《けお》されてしまってそれどころじゃなかった。

「この子は私の学友の従妹だ」

「私は実の妹よ!?　お姉様が後見人《パトロン》になってくれなきゃ、私の立場がないじゃないの!!」

事情が全然呑《の》み込めないけれど、女の子はすごく感情的に喚《わめ》いている。こんなに他人が怒っているのを見るのは初めてで、私は怖かった。

「立場もなにも、お前は王族じゃないか。誰がお前を軽んじたりする。余計な心配をするな」

「そういう問題じゃないでしょ!?」

「そういう問題だ。現に私は後見人《パトロン》なんて最初からつけなかった。王族は自分の道くらい自分で切りひら……」

「違う違う違う！！！　なんで分からないのよ。私は妹なんだよ!?」

なんなんだろう……この人……怖い……。

何をそんなに怒ってるのだろう。キャロルさんが当然行うべき行いをしなかったから怒っているようだけど。

それって、もしかして私のことなのかな。だけど、キャロルさんの口ぶりから察すると、最初から、妹さんのぱとろん？　になるつもりはなかったようだけど。

「いったいぜんたい、誰かの後見を必要とする王族がどこにいる」

キャロルさんはなんだか呆《あき》れているご様子だ。

「いっぱいいるじゃない！！！」

「いない」

「いなくてもなんでも、わたしがみっともないでしょう!!」

みっともないって。なにがみっともないのか分からないけれど、こんなところで大声で喋る内容じゃないような気がする。

ここは廊下の真ん中で、なにやら大声に釣られて人が集まりはじめている。私は当事者の一員だから分からないけれど、私がとりまいている衆人の一人だったら、どう思うだろう。

堂々としていれば、みっともないなんて思わないはずだ。下ろしたばかりの真新しい服を着て、こんなにきれいな小麦色の髪を丹念に梳《と》かしあげていて、思わず見惚《みと》れそうなほどに可愛らしい顔立ちをしているのだから。

みっともない、を形成するような要素は一つもない。だけど、自分から〝わたしはみっともない〟と言ってしまったら、〝ああこの子はみっともないのだ〟と思われてしまう。

辺りにいよいよ人が集まってきて、私はいたたまれなくなってきた。

そんな私を見ると、

「帰り道は分かるか?」

と、キャロルさんは小声で聞いてきた。

私は素早くコクコクと頷いた。

「まだ途中だが仕方あるまい。キミは部屋に戻れ」

「はい」

私も、こんなよく分からない状況の中にいたくない。キャロルさんの陰に隠れるようにして、増えてきた人混みの中に紛れた。

「はぁ、はぁ……」

なんとか部屋の前まで戻ってきた。番号を確認する。確かに、出るときにチェックした部屋番と同じ番号だ。

半分は自分の部屋ということになるのだろうけど、勝手に入っちゃっていいのかな。

一応、ノックしておこう。私は、一度息を整えると、ドアをこんこんと叩いた。

「入ってええよー」

という声が聞こえてきたので、ノブを回してドアを開けた。

「あ、おかえりー」

「た、ただいま……です」

なんだか「ただいま」と言うのがちょっと気恥ずかしい。家ではあまり言う機会のない言葉だったから。

「なんや一人で帰ってきたんかー。殿下に途中ですっぽかされてしもたん？」

「いえ、なんだか途中で問題が起こって」

「問題って？」リリーさんの表情が少し険しくなった。「白樺寮には、殿下にいちゃもんつける奴なんておらんと思うけど……」

私は、かい摘《つま》んでさっき起きたことを話した。

「あー、なるほどなー。そりゃ殿下も困るやろなぁ。あの妹さんかぁ……」

なにやら、リリーさんには事情が分かるらしい。

「後見人《パトロン》ってなんなんですか？」

それが、あの女の子の怒っていた問題の焦点のように思えたので、私は質問した。

「うーん、簡単に言うとなー、寮に入ったときにその子を案内する上級生やねん。寮内で親とか姉みたいな立場になってくれる人、って言うと分かりやすいかなぁ。寮内の人気者が後見人《パトロン》だったりすると、周りのほうが気ぃ遣ってくれたりするし、苛《いじ》められたりもしないから、なにかと便利なんよ」

なるほど。単純にユーリの友達だから案内してくれたんだと思っていたけど、なんだか違ったらしい。ユーリがそういう、特別な存在になってくれるように頼んでくれたのだろう。

「殿下は将来は王様になろうかって人やから、殿下が後見人《パトロン》になってくれるいうんは、とってもとっても贅沢《ぜいたく》な話なんよ。妹さんもそれが望みやったんやろうねぇ」

キャロルさんは未来の王様だったのか。初めて知った。

どうりでしっかり者なわけだ。そういえば、王族はすごい髪の毛をしているのだとお母さんから教わった気がする。

でも、だとすると、あの女の子には悪いことをしてしまったことになるのだろうか。あとであの怒りが私に向けられるかと思うと、背筋が凍るような悪寒がよぎった。

「シャムちゃんは気にせんでええと思うよ。家庭の問題やと思うし」

「……そうですか」

「まー、ないとは思うけど、妹さんがちょっかい出してくるようなら私に相談し。大したことはできんけど、殿下に話しといたるわ」

「分かりました」

あとで暴力を受けるようならユーリに相談してみようかな。

「ところで、二段ベッド上と下どっちがええ？」

案内中にあったことの話が終わると、リリーさんが聞いてきた。

「リリーさんが元々使っていたほうは、どちらなんですか？」

「私はねぇ、昨日までは別の部屋に住んでたんよー。そこでは上だったかな？」

「そうなんですか」

机の散らかり具合からして、ずっとここに住んでいたんだと思っていた。元々使っていたベッドは取っちゃいけないと思ったのだけど。

「私はどちらでもいいです」

「気にせんでええよ。あとで替えてもええんやから」

うーん。本当にどっちでもいいんだけど。

「じゃあ、上で」

「それじゃ私が下やねぇ」

リリーさんはちょっと嬉しそうだった。内心、下がよかったという感じに見える。上を選んでよかった。

なんで上を選んだのかというと、上のほうが考え事に適してる感じがしたから。それに、はしごを上ってベッドに行くなんて、なんだか面白そうだ。

そのあと、お互い自分の机の椅子に座って向かい合った。ゆったりとしたいい椅子だった。

私には大きすぎる気もするけど、リリーさんにはちょうどよさそうだ。リリーさんにちょうどいいということは、そのうち私にもちょうどよくなるということだ。

きっと。

たぶん。

「一応、自己紹介しとこか。私はリリー・アミアンいうのよ。実家は機械屋さん」

「機械屋さん……ですか？」

貴族しか入学できない学校だと思っていたけど。

職人さんでも入学できるんだ。

「機械屋さんだけど村長なんよ〜。流れの落ちぶれ貴族やねん」

私の疑問を察したのか、何も言わずとも説明してくれた。

「そうなんですか」

やっぱり貴族だったようだ。

でも、流れの落ちぶれ貴族というところは、よく分からない。落ちぶれの意味は分かるが、流れの貴族ということは、ころころ領地が移動するのだろうか？

ホウ家は、もう気が遠くなるほど長い間、同じ土地を支配しているので、ころころ領地が変わる形態というのは、ちょっと想像できない。

「それで、私も機械が好きやねん。趣味は時計いじり。ほら見て」

リリーさんが手振りで示した机の上には、なんだか小さな作業台みたいなものが置いてあって、その上には細かな金屑《かなくず》が散らばっていた。

なんだか凄いなあ。

私は近づいて見てみた。

机の上には、いろいろな大きさの歯車や部品が転がっていた。特に小さな部品は、細かな仕切りが入った化粧箱のようなものに入れられている。

これが時計の部品なのだろう。

作業台の真ん中には、カバーが外された時計があった。家にある振り子時計とは違う、携帯できる小さな手のひらサイズの時計だ。

こういうのは、お母さんが持っているのを見たことがある。興味を持って「分解したいから見せて」と言ったら、ちょっと青い顔をして「ダメよ、絶対にダメ」と言われたアレだ。

「すごく細かい機械ですね」

「そうなんやよー」

「すごいなあ、どういう仕組みなんだろう」

結局、仕組みは謎のままだったので、けっこう気になる。

「ちょっと見ただけじゃ解らんかもしれへんね」

「少し見せてもらってもいいですか？」

「ええよ～」

リリーさんはあっさりと許可してくれた。


じっくりと観察すると、どうもこれは殆ど組み上がっているもののようだ。文字盤と針が外され、針を動かす歯車も外されて近くの小箱に入っているが、それを動かすための機械部分は組まれている。

こういった懐中時計が、ぜんまいバネを使ってエネルギーを貯蓄していることは知っていた。けれど、時計という機械の機能的な核心は、どうやってそのエネルギーを取り出すのか、ということだ。

動力となるぜんまいを、ただ針にくっつけただけでは、巻いたぜんまいを離した途端、急速にぐるぐると回っていずれ止まるだけの機械になってしまう。一秒ごとに針を六十分の一動かすには、ペースメーカーとして動力を調律する仕組みがなければならない。

それを考えると、この仕組みは非常に合理的で、そういった多機能がここまでコンパクトに収められているのは、美しくさえあった。

誰がこんな仕組みを考えたのだろう。頭のいい人がいるんだなあ。

「解ったかな？」

しばらくして、リリーさんが聞いてきた。

「細かいところは解りませんでしたが、だいたいは。こういう仕組みだったんですね」

「え、解ったのん？」

「え？　全部は解りません……けど」

全部解らないとまずかったのだろうか。

「よかったら、解ったことをお姉さんに教えてくれんかな？」

教えるのか。

「ぜんまいの動力から等時性を得るのに、振り子の代わりに小さなぜんまいを使うのは、とても面白い発想だと思います。これが振り子の代わりをしてるんですね」

私はさっくりと気づいたことをまとめた。

時計を正確に動かすには、動力が生み出す回転に一定のリズムで歯止めをかける別の仕組みを利用すればよい。その仕組みには、振り子時計においては、振り子の性質が利用されている。

「えっ……よ、よー分かるなぁ。こういうの見たことあるん？」

リリーさんはちょっと驚いたような顔をしていた。

「ありませんけど……家の振り子時計は分解したことがあるので」

ユーリと一緒に分解してみたことがある。

「確かに、仕組みはあれと一緒やけど……見ただけで解るんかいなぁ」

「前から気になって考えていましたから……振り子時計だと、姿勢を変えたら仕組みが破綻してしまうはずなので、こういう持ち運びの時計はどうやって等時性をとっているのかなって。ばねの収縮を利用していたんですね」

ばねは、曲げて離すとびょんびょんと往復運動をする。その動きは周期的で、等時性を持っていると言える。この細く繊細なぜんまいも、大本を辿ればその機械的性質を利用したものだろう。様々な試行錯誤の末に、工学的に優れた形状を追究した結果、こういう形に落ち着いたのだと思うと、技術者の人たちの探究心の美しい結晶のように思えた。

だが、星と違って、この機械には無限性を感じない。摩擦を考えると油を切らしてはいけないし、それでも永遠を動き続けるものではない。これはあくまでも人間が時刻を知るための道具だ。十分に美しいし興味深くはあったが、手を伸ばして深《しん》奥《おう》を識《し》ろうとは思わなかった。私の関心からは少しずれている感じだ。

「え、えーっと、シャムちゃんは機械のこと勉強してきたん？」

なんだか、リリーさんは戸惑っているように見える。

「いえ、特には」

振り子時計を分解したのは、振り子の等時性とベクトルの働きについて教えてもらっている途中のことだった。

見つかると怒られるので、夜中こっそりと二人で分解して中身を見たのだ。

ユーリは常夜灯の薄暗い光を頼りに、コックンコックン音を出す時計の前で、ベクトルの変化のしかたについて教えてくれた。

時計の仕組みについて知ったのは、言ってみればついでのことだ。

「じゃあ何を勉強してたん？」

「特別に何を勉強したというわけではないですけど……数学と天体力学と物理学ですかね」

私が興味を持って、ユーリが特に教えてくれたのは、そのあたりのことだ。

「て、てんたいりきがく⁉　それって、なんの学問やの？」

「星の動き方についての学問ですね」

「へ、へぇ……ほんに面白い子ぉやね……ユーリくんが心配したのも分かる気がするわぁ」

リリーさんは引きつったような笑いをしていた。

あれ……。

Ⅱ

寮のロビーで、俺がミャロとのんびり斗棋《トウギ》をしていると、キャロルが帰ってきた。

「ユーリ、シャムちゃんの件、ちゃんとやってきたぞ」

キャロルにはシャムの学校デビューの介添えのようなことを頼んだのだが、きちんとやってくれたようだ。

さすがに、王女殿下が連れてきた女の子を、わざわざ虐《いじ》めようと思う奴はいないだろう。これで、シャムのことはまず安心と見ていい。勉強以外は、だが。

「お約束があるんでしたね。ボクはいいので、気にしないで行ってきてください」

盤を囲んでいたミャロが言った。

「そうか、悪いな」

途中で申し訳ないが、抜けるか。

「ちょっと待て、斗棋《トウギ》か」

キャロルは盤の近くまでやってくると身を乗り出して盤を覗きこんだ。

キャロルはあまり強くない。つーか、ぶっちゃけ下手だ。

ルークと同じでゲームは好きなのに、好きで好きでしょうがないのに、上手くはないという、可哀想《かわいそう》なタイプである。好きが高じて定跡の勉強までしているのに、この寮の中でも平均以下くらいの実力しかない。

「いいぞ。一局待ってやる」

「お前が見たいだけだろうが」

「……参りました」

しばらくして、俺は盤の上に平手を置いた。

「えっ」

馬鹿が約一名素っ頓狂な声をあげているが、ミャロはニコニコしている。

「諦めが早すぎるぞ、おい。まだまだ」

「七手詰みだ」

俺が次の手を打つと、ミャロも分かっていたようで、間を置かず打ってきた。それを四回も繰り返すと、だれでも分かるような王手になった。

しっかり詰められている。

「ほほー。よく気づいたな」

感心してやがる。

だが、無理もない。たかが七手詰みとはいえ、これは分かりにくい。

「ミャロは気づいたときには詰みに入ってるからな」

餌を置いて誘導するのが上手い。バレバレの餌の置き方をする奴は多いが、ミャロのは本当に分かりにくい。

雑魚の小駒を気前よく取らせながら、大駒を殺しに行くような手を指してくる。疑心暗鬼になって攻め手を弱めると、意を得たりとばかりに攻めてくる。

今の一局も、詰みの五手前に詰ませに来ていることに気づいて、なんとかしようと思ったが、結局別の形で詰まされてしまった。盤面としては伯仲しているようにも見えるので、キャロルが諦めるのが早いと言ったのも、まあ頷ける。

「悪いけど、感想戦はまたな」

さすがに、この約束をすっぽかすわけにはいかないだろう。

「はい。盤はボクが片付けておきます」

「悪いな」

「殿下を楽しませてあげてください」

いや、こいつなんか勘違いしてないか。

「別に遊びに行くわけじゃないけど」

「そうですか？　てっきりデートなのかと思っていましたが」

ミャロは、俺をからかうように言った。

馬鹿なことを言いやがる。

「アホなことを言うな」

と、キャロルも心外そうな顔をしていた。珍しく意見が合ったな。

「なあ、今日はそういうアホみたいなことを皆で言い合う日なのか？　さっきも、白樺寮で似たようなことを言われた」

俺に話を振ってくる。そんな奇習は寡聞にして聞いたことがない。

「いいえ、でもまあ、そのように見えたものですから」

ミャロは人が悪そうな笑みを浮かべている。

「見えない」

キャロルが頑として言った。

「ほら、行くぞ」

手を握られて連行されていく。ミャロはおもしろそーにこっちを見ながら、小さく手を振っていた。

◇◇◇

シャムの学院デビューの対価として引き受けたのは、俺の王鷲《おうわし》に乗らせるという、仕事とも言えない仕事だった。

俺は自分の鷲を実家から持参している。どうも、キャロルは俺が上手いのは、調教が行き届いたこの鷲のおかげと思っているらしい。

天騎士になりたい奴は大勢いるが、王鷲はニワトリを飼うような気軽さでは育てられないので、希望者より数が少ない。

王鷲は高価なので、騎士院とて何百羽も飼育しているわけではないのだ。

なので、持参できるくらい裕福な家は、できるだけマイ王鷲を持参する決まりになっている。一人が自分の鷲を使えば、天騎士コースからふるい落とされる数が一人減るわけだから、学院側としては「できれば」ではなくて「特別な事情がない限り、持参が可能な者は必ず」くらいのニュアンスで連れてこさせる。

実際、持参できないと様々な問題がある。

騎士院所有の王鷲は毎日ハードな使用に耐えているため、いつも体調が悪く、体調が悪い鷲に乗れば、事故の危険性も高くなる。

　俺は乗ったことはないが、下手な乗り手ばかり乗せているのに定期的に調教をし直す暇もないので、乗り心地もあまりよくないようだ。

　加えて、数が足りないので練習の順番待ちも発生する。持っていないものは、持参した者の半分程度しか練習時間を持てないために、技量の向上が遅れてしまう。体重的なタイムリミットがあるので、上達が捗《はかど》らない場合は天騎士を諦めなければならない。


　騎士院に入って初めて知ったが、そうやって技術に熟達し、天騎士という一種の資格を得ても、半分くらいは王鷲とは離れた人生を送ることになってしまうらしい。

　地元で定期的に乗せてもらえればいいのだが、卒業したきり十年単位で飛行から離れてしまい、ペーパードライバーみたいなザマになってしまう天騎士も多いという話だ。

　俺はもちろん、持参しないわけにはいかない家柄なので、王鷲を持ってきている。ルークに持たせてもらった。

　名を〝星屑《ほしくず》〟といって、名付け親はシャムである。

　ルークが孵《ふ》化《か》から手がけた鷲だ。ルーク牧場の鷲は相変わらず出荷されているが、ルークはもうトリ牧場が本業ではなくなってしまったので、ルークが孵化から手がけた鷲というのは、今やちょっとしたレア物となっている。

　もっともこないだ会ったら、自分の鷲が歳をとってきたから、また育てる。みたいなことを言っていたので、そのうち卵を貰ってきて孵化させるのだろう。自分の鷲くらいは手ずから育てたいらしい。


　キャロルはなぜか天騎士コースに入っていて、

鷲もけっこう上手い。

キャロルの鷲は〝晴嵐《せいらん》〟といって、名付け親はなんと女王陛下である。

晴嵐は俺が最初に王都に来たとき、配達に付き合ったあのトリで、引き渡しの前には俺も跨《また》った。

王城の鷲舎《トリカゴ》で過剰に甘やかされてしまったらしく、久しぶりに会ったら生意気なツラをしており、飼育員の頭をつつくツツキ癖がついてしまっていた。

乗り手のキャロルのことは流石《さすが》につつかないが、この癖がついた鷲がカゴの中に一羽でもいると、飼育員は鉄のヘルメットを被《かぶ》る必要が出てくる。

王鷲の嘴《くちばし》は鋭いので、つつかれた部分は流血し、酷い場合は治った痕にハゲができてしまう。

鷲舎《トリカゴ》の中に入ると、俺に気づいた星屑が早速下りてきた。

「ルルルル……」

という、低く詰まったような喉鳴りで歓迎してくれる。近づくと、嘴を差し出してきた。

「星屑、いい子だ」

嘴をなでてやると、

「クルルルル……」

と、満足そうに黄色地に黒い瞳のついた目を細めた。しばらく撫《な》でたあと、鞍《くら》をつけてやり、星屑を外に連れだした。キャロルが待っている。

「ほーら、餌だぞ」

と、キャロルが手に持って、星屑の鼻先に持っていったのは、魚だった。

王鷲にとっては一口大の、タラみたいな魚だ。星屑は嘴でしっぽを摑《つか》むと、ぽいと上に放り投げて、空中でぱくりと平らげた。

餌付けをすれば懐くのは、犬ころも鷲も同じである。

王鷲は、もともとは山の背側のフィヨルド地帯に生息している鳥類だ。現在でも野生の王鷲というのが存在していて、主にシカなどの陸生動物を食べている。

狩りの仕方はユニークで、急降下しながら爪を立ててシカをキャッチすると、そのままの勢いで豪快に掻っ攫《さら》い、上空でリリースする。

地面にぶちあたって死んだシカを改めて食し、場合によっては巣に持ち帰り、番《つがい》や雛《ひな》に与える。

人間を襲うことはめったにないが、リリースするときに本能的に開けた場所を狙うため、当地の村落ではシカが家に落ちてきて屋根が破れるといった事故がたまに起こるらしい。

陸生動物のほか海獣類も食し、海獣類の臓物を喰《く》う関係で、魚も食べることができる。自ら魚を捕ることはないが、嫌いではなく、海の魚であれば寄生虫にやられることもない。

「よしよし」

キャロルが手を伸ばすと、星屑は嫌がりもせず、自ら嘴を差し出した。

キャロルは細い指で嘴と細かな羽毛をなでてゆく。

「そのまま食わせとけ。鞍つけるから」

鞍をつけようとすると、星屑は自分から足を畳んで地面に腹をつけた。

よくできておるのう。

鞍を放り投げるように背中に載せると、安全具を結んでいく。慣れたもんで、嫌がりもしない。

その間もキャロルはぽいぽい魚をくれてやり、星屑のほうはパクパク食べていた。そのうちに、鞍がつけ終わった。

「ほら、乗れ」

「え、今乗るのか？」

ここは鷲舎《トリカゴ》のそばで、普通はここで騎乗はしない。離着陸場という場所が他にあるから、安全のためにそこまで歩かせてから飛ぶのだ。

「飛ぶ前に少しでも慣れておいたほうがいいだろ。お前一人ならさほど重くもない」

いつもは大人プラス子ども一人で、八十キロ近い重量を載せるのだから、キャロル一人くらいはへっちゃらのはずだ。

八十キロというのは王鷲にとっては負担なので、それを乗せたまま歩かせる、というのは普通しない。できるなら子どもでも乗せないほうがいいが、多少の体力の消耗よりも、いきなり乗せて空中でパニくるほうが怖い。

「王女殿下を乗せるなんて雄として光栄なことなんだぜ。粗相をするなよ」

キャロルに聞こえないように、星屑に語りかけた。言葉が分かるわけもないが、星屑は「クルルル……ルル……」と喉を鳴らして返事をした。

「安全帯装着よし」

キャロルが優等生みたいな確認合図を言った。授業中でもあるまいに……まあいいけど。

俺が手綱を引こうとすると、星屑は頭を引っ張られる前に、動きだけで指示を察知し、さっと体を起こした。本当にできておるのう。

ルークの調教が行き届いている。今だから分かるが、他の天騎士たちがルークの育てた王鷲を欲しがるわけだ。

そのまま手綱を引いて、離着陸場まで歩いていった。


離着陸場というのは、校庭ほど整備が行き届いていない、木が払われた平地みたいなところである。

雑草も適度に刈られてはいるが、抜かれてはいない。

離着陸に滑走路がいらない王鷲に、なぜこんなところが必要なのかというと、技量未熟な者が離着陸で失敗したときのためである。

例えば、離陸するときなどは、離陸の指示を与える以外の手綱さばきはいらないのだが、地上から離れている最中にテンパって手綱を引いてしまう奴がいると、前のめり後ろのめりに墜落することがある。

その場合、樹木や建物に衝突したり、あるいは校庭のような踏みならされて硬くしまった地面に墜《お》ちたりするよりは、草が生えて土も柔らかい場所に墜落するほうが、被害は軽減されるというわけだ。

そのため、石ころは全て丁寧に除かれているが、草刈りはあえてされていない。

　俺は、引っ張ってきた手綱を、キャロルのほうに放り投げた。キャロルはそれを空中で受け取った。

「いい鷲だが、俺の癖がついているからな。気をつけろよ」

「分かっているさ」

「行ってこい」

　俺がそう言うと、キャロルはさっと手綱を手前に引いて星屑の首を持ち上げた。

　星屑はぶわっと巨大な羽を広げ、大きく羽ばたかせながら浮上する。そして、そのまま斜め上に舞っていった。


　俺とキャロルはついこないだ、単独飛行の最初の許可である、初等自主練習の許可が下りたばかりだ。ミャロも地味に天騎士コースにいるのだが、まだ許可をとれていない。自分の王鷲を持っていないので上達が遅れているのだ。

　自主練習の許可が下りたら、ミャロにも星屑を貸して練習させてやろうと思っている。

　ミャロは体格が特に小柄なのでまだ余裕があるが、十五歳くらいになるとさすがに二人乗りができなくなってしまうので、そこそこ急ぐ必要がある。特に、曲芸飛行については二人乗りができるうちに学習しておかないと、習得できなくなってしまう。

　曲芸飛行はどうしても失速が伴うので、独習は特に危険なのだ。飛行機と同じで、失速自体は高度があれば落下しているうちに回復できるのだが、飛行機と違うところは王鷲は動物だというところだ。乗り手が未熟だと、失速したときに鷲がパニックになってしまい、背中の人間を振り落として体を軽くしようと暴れてしまう。そのまま地面に墜落して落下死、というのは、鷲で起こる事故としては着陸事故と並んで比率が大きい。死亡事故に限ると一番多い事故要因になる。

　ルークに言わせると、パニックになるのは下手《へた》糞《くそ》な操縦で気持ちよく飛ばせてもらえないストレスが原因らしい。小さなストレスが蓄積して乗り手への不信が芽生えたような状態で失速すると、鷲のほうが生死の危険を感じて乗り手を排除しようとするのだ、といった説明をしていたが、これは定説とは言えない。

曲芸飛行をこなせなければ鷲に乗る免許がとれない、というわけではないが、天騎士の間では鷲を自由自在に操れてこそ一人前という風潮があるため、できればとれたほうがよい。

だが、そこで乗るのは自尊心が高く調子に乗りやすい貴族の子どもたちだから、自主練習中の事故は多く、高位の騎士家の中には、息子は最初から天騎士にはしない。という家も多い。

折角の跡取りがつまらない事故で死んでしまったら意味がない。という理屈である。

また、天騎士は筋肉ムキムキのマッチョのような戦士には向かないので、体が大きな子どもは最初から諦めさせる場合もある。

なにが言いたいのかというと、コレはドッラのことで、ドッラは鷲とはまったく縁がない。

上を見ると、キャロルが乗った星屑が、ゆうゆうと空を飛んでいた。抜群の安定感である。

習っていないような危険な機動もとっていない。事故をする要素が見当たらない。

昼寝をしていればそのうち戻ってくるだろう。

俺は手頃な木の根元の草を倒し、木の幹を背もたれにして、休み始めた。

ああ、いい天気だ。

日はさんさんと差していて、空は碧《あお》い。

この国では短い、外で昼寝ができる季節を、今は楽しもう。

◇　◇　◇

だが、それを許さない者がいた。

「はぁ、はぁ……」

なんの用なんだか、俺の近くまで走ってきた、見知らぬ少女だ。息を切らしている。

教養院の制服を着ていた。シャン人の中では珍しい金髪だ。珍しいというか、キャロルと女王陛下しか見たことがないんだけど。

離着陸場に来る教養院の女子というのは、馬鹿と相場が決まっている。どうも適度に草の生えた広場がピクニックに最適だと思うらしく、ここにシートを広げてきゃいきゃい騒ぎ始める。もちろん、離着陸場の使用用途を考えれば、そんなことは許されるわけがない。こっぴどく怒られて退場させられる。

あまり関わり合いになりたくはない。

「あなた、ここでお姉様を見なかっ……た？」

少女は、息を整え、初めて顔を上げて、俺を見た。

なんだ？

なんだか知らんが呆《ほう》けたような顔をしている。

俺は他人に顔を見られてこんな表情をされたことはないので、後ろに突然ゴジラでも出現したのかと思い、振り向いてしまった。そこには木立だけがあった。

俺はふたたび女の子を見た。俺より年下に思えるな。かなり気品ある顔立ちをしているが、小生意気な感じだ。

「なんだ？」

「あなた、名前はなんていうの？」

なんで俺の名前なんぞ聞きたがる。

「ユーリだ」

だが、名乗って損があるわけでもないので、教えてやった。

「ユーリね。家の名は？」

「ホウ」

「ユーリ・ホウね。ふーん、ホウ家の次男かなにかかしら？」

なんだこいつ？

次男がいたらツラを拝んでみたいもんだ。あえていえばルークは次男だが、親の代のことではあるまい。

「どうでもいいだろ、お前にゃ関係ない」

「お前？　ずいぶんな口を利くのねぇ。私を誰だと思っているの？」

なんか調子に乗ってる。平民のくせに生意気よ？　みたいな感じだ。お前のことなんか知らねえよ。

「さあな」

「私は王族よ」

王族だったのか。そりゃ、金髪だしな。どうりで偉そうなわけだ。

キャロルはこんな感じではなかったが、本来王族といったらこれくらいが普通なのかもしれん。

「ふーん」

「カーリャ・フル・シャルトル。それが私の名前よ」

へー……なるほど。

じゃあ、こいつキャロルの妹か。存在は知ってはいたが、顔を見るのは初めてだ。

種違いならともかく、腹違いということはないだろうから、二年連続して産むというのは少産のシャン人としては珍しい。ルークとスズヤなんて、十年励んでもまだ次の子が生まれないのに。

「キャロルの妹か」

「……私の前でお姉様を呼び捨てにするなんて、いい度胸してるわね」

いい度胸してるのか、俺って。一応、気にしそうな大人の前では殿下って呼んでるんだけどな。

「奴とはお前、こいつの仲だからな」

「お姉様と知り合いなの？」

「まあな」

知り合いというか……なんと形容したらいいのか分からん間柄だが。

しかし、考えてみたらお前こいつの仲ってなんだよ。聞いたことねえよ。

「なるほど、そういうことなら、あなた、特別に親しくしてあげてもいいわよ」

「……はぁ？」

唐突に何を言いだすんだ、こいつは。

「私が親しくしてあげるって言ってるの」

「いや、わけが分からんが」

「嬉しいでしょ？」

少女がサラッと髪をかきあげる仕草をすると、ブロンドの髪の毛が柔らかく宙を舞った。

まー、なかなか美少女ではあるよな。ロリコンの変態おじさんが見たら、人生を捨てる覚悟をして犯罪行為に走りそうな感じだ。

「嬉しくなくもないが」

「あらそう？」

「だが、遠慮しておこう」

「えっ」

俺は同性愛者ではないから、女と関わり合いになりたくない。というわけではない。だが王族はNGだ。というか、教養院の女はNGなのだ。

これは偉大なる先達、ルークの箴言《しんげん》でもある。

イケメンの人気者で在学中モテモテだったというルークは、それでも一度として教養院の女と付き合ったりはしなかった。

なぜかというと、この学院では、交際は自由だが本番をしたら即婚約という仕組みができているからなのだ。

女の貴族、というか魔女には、結婚までは純潔を守るのが当然という文化がある。結婚したあとは、場合によっちゃ男の愛人を作りまくって、事実上一妻多夫のような逆ハーレムを作る場合もあるが、それはそれとして、結婚までは純潔を貫き通す。

それは大変けっこうなことなのだが、なぜかは知らんが、まっとうに交際をして純潔を散らした場合、その責任は男の側にあるという理屈がまかり通っているのだ。男は責任をとって結婚すべしということになっている。その際、「向こうから誘ってきた」「中には出してない」「遊びでもいいってゆわれたし」なんて言い訳は一切通用しない。

というのは、ルークが大真面目に語った内容である。

　なので、なんとなくで交際を始めた魔女とヤッたあと、本当に好きな女ができてしまい、だが過去の過ちはどうにも覆しようがなく、悲恋に終わる。という失恋物語は、騎士院にはたくさんあるらしい。

　愚者は経験に学び、賢者は歴史に学ぶ。

　賢いルークは、歴史に学んだ。

　結果、スズヤと出会うまでに愛してもいない婚約者などを作らずに済み、本当に愛するスズヤと結婚することができた。もし在学中に間違いを起こしていたら、そもそも退学して自由の道を歩むという選択自体選べなかった可能性が高い。

　ただ、ルークは二十幾つでスズヤと出会うまで童貞だったというわけではない。ちゃっかり市街の酒場に繰り出して市井の女と遊びの付き合いをしたり、娼館《しょうかん》通いしたりしていたという。賢い騎士は教養院の女なんぞとは付き合わないのだ。

　そして、こいつは、教養院どころか王族である。まかり間違って事故でも起こったら、これはもうマジにとんでもないことになるだろう。

　可愛らしいといっても、踏んだら人生が台無しになると分かりきっている地雷と親しくしたい奴がいるだろうか？　いつ死んでも本望という変態のおっさんならいいが、俺はまだ人生長いんだ。人生棒に振りたくはない。

「なんとか言いなさいよ」

　どっか行ってくれって言えばいいのかな。

「何が不満なの？　私は王族よ」

「王族はキャロルで足りとる。二人もいらん」

「……もしかして、お姉様と付き合っているの？」

　カーリャは眉を顰《ひそ》めた険しい顔をして言った。なにを言い出すんだこいつは。

「あんなのと付き合ってたまるか」

　俺がそう言うと、カーリャの表情がゆるんだ。

「そうなの。じゃあ私が付き合ってあげるわ」

　なんかもう疲れてきた。

「悪いが、俺はまだ結婚は考えてないんでね」

「あら、付き合うのと結婚は違うのよ」

こいつはこいつで、どんだけマセたガキなんだよ。

つーか、この学院の鉄の掟《おきて》を知らんのか。それとも、性欲激しい思春期の男が、手を繋ぐだけの清い交際を保てると信じているのか。

「結婚を前提としない交際はしたくない。不誠実なんでな」

結局、俺は心にもないことを言った。

「あらそう？　ならしょうがないわね」

おっと、引いてくれたようだ。

「ならどっか行け。俺は寝る」

「ふうん。それじゃあね。お姉様に会ったら、お話があるって言っておきなさい」

そう言い残してカーリャはどっか行った。

俺は木の幹に背中を深く預け、再び午睡に戻った。


「――――おいっ、おいっ」

声がして、目が覚めた。目を開けると、そこには星屑と、手綱を握ったキャロルがいた。

「ん……もう終わったのか」

「終わったぞ。まったく、よくこんなところで寝られるものだ」

背中が痛いっちゃ痛いが。キャロルはお嬢様だから、ベッド以外で寝る機会なんぞないのかもしれん。

「そうか？　机で居眠りするのと一緒だぞ」

「私は机で居眠りなどせん」

「真面目だな」

俺はよっこらしょと立ち上がった。

「じゃあ、戻るか。腹も減った」

昼飯時はもう大分過ぎている。

「そうだな」

星屑を鷲舎《トリカゴ》に戻して、寮に戻ると、キャロルはメシも食わずにどっか行ってしまった。お忙しいことだ。

◇◇◇

夕食時に食堂で飯を食っていると、再び寮に戻ってきたキャロルが話しかけてきた。

「おい、ユーリ。お前、私の妹と会ったか？」

「ああ、そういえば会った」

すっかり忘れていた。今思い出したが、確か話があると伝えてくれとか言ってたな。今からでも伝えたほうがいいのか。

「そういえば、お前に話があるとか言っていた」

「遅いわ。もう会ってきた」

やはり遅かったようだ。キャロルは乱暴に俺の隣の席の椅子を引くと、そこに座った。

「ちょっと耳を貸せ」

キャロルは俺の耳に口を近づけてきた。なんだよ、こそばゆいな。

「お前……その……なんだ、好きになったのか、妹のことを」

「はあ!?」

思わず素っ頓狂な声が出た。耳から口が離れる。

「今日はそういうアホなことを言い合う日なのか？」

馬鹿なことをぬかしやがって。

「いや、違うが……」

「すっかり忘れていたが、お前が飛行してる間にちょっと話しただけだ。やたら小生意気なクソガキだったな」

クソガキと言いかけたが、流石に姉の前ではやめておいた。

「だが妹は相思相愛とか言ってたぞ」

はあ??

なんだそりゃ。馬鹿かよ。

「寝言は寝てぬかせと伝えろ」

あいつそこまで頭がおかしい女だったのか。マジで分別がねぇ。

恋愛と言えば聞こえがいいが、ここの学院に限っては、相思相愛というのは一般人の若者が気軽に言い合うようなものとは、全然意味合いが違ってくる。

直接的に〝家同士の付き合い〟とか〝結婚〟みたいな単語と繋がってくるのだ。俺の家も今や家格はなかなかのものだから、零細貴族の女の子が言っている分には相手にもされないだろうが、王族となると話が変わってくる。本気にする奴も出てくるだろうし、こちとら大迷惑だ。その辺の分別もついてないとは。

「つまり、好きになってはいないんだな」

「当たり前だろ。何を言ってやがる」

「そうか。安心したぞ」

ホントに安心したような顔しとる。普通に考えりゃ分かるだろ馬鹿野郎。

夕飯を殆ど食べ終わっても、まだ腹立ちが収まらなかった。

「もしかして、あいつドッラ級のアホなんじゃねえか」

そう言ってから、俺は少し後悔した。さすがに実の姉であるキャロルの前で言うことではなかったか。

もし、シャムが教養院で酷いやらかしをしたとして、キャロルがシャムをドッラに喩《たと》えたとしたら、俺は激怒するだろう。幾らなんでも言っていい言葉と悪い言葉があると怒鳴りつけるかもしれない。

心の中で思っても口に出してはいけない言葉というものがある。近しい親族を糞ＤＱＮと並べて喩えるなどということは、その最たるものの一つだ。

キャロルが口を開いた。

「ドッラはアホじゃない。彼は彼なりに騎士として精進しようと頑張っているじゃないか。妹もああなってくれればいいのだが」

ああ。

世の中って広いな。俺はしばし途方にくれて、世界の広さに思いを馳《は》せた。

ドッラみたいになってくれれば、なんて言葉が耳に入ることがあろうとは。

「正気か……？」

俺は心の底からの疑いを持って問うた。

「ドッラはお前に追いつこうと、必死に頑張ってるじゃないか。見ていて清々《すがすが》しい」

俺は唐突に寒気を覚え、肌には鳥肌が立った。食堂の気温が急に下がったかな？

「まあ……お前がちょっと特殊な性癖を持っていたところで、それは人それぞれだ……俺は否定しないよ……」

「ばっ、ばかっ！　そういう意味じゃない」

「じゃあどういう意味だよ」

おら言ってみろよ。

妹にあんなDQNになってほしいなんてよ。俺だったら、シャムがあんなのになったら、責任を感じるあまり首を吊《つ》って死ぬぞ。

「騎士として感心できるってことだ！」

「そうかぁ？」

騎士道の観念というのはよく分からんが、DQNであることが騎士ということなのだろうか。

「お前は一問着《ひともんちゃく》あったから、見方が偏っているだけだ」

「ふーん、そうかなぁ」

そうとは思えないけどなぁ。

「そうだ。ドッラはドッラで偉い。妹があんなふうに向上心に溢《あふ》れていてくれれば、私も言うことはない」

「そうかぁ？　あんなふうになったら、王家だって困るだろ。こないだ外周走ってたときなんか――」

「おい！」

と俺を止めたのは、キャロルではなかった。男の声だった。

「てめー、黙って聞いてりゃ、キャロル様に、なんてこと吹き込んでやがる」

振り返ると、やはりそこにはドッラがいた。聞いてたのか。

「事実だろ。よりにもよって白樺寮の近くでするか？」

　幸いにして大事《おおごと》にならなかったからいいものの、見てしまった女子生徒が心に傷を負ったのは間違いない。もし通報されていたら大問題になっていたところだ。

「いくら腹がいた」

「わあああ!!　馬鹿、やめろ!!」

「ふん」

　さすがにキャロルの前ではやめてやるか。

　こいつはアレだしな。うふふみたいだしな。

「お前らはなんでそう……」

　キャロルはため息をついていた。

「別にいいだろ。それよりキャロル、夕飯は済ませてきたのか？」

「いや、ここで食べるつもりだが」

「ドッラは食ってねえんだろ」

「今来たところだろうが。見りゃ分かるだろ」

　なるほどね。

「じゃあ、ここでキャロルと食えよ。俺はもう食い終わるからさ」

　俺がそう言ってやると、ドッラは面白いくらい喜色満面の笑顔になった。

　まったく、単純な奴だ。

第三章　起業

I

　俺は十五歳になった。学年生活も、もう五年になる。

　俺は健全な学生生活を送っていたため、五年目には実技以外の殆《ほとん》どの単位をとり終わってしまっていた。考えてみれば、座学でとるべき二百単位のうち百二十単位は免除されているのだから、残りは八十単位しかないのだ。五年も真面目にやってりゃ、暇になるのは当然である。

　日常で他に変わったことといえば、半年ほど前にハロルが「テロル語はもう十分だ。行ってくるぜ。あばよ」と言って、王都から出発していったことくらいだ。ハロルとは大学の講義友達みたいな間柄だったから、港の使用権の関係で口利きをしてやったりした。ハレル商会は魔女家との軋轢《あつれき》の関係で、王都の港を利用し辛《づら》いらしいので、南のホウ家領の港を使う許可証をくれてやったのだ。

　半年経《た》ってもまだ帰ってこないので、彼が生きているかどうかは、かなり際どいところだろう。


　そんな折のことだった。いつものように午後からの暇を持て余し、俺はイーサ先生から借りたテロル語の原書の本を読んでいた。ゆっくりと解読しながら、分からないところに細長い紙の切れ端を挟む作業を続ける。あとで質問をするためだ。

　もう、テロル語は話す分には十分なほど学んだので、ここまで学習を深める必要があるのかというと疑問だったが、なんせ他にやることがなかった。

　暇すぎてなにかやることを探しては、すぐに飽きて、結局やりごたえのあるタスクというのはテロル語くらいしか残っていないのだった。

　ぼうっとした頭で、あまり興味のない宗教論が書かれた原書を読んでいると、ロビーに現れたキャロルが近づいてきた。

「お前宛ての手紙だ」

唐突にそう言い放つと、一枚の手紙を差し出してきた。

「なんだ？」

手紙を受け取って尋ねると、

「お母様が会いたいとさ」

ん⁇

「お母様って、もしかして女王陛下のことか？」

「そうだ」

そうだ、って。

「なんで俺が女王陛下に謁見するんだ？　なんか悪いことしたか？」

「その中に書いてある」

と、キャロルは俺の手元にある手紙を指さした。

それもそうだ。せっかく書面にしてもらったのだから、読んだほうが手っ取り早い。

書状は、最高級の羊皮紙で作られたと思われる手触りのよい封筒に入っていた。口は封蝋《ふうろう》で留めてある。これもまた、綺麗《きれい》な朱色をした蠟だった。高級品に違いない。

俺はべりっと封蝋を剝がすと、中を見た。

騎士院在学生、ユーリ・ホウ

浮痘病の特効薬開発の殊勲を讃《たた》え、陛下より恩賜を与える。

ついては、謁見のため期日までに王城に参内すること。


公文書の体裁のためか、少ない文量に不釣り合いな大きさの国璽《こくじ》のような大判が押されている。

なんだ、あれのことか。

ルークが効果が上がってるとか、隣ん家にも教えたとか言っていたが、女王陛下の耳にも入っていたらしい。

ふーん。金でも貰えんのかな。

「分からないんだが」

「何がだ?」

「期日までにって書いてあるが、肝心の期日が書かれていない。これは、これから王城で謁見の予約をしろってことなのか?」

「いや、違う」

違うのか。

「連れてこいと言われた」

「お前と行くんかい」

アポなしでいいのかよ。

「そうだ。服も制服でいいぞ」

「なんだよ、そんなんでいいのかよ」

謁見とはなんだったのか。すぐに別邸に戻ってメイド長に礼服の仕立てを頼まなきゃならないな、とまで考えてたのに。制服でいいとか。

「大臣と衛兵がずらりと並ぶ謁見室で謁見とかじゃないのか?」

「違うだろうな、奥の間に通せと言われたから、庭に面した客間だろう」

「なんだ……まあ、そんなもんか」

そっちのほうが気楽だし、いいけどな……ちょっと夢が壊れたような気分だ。

「で、いつにするつもりなのだ?」

「最近は気が狂いそうなほど暇だから、午後ならいつでもいいぞ」

「そんなに暇なのか……」

キャロルはちょっと気の毒そうな目で俺を見た。お前は教養院と掛け持ちだからいいよな。

「見りゃ分かるだろ。暇すぎて、文通相手でも探そうかと真面目に考えてたくらいだ」

「ぶ、文通相手ぇ? お前がか!?」

あまりに意外だったのか、キャロルは悲鳴のような驚きの声をあげた。

「冗談だよ」

実は冗談ではなく、十五分くらい前に気の迷いが起こってマジに検討してたんだけどな。五分くらい前に冷静になってやめたが。

そんなことを考えるくらいなので、女王陛下と謁見するというのは楽しみだった。

「冗談か。びっくりしたぞ」

「ああ、そんで、日程はどうするんだ？　あとでお前が伝えに来てくれるのか」

「暇なら今日でも構わないぞ。手っ取り早いだろう」

今日とか。親戚のばあちゃん家に行くんじゃあないんだから。

「そんなんでいいのか。失礼にあたるんじゃ……」

「ハッ」

キャロルは鼻で笑った。

「お前が礼儀を気にするとはな」

こいつ、俺のことをなんだと思ってやがる。

「さすがに女王陛下の御前《おんまえ》ではな」

「なんだ、意外だな」

本当に意外そうに言ってやがる。どんなふうに思われてんだ俺は。女王にでも平気で喧嘩《けんか》を売る、天上天下唯我独尊の男とでも思われているのか。

そのまま寮を出て、その足で王城まで行くと、キャロルはさすがに王城では顔が利くようで、近衛の衛兵たちは顔パスで通してくれた。

俺はキャロルに連れられ、どんどん王城の深部へと進んでいった。

階段を延々と上って王城のてっぺんまで行くのかと思ったのだが、さすがにそれはないらしい。二回だけ階段を上ると、地上から少し高さのあるテラス付きの部屋に辿《たど》り着いた。

暖かな日差しが射《さ》したテラスには、草花が鉢に植えられて、そこら中に置いてある。手頃な丸い鉢もあれば、プランター状をした巨大な陶器のものもあった。

開花期を考えて鉢を入れ替えているのか、全ての鉢が葉を茂らせ、蕾《つぼみ》や花を咲かせている。水道が通じているわけではないようだが、毎日水をくんできて、こまめに水やりをしている者がいるのだろう。

テラスの真ん中には、円いテーブルが置いてある。木目が細やかなテーブルで、野外据え置きのテーブルによくある、カビや不潔さはまったくなかった。きっと、使うたびに拭き清められ、屋内に仕舞われているのだろう。

そのテーブルを囲む椅子の一つに、入学式で手の甲に口づけをした覚えのある女性が座っていた。

若いとも言えないが老いているとも言えない、中庸な容姿をしているが、気品と静かな緊張感が漂っている。そう思えてしまうのは、無意識に権威に圧倒されているからなのだろうか。

「よく来ましたね」

キャロルによく似た声色だった。俺はおもむろに片膝立ちになると、最敬礼の姿勢をとった。

「拝謁の光栄に浴す機会を与えていただき、有難き幸せに存じます。女王陛下」

「あらあら……ふふっ」

「猫をかぶるな、馬鹿」

頭上から酷《ひど》い声が聞こえてくる。

「どうぞ、頭をお上げになって」

俺は立ち上がって膝についた砂粒を払った。バツが悪ぃ。

「なんなんだよ……」

せっかく道中悩みながら考えた挨拶だったのに。

「謁見室ではないのだから、そんなに畏《かしこ》まる必要はない」

「畏まっちゃいけないってことはないだろ」

「まあ……それはそうだけど。お前、熱でもあるんじゃないのか」

失礼すぎる。お互い様だからいいけどよ。

「仲がいいのねぇ」

女王陛下は朗らかに微笑《ほほえ》んでいた。気を悪くしている様子はない。

「ほら、座れ」

キャロルはさっさと椅子に座っている。

「どうした。早く座れ」

「馬鹿、こういう席で陛下に勧められないうちに座れるか」

「どうぞ、お座りになって」

あ、はい。

「では、失礼させていただきます」

俺は椅子に座った。

「お話に聞いていたより、ずいぶん礼儀正しい子ですねえ」

「恐縮です」

「猫かぶってるんです、こいつは」

「かぶってません、キャロル殿下」

俺はからかうように真面目な声をして言った。

「やめろ、鳥肌が立つ」

「羨ましいわぁ、私も学生のときこういう友達が欲しかったわ。騎士院のほうに入ったらよかったのかしら」

「いや……私にこんな態度をとってくるのはこいつだけですから」

こいつさっきから言いたい放題だな。

「あら、お茶が来たわ」

メイドさんが現れ、

「失礼します」

と言って、茶道具が載ったトレーをテーブルの上に置いた。

ティーカップを見ると、ひと目で高いものだと分かる。造りが薄く、描き込まれた繊細な絵柄が美しい。こういう洒落《しやれ》た茶器は騎士家では好まれないので、うちでは見たことがない。

メイドさんは茶道具を置いたまま、ぺこりと頭を下げてテーブルから一歩離れた。お茶を用意してくれないのだろうか。それ以前に、茶道具はどうも、既にポットに淹《い》れた茶が入っていて、あとは注ぐだけという感じではない。

すると、女王陛下が茶器に手を伸ばした。

「お母様、私がやります」

と、キャロルが遮る。

「そう？　じゃあお願いね」

何も言わなかったら、女王陛下が茶を淹れてくれる感じだったのか。それもレアな体験な気がするが。

キャロルが茶道具を操り始める。手慣れた様子でティーポットに湯を入れ、何種類か置いてある茶壺《ちゃつぼ》からそれぞれ中身を適量掬《すく》いあげ、ティーポットに投入して蒸した。途中で何度か不可解な動きが交ざったが、なにか茶を美味《うま》くするための工夫なのだろう。

しばらくすると、茶菓子の小皿と一緒に茶の入ったカップが俺の前に置かれた。茶を淹れるなんてことは小姓や侍女の仕事のように思えるが、なぜこんなに手馴《てな》れているのだろう。少なくとも、俺の家ではサツキあたりが手ずから茶を淹れるという文化はなかった。

「いただきます」

一言礼を言ってから、女王陛下が茶を口にした。

「美味《おい》しいわ。上達したわね、キャロルちゃん」

「ありがとうございます」

「いただきます」

女王陛下に倣って礼を言ってから口にすると、確かに美味い茶だった。一般的に淹れられる麦茶ではなく、ハーブティーの類だ。

ミントに感じられるようなメントールのスッとした感じはなく、果物のようなフルーティーな風味が口の中に甘く残る。今は早春で、少し肌寒いのでちょうどよかった。

「……お前はなにかないのか？」

なんか期待の目？　を俺に向けてきている。

茶の感想を求められているのか。茶道と同じでなにか感想を言う決まりなのだろうか。

うーん。

「たいそう美味しいと思います」

「なんだそれ」

キャロルはくすりと笑った。なんだか変だったようだ。

俺も変かなと思ったけど。

学院での生活を話題にして雑談をしながら、茶

をひと通り飲み終わると、

「このまま長話をしてもよいのだけど、本題を先に済ませちゃいましょう」

　と陛下が切り出した。本題というと、あれか。

「このあいだ、ルークさんに手紙を出して、彼に恩賞をあげようとしたのだけど、息子の手柄だから受け取れないと返信が来たの。本当にユーリくんが考えたのかしら？」

　うーん。これは嘘《うそ》を言ってもしょうがないようだ。

「そうですね」

　ルークが勝手に受け取っておいてくれてもよかったのに。

「どういうふうに考えついたの？」

「考えついたというか、僕はもとは牧場主の息子ですから、牛飼いに聞いたんです。牛飼いの間では昔からある有名な話だったようなので、調べてみる価値はあると父上に提案しました。だから、再発明というわけではありません。言うなれば、再発見ということになりますかね」

　ここに来る道すがら考えた言い訳であった。

「なるほどね〜。今までおおやけに広まらなかったのが不思議なくらいね」

「そうですね」

　どうなんだろうな。

　誰かが気づいたとしても、ルークのような立場ある人間が理解を示さなければ、広まりはしないだろう。感染や抗体の仕組みを知らなければ、牛から出てきた気持ち悪い粘液を傷口に刷り込めば予防できる。なんてことは信じるほうが難しいし、自分の体に実行するのはもっと難しい。

　やっていることだけ見れば、不気味で不潔な民間療法としか思えない。ルークも、俺が熱心に説かなければ信じはしなかっただろう。

「でも、その気付きで何人もの人の命を救われたわ。ありがとうね」

「ええ、どういたしまして」

　こっちとしては家族に感染するのを防ぎたかっ

ただけだ。助かった人に対しては、運がよかったねというだけで、何かを求めようとも思わない。

「それで、お礼をしたいと思うのだけど、何がいい？」

「お礼ですか」

例の恩賜の品とかいうやつのことか。何がいいと聞いてくるということは、ある程度望みのものを与えてくれるのか？

それなら、欲しいものは一つだけある。

「モノや金銭でなくてもいいんですか？」

「あら、いいわよ。常識の範囲内ならば」

常識の範囲か。その中に入るのかな。

「今欲しいのは、特許《パテント》です」

「特許《パテント》？　専売特許のことかしら？」

女王陛下の目が鋭くなった。

専売特許というのは、個人または組織に特定の品目についての商売を独占することを許すという、特別な許可のことだ。さすがに小麦みたいなものを専売にすることはないが、塩とか銅とか蠟とかを専売制にしてしまい、特定の商人や貴族に利権を与えることは、この国でも行われている。女王が許す専売特許は将家領まで影響が及ぶことはないが、それでも莫大《ばくだい》な利権を得ることができる。

それをされると、新規に参入した商店などがその品物を扱うことはできず、違法行為として罰せられる。

「違います。僕がこれから何か独創的なものや方法を発明したときに、その発明から生じる利益を保護してほしいのです」

「……うーんと、どういうことなのかしら？」

どうやって説明したらいいかな。

「例えばですが、僕がこれから十年かけて試行錯誤をして、とても役に立つ発明をするとしますよね。当たり前ですが、僕はそれを商品化して儲《もう》けます。まあ、ここでは、それが都合よく大流行したと仮定しましょう」

「はいはい」

「そうすると、当然ですが、他の誰かが自分も儲けようと思って同じような商品を作って売り始めますよね。そうなってしまうと、僕が苦労した十年の努力は一体なんだったのか、ということになってしまうんです」

「まあ、そうね。でも、それはあなたが商品の作り方を秘密にすればいいんじゃないかしら？」

そうきたか。

「確かに、発明したものが瓶詰めの薬かなにかであれば、薬から製造方法を割り出すことは難しいでしょう。でも、例えばですが、僕が発明したのが時計の正確性を画期的に向上させる仕組みだったらどうですか？　僕が販売したものを購入して、分解すれば、仕組みはすぐに分かってしまうのですから、秘匿しろというのは、売るなというのと同義です」

「……うーん、そうねえ。でも、その場合は発明したものをみんなが利用できなくなるのよね？他の時計技師さんとかは使えなくなるのよね」

「いいえ、利用したら、使用した技術が利益に寄与した分、売上からいくらか分け前を譲ってくればよいのです。さっきの時計の例であれば、仕組みは全体の一部ですから、全体の五分程度貰《もら》えればいいでしょう。もしこれが薬だった場合は、発明が全てなのですから、もっと貰う必要があるでしょうね。ですが、そこで払う金銭は、自分で開発した場合にかかるであろう費用の代償ということになりますから、むしろまったく払わないほうが不公平なのです」

「そうねえ……」

なんだか悩んでおられる。

「ですが、有効期限が永遠になると、これも不公平になります」

と、俺は女王陛下の悩みに助け船を出した。

「うーん……どういうことかしら？」

「例えば、槍《やり》を発明した者に特許《パテント》が与えられて、その一家が何千年も槍一条につき幾らのお金を貰ったりするのは、これもやはりおかしな話でしょう。なので、有効期限は設定するべきです。

これは二十年から三十年ほどがよろしいかと思います。そのあとは発明は公開され、誰でも利用できるようにすれば、国家としては得になることばかりです」

「あら、欲がないのね」

「ええ。元より得をしたくてやったことではありませんからね」

いけしゃあしゃあと嘘をついた。

「そうねえ……考えてみるわ。でも、残念だけど、この場でお返事はできないわね。いろいろな人と相談をする必要があるし」

「もちろんです」

「一応聞いておきますけど、あなただけに特許《パテント》を出すというわけにはいかなくなるかもしれないわよ」

「当然でしょう。もちろん構いませんよ。僕としては、これから自分の発明から生じる利益を保護してもらいたいだけですから。僕が保護を受けられる人間の一人に入っていれば、なんの文句もありません」

暇になった俺は色々と考え、どうせなら金を儲けられる商売でも始めてみようと思ったのだが、調べれば調べるほど問題が山積で、やる気が起きなかった。

この国では、特に七大魔女家《セブンウィッチズ》が権力を笠《かさ》に着た巨大資本になっているから、画期的な何かを売り出しても、儲かり始めると即アイデアを盗まれてしまう。パクられて類似品が流通するだけならまだしも、圧力をかけられてこちらの販路が潰され、シェアを塗り替えられ、開発したのはこっちなのに、甘い汁を全て持っていかれるということが、平然と起こりうる。

起こりうるというか、現実に何件も起こっているのだ。その結果、誰も努力しない、努力をしても無駄。というような社会が出来上がってしまっている。

俺はホウ家の嫡男だから、多少は気を遣ってくるかもしれないが、類似製品くらいは堂々と出してくるだろう。

特許《パテント》制度があれば安心というわけだ。

まあ、やっぱり特許《パテント》制度は駄目でしたってことになったら、金でも貰えばいいだろ。


「お前はいったい、何を始めるつもりなんだ」

キャロルが訝《いぶか》しげな目で俺を見ていた。何をするつもりって。

「カネはあるに越したことはない。いくらあっても困らない」

「お前、騎士には騎士の本分ってものがあるのを分かっているのか？」

頭の固いオッサンみたいなこと言い出した。

「騎士だってカスミ食って生きてるわけじゃないんだ。金稼ぎくらいはする」

むしろ大半の騎士にとっては、金稼ぎ、言葉を換えれば食《く》い扶持《ぶち》を稼ぐことが一番の関心事だ。皆が皆、信念や矜持《きょうじ》で生きているわけではない。

「うっ……それはそうかもしれないが」


「教養院と掛け持ちしてるお前と違って、俺のほうは殆ど座学が終わっちまったせいで午後が暇すぎるんだよ」

「暇なら、槍でも振るっていればいいだろう」

大真面目な顔で言ってきやがる。

馬鹿か。

槍なら午前中に毎日振っとるわ。なぜ午後になってまで振るわなきゃならん。

「武芸者になるんじゃないんだから」

武芸者というのは、槍が好きで戦いの技を磨いている連中だ。戦争になると雇われ、傭兵《ようへい》部隊のようなものを編制するので、ホウ家の所領の辺りには特別たくさんいる。平時は市井の人々に槍を教える教室を開いたり、民間軍事会社ではないが、一種の互助組織のようなものに加入して、商隊の護衛をする仕事をしたりしている。

「まあ、そうだが……金儲けというのはな……」

まだ納得できないようだ。

「キャロルちゃん、お金儲けは大事なことよ？」

おっと。ここで女王陛下のフォローが入ってきた。

「お母様」

「私たちはお金に困ることはあんまりないから、お金儲けに疎いところがあるけど、殆どの人はお金を稼ぐために働いてるのよ。あまり馬鹿にするものじゃないわ」

「ば、馬鹿にしてはいませんが……」

キャロルは一転、困ったような顔になってしまった。

「確かに、お金儲けで学院生の本分が疎《おろそ》かになってはいけないけれど、ユーリくんは授業にもちゃんと出ている優等生なのだから、あまりガミガミ言うことはないじゃないの」

普通に大人の意見だ。

ただ、親の意見となると、また違ったものがあるのだろうなぁ、と思う。女王陛下は人の親ではあるが、俺の親ではない。もしキャロルが俺と同じことを言い始めたら、意見はまた別のものになるかもしれない。ルークやスズヤに話を通すべきか否か、考えどころである。

「お金のために悪いことをしたら、それはいけないけれど、本来お金儲けというのはいいことなのよ？　みんながお金を儲ければ、それだけ国は豊かになるのだから。キャロルちゃんはそのあたりのことはちゃんと分かっているのかしら？」

やべぇ、説教が長くなってきた。意外と説教っぽい母ちゃんだったんだな、この人。

そのあとも説教が続き、キャロルは段々としょんぼりうなだれていった。

「わ、分かりました……」

説教が終わったときには、涙目になっていた。

俺は何もしてないとはいえ、可哀想《かわいそう》だな。

「……どんまい」

励ましてやった。

「き、きしゃまっ!!」

キャロルは少し噛《か》みながら、怒り心頭の様子で椅子を蹴って立ち上がった。

「なんだよ、励ましただけなのに……」

「絶対わざとだ！　私をおちょくって！」

「おちょくってねえよ。どんまいって言っただけじゃねえか」

「それがおちょくってるんだ！　お前のせいで怒られたのに！」

本音が出たな。俺のせいって。

「こらっ」

女王陛下が鋭く声で制した。

「うっ」

「お友達を指で差してはだめよ。はしたないわ」

指差されてたのか。気づかなかった。

「う……申し訳ありません」

「ユーリくんにも謝りなさい」

「う……」

キャロルは嫌そーな顔した。

女王陛下も随分教育に厳しい方だな。さすがにこの展開で俺に謝るというのは、プライドの高いキャロルにとっては酷《こく》すぎるだろう。

「別に謝らなくていいぞ」

と、キャロルに言ってやった。

「あらそう？」

「こんなのは、単なるじゃれ合いみたいなものですよ、陛下。じゃれ合うたびに謝ったり謝られたりしていたら、面白くなくなります」

「……へぇ。本当にいいお友達なのねぇ」

そうか？

「どうでしょう、分かりませんが」

「ユーリくん、よかったらお婿さんに来てくれてもいいのよ？」

……何を言いだすんだ、この女王陛下は。

「……何を言いだすんですか、お母様。ありえません」

「珍しく意見が合ったな」

「家のことを気にしてるのだったら、過去に事例がないわけじゃないし、構わないのよ？　姓もそのまま名乗ってくれていいのだし、女の子が生まれたら王家が貰って、男の子が生まれたらホウ家が跡取りにすればいいのだから、問題はないわ」

おい、こら。生々しい話をするな。

「まだ結婚は考えておりませんので」

状況が摑《つか》めんが、とりあえずこう言っとくか。

「あらそう？　でも考えておいてね」

「お母様、夫は自分で決めますので」

「そうだったわね……」

二人の間で約束みたいなものがあるんだろうか。自由恋愛で夫を決めていいとは。案外自由なんだな。

そこから二十分くらいお茶をして、陛下の用事が入ると、その日のお茶会はお開きになった。

Ⅱ

数週間後、暇を持て余してベッドの上でテロル語の本を読んでいると、キャロルがやってきた。

「ユーリ、手紙を預かってきたぞ」

便箋を渡してきたので、開けてみると、

〝特許《パテント》第一号として貴君の発明を認める〟

という内容が書いてあった。通ったらしい。

特許《パテント》第一号は製紙に関する技術である。もちろん羊皮紙を作る技術ではなく、植物の繊維で作られた紙だ。

上手《うま》くいけば莫大な儲けになる……と思う。たぶん。きっと。

「副業はいいが、本業を忘れるなよ」

キャロルが釘《くぎ》を刺してきた。こないだ説教されたのに、身に沁《し》みてはいなかったらしい。

「分かっとる。俺だってサボっていたら親に申し訳が立たん」

「分かっていればいいんだが」

キャロルは腰帯にくくりつけていた革袋のようなものを取って、唐突に俺に渡した。

「褒美だ」

褒美？

革袋を受け取って、開けると、中には金貨がぎっしりと入っていた。子どもの手の内に収まるほどの革袋だが、なかなかの大金だ。

「なんだこりゃ」

「だから褒美だ」

「なんの褒美なんだ。こないだのとは別の用件の褒美か？」

「そんなに頻繁に褒美を貰えるほど善行を積んでるのか？」

キャロルはニヤリと意地悪げに微笑んだ。

「心当たりはないけどな」

「七大魔女家《セブンウィッチズ》から文句が出たんだ。褒美になるのかならないのか分からん制度を対価にしてしまうと、ホウ家に対して借りができたようで気分が悪いらしい」

「くだらねえことを気にする奴《やつ》らなんだな」

こっちは借りとも思っていないというのに。清々《すがすが》しい気分で別れたと思ったら、手切れ金が送られてきたような気分だ。

「こんな少しならやらないほうがましだと言ったのだが」

「少し？」

革袋の中には軽く見ても金貨三十枚前後はありそうだ。

金貨一枚が千ルガだから、三万ルガになる。単純には換算できないが、日本円に直すと大体三百万くらいに当たるか。

「どう見ても大金だぞ」

「私には、お前の発見がどの程度のものなのかイマイチぴんとこないが、お母様に呼び出されるような用件で、報奨金がその程度というのは聞いたことがない」

そりゃそうか。

王家がケチと思われてもいけないし、ポンと五万ルガくらい寄越《よこ》すものなのかもしれない。さすが王族は金銭感覚が違う。

「俺はまだガキだからな。あんまり大金をポンとくれてやるのもどうかと思ったんだろ」

「なんだそれ。大人も子どもも関係あるのか？」

世間知らずなお姫様だな。

「子どもに大金をやると、ロクでもないことに使って身を滅ぼすと相場が決まってるんだ。高級娼《しよう》館《かん》に通って、娼婦《しようふ》に入れ揚げてみたりな」

「な、なんだとっ！　やっ、やっぱり返せ！　お前にやるわけにはいかん!!」

キャロルはなにを思ったのか、革袋を奪おうと迫りよってきた。

せっかく得た大金を奪われたらかなわないので、俺は背中に隠す……振りをしてポンと後ろ手に放り投げ、ベッドの向こうの床に落とした。

「こら！　よこせ！」

キャロルは大声を出しているため、床に袋が落ちた音には気づかないようだ。なんだかもみくちゃになりながら、俺から金貨袋を奪おうと体を押し付けてくる。

「馬鹿、落ち着け！　俺はそういう使い方をしたりはしねえよ」

精通もまだ来てないし。

「はぁ、はぁ……本当か？」

「本当だよ。つーかお前には関係ないだろ」

「……まあ、そうだが。ルームメイトがよくない方向に堕落するのはだな……」

「堕落しねーっつーの」

堕落するっつーても、億の大金を得たのに慎《つつ》ましやかなニート生活をしていた俺だ。

堕落する性格だったら、大麻かなにかをやったりギャンブルをやったり、キャバクラに通ったりしていただろう。自制心を信頼しているわけではないが、そもそもが豪遊するような性格ではない。

「それならなんに使うんだ？　貯金か？」

思考がババアなのかよお前は。

「先行投資だな」

「せんこうとうし？」

「まあ……なんだ、戦争の前にいい槍を買っとくとか、そんな感じだ」

ぜんぜん違うんだけど。なんかもう面倒くさくなってきちゃった。

「ほう、それはお前にしてはいい心がけだな。感心な金の使い方だぞ」

キャロルはそれで機嫌をよくしたらしい。受験のために参考書を買う受験生を褒めるような口ぶりだった。

◇◇◇

とりあえずは紙で特許《パテント》をとってみたものの、紙を作るには事業を起こさなければならない。

資金は一応さっき貰った三万ルガと、年単位で貯金した小遣いを合わせて、五万ルガある。

五万ルガという金額は、結構な価値があって、日本円にすると五百万円くらいだが、単純に換算することはできない。この国では特に食料の物価が安く、加工品の値段が高いからだ。

この国で、というか、この工業レベルでの加工品というのは、全てが日本でいう「一個一個手作りで作りました」というものなので、自然と価値が高くなる。洗濯カゴ一つとっても、日本だったら百均で買えるんだから、こっちでも一ルガで購入できる。というわけにはいかず、手作りで細い木を編んだりして作るので、下手をすると五十ルガくらいする。田舎の農民が冬の暇つぶしに作ったものだとしても、一個作るのに相当な手間がかかるので、一ルガというわけにはいかないのだ。

だが、逆を言えば、贅沢《ぜいたく》をしなければかなり安上がりな生活ができる。

普通に、最も安い部屋を借りて、雑穀入りのパンのようなものと、干し肉と塩を食べるだけで、仕事の他は寝るだけ。という生活なら、王都でも年間一万ルガくらいで生きていくことができる。

労働基準法みたいなものがない王都では、労働力はかなり安く買い叩《たた》くことができるので、実際は年給一万ルガを割るような金額でも人を雇うことができるが、まあ良心的な経営者を気取るなら一万三千ルガくらいは払ってやるべきだろう。

寮住まいの俺には生活費は必要ないので、五万ルガというのは三人〜四人くらいの特別な技能を持たない大人を、一年雇っておける金額ということになる。だが、実際には人件費以外に工場の家賃も必要だろうし、設備投資費も必要なので、三人雇うというわけにはいかないだろう。

原始的な製紙方法は洋紙だろうが和紙だろうが手漉《てす》きというのは知っているが、俺は製紙業の会社に勤めていたわけではないので、そのやり方に熟達しているわけではないし、道具の作り方も殆ど知らない。

なので、製品として通用するレベルの紙ができるのはいつになることか、そこに到達するまでに幾ら金がかかるのか、まったく不明だ。五万ルガあるといっても、資本金としてはまったく心もとない。

それに、俺も暇になったとはいえ、午前中は相変わらず忙しいので、まるっきり一日かけるわけにはいかない。午後も三コマは講義をとっているし、誰か運営を任せられる人材が欲しいところだ。

もしくは、他人に任せず自分一人でやるという方法もある。資本金に頼って人を雇わずとも、まずは自分一人で水辺の小屋でも借りて、暇な時間を使って労働に勤《いそ》しんで試作品の開発くらいには漕《こ》ぎ着けてみるのも悪くはない。

俺は会社経営者になろうと思ったことは一度もなかったので、経営学はまったく分からないが、人を雇う前にまずは一人で働いてノウハウを蓄積してみる。というのは、経営学者に怒られるような方法ではあるまい。

ここは熟考のしどころ、と考えながら食堂で飯を食っていたところ、ミャロが声をかけてきた。

「なにか考え事ですか？」

ミャロはそう言うと、俺の隣の椅子に座った。手には何も持っていない。仏頂面をしながら飯を食っている友人を見て、雑談をしにやってきたようだ。

「まあな」

「よかったら相談に乗りますが」

相談に乗ってくれるらしい。

ミャロならば、相談に乗ってもらう相手としては悪くはないだろう。むしろ、これ以上の適任はいないかもしれない。

「商売を始めたいんだが、商売を任せる人材をどうしようかってな」

「商売ですか」

ミャロは意外そうな顔をした。

「今年に入って午後の講義がぐんと減ってな。暇になったもんだから」

「ふふ、贅沢な悩みですね」

五年目といえば、当たり前だが他の連中はたっぷりと必修単位が残り、あくせくしているような時期である。確かに贅沢な悩みなのだが、実際に殆ど終わってしまっているのだから仕方がない。

「いつかはミャロもそうなるだろ。あと二年くらいで暇になっちまうんじゃないか」

「どうでしょうね。ボクは実技が苦手ですから、課外でも体力作りをしないと」

ああ、確かに。

自評するとおり、ミャロは実技が苦手だ。クラスは一年目から分かれてしまったので、実技の部分では一度も一緒になったことがない。

ミャロは運動神経がそこまで悪いわけではないらしいのだが、どうにもなかなか筋肉がつかない体質のようで、毎日鍛えているというのにヒョロヒョロしている。短刀術であればどうにかなるのだが、槍のほうは筋肉がものをいうので、どうにもならない。短槍《たんそう》術では、槍同士がぶつかり合うのを全て避けるというのは無理がある話なので、やはりミャロは決定的に不利なのだ。

「でも、それでも卒業はできるんだろ」

運動音痴は卒業できないなどということになったら、一人息子が虚弱体質に生まれた騎士家などは困ってしまう。

「ええ。ですが、それだと二十過ぎになってしまうので」

まあ、できるだけ早く卒業したいもんな。勉強がいくらできても卒業はできないとは、厄介な学校だ。

「大変だな。うーん……」

「ボクの話はいいですから。ユーリくんの話を先にしてください」

そうだった。

話が脇に逸《そ》れていた。なんの話だったか。

「人材だ」

「はい。どういう人材ですか？」

ミャロは真面目な顔で聞き返してきた。彼が真面目に相談事を聞いてくれるなら、心強い。

「新しい商品を作って販売するんだ。名産品を仕入れてきて売るわけじゃない。だから、思考に柔軟性がある奴じゃないと駄目だ。店番と商談だけしかできない奴だと難しいかもな」

「なるほど。どういう商品かは秘密でしょうから聞きませんが、確かに並みの人では務まらないかもしれませんね」

別に秘密でもなんでもないし、聞いてもいいんだが。

特許《パテント》が既に出ているから、真似《まね》した奴は俺に特許《パテント》使用料を払う義務があるわけだし。むしろ、やれるもんならどんどん真似してくれという感じだ。

「商人ギルドみたいなところに行って、求人して面接すればいいのかな？」

「あ～」

ミャロは悩ましげに眉根を寄せた。

「ん？」

「王都の商人ギルドは、全て七大魔女家《セブンウイッチズ》の支配下にありますから、将家のユーリくんが行くと問題があるかと」

うわ、そういうのがあるのか。

「面倒くせえな」

「求人を出すのであれば、ホウ家のご領地でやるのが賢いでしょうね」

「そっか。だがしばらくは王都でやらんといけないから、ホウ家領から引っ越させるのもな」

　そもそもホウ領で人を集めようとすると、なんだか大事《おおごと》になってしまう気がする。実家とは離れてやりたい仕事なので、それは気が進まない。

「王都在住の商人でしたら、ボクのほうでちょうどいい人に心当たりがあるので、紹介しましょうか」

　心当たりがあるとか。ミャロはなんでも知ってる上に顔まで広いのか。なんだかすげーな。

　ほんとにこいつ十五歳かよ。

「心当たりというと、どういう奴なんだ?」

「ボクの実家に出入りしてる商会から追い出された人です」

「追い出されたのか」

　事情を知らないのでなんとも言えないが、追い出されたというと、やっぱり悪いイメージがある。

「店のお金に手を出したとかではありませんよ?　少し意見が合わなかったらしくて」

「ふーん」

　まあ、会ってみないと分からないか。

「でも、魔女家に出入りしている商会というのは、媚《こ》びへつらいが上手なだけですから、それに反して出て行ったというのは、むしろ安心できる要素かと思います」

「まあ、ミャロの紹介だから悪いということはないだろ」

　面談の必要はあるが、ミャロがまるっきりの無能を俺に紹介するというのは、ちょっと考えづらい。

　そもそも、ミャロは魔女が嫌いなことからも分かる通り、無能で生産性のない、家業にへばりついて生きているようなのが嫌いなのだ。

　なにかしら才能がある人材ではあるのだろう。

　少なくとも会ってみる価値はある。

「そう言っていただけるとボクも嬉《うれ》しいです」

　ミャロは少し照れくさそうに笑った。

「どうやって連絡をとればいいんだ?」

「ボクも名前しか知らないので、王城で住所を調べて、手紙を送るのが手っ取り早いかもしれません」

王城で住所が調べられるというのは初めて知った。住所録みたいなのを作っていて、王都の住民についてはある程度把握しているということか。

魔女の連中も、官僚としては優秀な仕事をしている部分もあるんだよな。

「わかった。名前は？」

「カフ・オーネットです」

◇◇◇

三日後、俺はカフ・オーネットの自宅を訪ねていた。

カフ・オーネットの部屋のあるアパートは、王都を分かつ川の北側、その東の方にあった。

俺の感覚から言えば、このあたりは二級の庶民街といったところだ。金持ちの庶民は、東でももう少し川に近いところに住んでいる。大市場に買い物に行くにしても、王城に用があるにしても、交通の便がよいからだ。

だが、この辺りは大市場からはやや遠いが、王都の北港には近い。これは商人としては便利な場所だろう。ちょっと金のない商人の家としては、納得のいく住処《すみか》だった。

三階建ての石造りの建物を、二階まで上がっていって、調べた号室のドアを叩く。

「――開《あ》いてるぞぉ」

と声がした。

不用心な。最近は、キルヒナからの移民が食い詰め、治安がちょっと悪くなってるというのに。

それをいったら、ガキが一人でこんなところに来んなって話だが。

「失礼します」

ドアを開けて中に入った。

中はなんだか、久しぶりに見る〝だらしない独身男性の一人暮らし部屋〟で、ゴミがごちゃごちゃしていて、床が埃《ほこり》だらけだった。頻繁に歩く部分だけがくっきりと埃の魔の手から逃れ、獣道のようになっている。

日本にいた頃は毎日見ていた、というか俺の部屋がそうだったのだが、この人生を始めてからは初めて見る類の部屋だ。最初の頃はスズヤがキッチリ掃除してくれていたし、以後はメイドや掃除婦が掃除してくれているから、俺の住空間がこんな有り様になったことは一度もない。

「こんにちは、ユーリ・ホウです」

「悪いが」

カフ・オーネットは、固そうなソファに寝転んで、酒を飲んでいた。客が来ているというのに、起き上がろうともしない。

「貴族の子どものお遊びに付き合うほど暇じゃないんだ」

「……そうですか」

態度が悪いな。こりゃダメか。

まあ、実際俺はガキだし、そう思われても仕方ない部分もある。

忙しいなら仕方ない。どっからどーみても暇を持て余してるようにしか見えないが。

しかし、想像以上に生活が荒れているな。これで、飯を貰えない子どもが部屋の隅で死んだような目をしてたら、まさにパーフェクトって感じだ。

「将来的には羊皮紙市場を駆逐できる製品を売ろうと思うんですが」

「そうか。無理だろうな」

にべもない。暖簾《のれん》に腕押しだ。

帰るか。

いや、せっかく来たんだし、もうちょっと粘ってみるか。

「それはどうでしょうね。やってみないと分からない」

「無理だな。たとえそれが本当でも、どうせクソどもに盗まれるのがオチだ。この国はなにをやってもそうなる仕組みになってやがる」

なんだかやさぐれておる。世を拗《す》ねているというか。

「そうならない仕組みになってるので、大丈夫なんですよ」

「フン」

話にならねえ、みたいな感じだ。

「発明者の僕以外がその製品を作ると、僕に特許《パテント》料の支払いをする義務が発生するようにしました。女王陛下のお墨付きです。直筆サインと玉璽《ぎょくじ》印付きの登録状もありますよ」

一応、特許《パテント》の登録状は持ってきている。

「……そんな話、聞いたことねえな」

「僕がシモネイ女王陛下に直接上奏して、そういう仕組みを作ったんです。考えなしに無謀な商売をしようとしているわけではないんですよ」

「ふーん。お前が作らせたってのか」

「はい」

そう言うと、カフは上体を起こして、初めて俺を見た。

真正面から見ると、改めて酷いツラだな。顔の作りは悪くないが、垢《あか》じみた上に髪も髭《ひげ》もまったく手入れしていない。

「信じられねえな。見せてみろ」

「どうぞ」

若干、破かれたりしないか心配ではあったが、渡した。登録状は真っ白な上質の羊皮紙なので、偽物には見えないだろう。

カフは書面を流し読みすると、

「どうもマジらしいな」

と言った。

「はい。マジです」

「それで、俺に何をしろって言うんだ？」

おっと、若干やる気になったか。

「全般的な監督と労働。製品ができたなら、販売。つまりは、僕がやるべきことを代わりにやってほしいんです」

「なんだそりゃ」

カフは訝しさと呆《あき》れが交ざったような顔をした。

まあ、そりゃそうなるよな。

「僕は午前中、騎士院の授業があるんですよ。もちろん、時間が空いたときは仕事をします」

「じゃあ、俺が殆どの仕事をやって、お前は暇なときに来るだけか」

「まあ、悪い言い方をするとそういうことになりますね。ちなみに、製品の製法もまだ定まっていません。これから試作を繰り返して模索していくことになると思います」

「その間、俺は無給か？」

「固定給ですね。あまり多くは差し上げられませんが。本格的な報酬については、商売が軌道に乗ったときに、また考えましょう」

カフは、ふう、とため息をついた。どうも迷っている様子だ。

「お前、本当に成功すると思ってるのか？」

と、俺の正気を疑うような目で聞いてきた。

「商品開発と生産が上手くいけば、十年後には羊皮紙というものは市場から殆ど消えているでしょう」

「そうか……だが、羊皮紙ギルドはラクラマヌスの管轄だぞ。妨害してくるかもしれん」

あー、まーた面倒くさい情報が。

ラクラマヌスというのは五番目に大きい大魔女家の家名である。この王都は、どこもかしこもアホどものシマになっている。自由な商売とか風通しのよいビジネスとか、そういう言葉とは無縁のところにある、淀《よど》んだ都市だ。

「……まあ、それはいいでしょう。僕とてホウ家の跡取り息子ですから。僕が代表であれば、いろいろやりようはあります」

「なんだって？　そうなのか。とんでもないところのお坊っちゃんなんだな」

手紙に名前を書いといたのに。読んでいないのか。

「もし妨害してくるとしても、脅したり、生産拠点を壊したりするくらいでしょう。それは製品が十分出回って、羊皮紙市場を脅かしてからの話です。今から心配しても仕方がない」

「まあ、そうだな」

「生産体制が整えば、材料は獣畜の皮ではなく、そこら中に大量に生えている木でいいんです。羊皮紙と比べて丈夫さは劣るはずですが、半分以下の価格で流通できます。羊皮紙ギルドがどれだけ権力を持っているか知りませんが、淘汰《とうた》から逃れることはできませんよ」

俺自身、あの羊皮紙という製品の高額さ、敷居の高さには、たいそう不便な思いをさせられてきた。もっと安価で大量に流通できる植物紙があれば、必ず広まるはずだ。需要がないわけがない。

「なにやら、よほどの確信があるみたいな物言いだな。流行《はや》る確証はあるのか」

確証？

「確証って、確実に上手くいく保証があるのかって意味ですか？」

「そうだ」

そうだ、って……なんだ、そんな程度の奴なのか。

ミャロでも間違えることがあるんだな。

「あなたがそんなことを言い出す馬鹿なら、とんだ見込み違いなので他を当たります」

「なに？」

カフ・オーネットは顔をしかめて俺を睨《にら》んだ。

ふざけているのはお前だ。

「農民の百姓仕事でさえ、作物の出来不出来は運に左右される。魔女家を出し抜いて大儲けをしようという話に、確証なんてあるわけがない」

俺は平凡なサラリーマンを探しにここに来たわけではないし、指示を聞くだけの肉体労働者を探しに来たわけでもない。

「僕はこれから大きな挑戦をする。欲しいのは、そのパートナーとなる有能な商売人です。リスクのない商売しかできない人など、商売人とさえ言えない。そんなにリスクが恐ろしいなら、魔女家に頭《こうべ》を垂れて腐った仕事でも貰ってなさい」

俺がそう言うと、カフは顔を強く叩かれたような、衝撃を受けた顔をしていた。

見込み違いなら他を当たるか。他がいるのかどうか分からないが、見つからないようなら、とりあえずは一人でやってみるのもいいだろう。

そう考えながら入り口のドアノブに手をかけると、

「待て」

と声がした。

「お前の言う通りだ」

振り返ってみると、カフがこちらをじっと見ていた。

「俺が呆《ほう》けていたようだ。俺にやらせてくれ。頼む」

「目は覚めましたか？」

カフの目には、力が漲《みなぎ》っているように見える。

さっきまでの、酒で胡乱げだった目とは、大違いだ。

「ああ。どのみち、ここで腐っていてもどうしようもないんだ。お前がやる気なら、俺も本気でやる。やらせてくれ」

◇　◇　◇

「だが、今はまだ思いつきの段階なんだろう。まだ作ったこともないなら、とりあえず製法を確立しなかったら話にならないぞ」

目が覚めたカフは、具体的な計画を考える頭になったようだ。

「それはそうですね」

残念ながら、その通りではある。

「ともかく、製法を確立するのが先決だ。お前のその紙はどうやって作るんだ？」

「原料は、植物の繊維です。細かな繊維をシート状にして作ります」

「ふうん、布みたいなもんか」

理解が早い。

羊皮紙と比べれば、布のほうが性質としては紙に近い。布と紙は同じ植物繊維を使った製品だが、求められる機能が違う。

「布は、できるだけ長くて丈夫な繊維を糸に紡いだあと、それを織って布にしますよね」

「まあ、そうだな」

「紙は織る必要はないんです。服と違って引っ張りに対する強度も必要ありませんし、洗濯板で洗ったりもしませんからね。逆に必要なのはきめの細かさです。布のように編み目があったらペンを走らせるのに邪魔ですから」

「なるほど……まあ、そりゃ道理だな。だが、安さを売りにするのなら、布よりずっと手間がかからない製法じゃないと勝負にならないぞ。製法について構想があるなら説明してくれ」

「なんらかの方法で植物を崩して繊維にし、それを水に入れて、目の細かい網で掬って層にします。その後、二枚の板でプレスして圧縮します。それを乾かせば、紙の出来上がりです」

「……あー、そういう感じか。なるほどな」

カフはそう言うと、自分の中でイメージしているのか、考え込むような体勢になった。

「なにか疑問がありますか？」

「…………」

黙ってしまった。

まさか、ここに来て気が変わったのかと思っていると、カフは唐突に膝を叩いた。パンッ、と大きな音が響く。

「疑問はいろいろあるが、まあいい。とにかく、一枚作ってみてからだ」

「そうですか。気が変わってしまったのかと思いました」

俺が杞憂《きゆう》を話すと、ハッ、とカフは笑い飛ばした。

「乗りかかった船だ。一年もやってまったくモノにならないようだったら考えるが、そう簡単には降りねえよ」

「そうですか」

よかった。

「だが、一つだけ条件がある」

条件？

「なんですか？」

「俺はもう勤め人をやるつもりはない。だから固定給はいらん。儲かるようになったら、俺が増やした利益から割合を決めていただく」

「なるほど、固定給でなく歩合給ということですか。もちろん、それでいいですよ」

　そっちのほうがやる気になってくれるのなら、まったく問題はない。歩合給ということは、儲からなければ給料はゼロということだ。挑戦的なスタートアップをするなら、そちらのほうが面白い。

「だが、先に言っとくが、俺には金はないぞ」

　言われなくても金があるようには見えねえよ。

「当面の運転資金はホウ家から出るのか？」

「いえ、僕が勝手にやっていることですから、僕のポケットマネーから出します。五万ルガしかないので、心もとないですが」

「五万あれば、とりあえずは十分だろう。貿易なんかと違って、船や馬を揃《そろ》える必要はないんだしな。設備はどういうものになるか見当もつかんが、職人の手道具程度のもので済むんなら、まあ二万もあれば揃えられるだろう」

　初期投資で二万か。普段の慎ましい生活から考えると異次元の出費だが、仕事を興すというのはそういうものだ。

「よし、じゃあ早速、動くとしよう」

Ⅲ

「こんにちは」

「……こんにちはぁ。ユーリくんで合っとるかな？」

「ええ、僕がユーリです。リリー・アミアンさんですね」

　シャムから散々話を聞いていたリリーさんは、なんだかおっとりとした美人さんだった。

　その容姿を見て、俺は内心驚いていた。見た目は高校生くらいだというのに、服の上からでも分かるほど豊かなお胸をしておる。貧しいお胸がやたらと多いシャン人の中では、かなりの希少種と言えるだろう。

少し気だるげな雰囲気を漂わせているが、髪の毛は三つ編みにきっちりと結ってあった。今日は私服での待ち合わせということなので、制服ではなくルーズな毛糸のセーターを着ている。

セーターの上からでも、胸のボリュームは隠しきれていない。努めて胸に視線を向けないよう注意しなければならんな。

「ごめんなぁ、へんなこと言うてもうて」

「いいえ、構いませんよ」

リリーさんと会っているこの場所は、王城より庶民街に近い場所の喫茶店だった。

変装というか、庶民の間に溶け込めるような私服で来てくれ、とシャムを通して言われたのだ。

普通、学院生同士が会うときは、学院にほど近い、おしゃれで上品な喫茶店を使う。だが、そこは制服の男女カップルがわんさかいるような場所なので、密会にはふさわしくないということだろう。

「ユーリくんは、女子の中で人気があるし、殿下とも仲がよろしいから、二人きりで会うところを見られると、なにかと面倒なんよ」

噂《うわさ》されたら困る〜、みたいな話か。

まあ、周り中が年頃の娘なわけだから、そういうこともあるわな。俺は外見的にはまだまだガキだが、無理をして見れば男女交際していると見えなくもない。

リリーさんは今年で十七歳のはずだ。

「それで、話っていうんは？　シャムのことかな？」

へえ。

シャムのことを呼び捨てにしているのか。なんだか知らんが、いい関係を築けているようだ。

だが、話というのはシャムのことではない。

「いいえ、リリーさんはモノ作りが得意と聞いたので、少し相談したいなと思ったんです」

「ああ、そっちの方面かぁ。どういうものが欲しいん？」

こういう相談には慣れているのか、リリーさんは戸惑うこともなく聞いてきた。

「木工なんですけどね、こう、なるべく細くて長い棒を幾つも並べて、それを糸でつなげたものが欲しいんです」

ホントは竹がいいんだが、竹はこんな北の地では採れない。

「木工かぁ」

リリーさんは少し苦い顔をした。

「専門は金工なんやけど、木工も道具はあるからできないことはないよ。でも、木工屋に頼めばええんと違うの？」

「王都の木工屋はどうにも、作りたいものを理解してくれないんです。僕もまだ子どもなので、舐《な》められてしまっているようで」

紙を漉《す》くための紙漉き桁が欲しかったのだが、木工屋では埒《らち》が明かなかったのである。リリーさんが無理なら、王都中を探して、やってくれる木工屋を探さなくてはならない。

それが存在するとも限らないのに、だ。


「ああ〜。なるほどなあ。そういうこともあるかぁ」

リリーさんはうんうんと一人で頷《うなず》いた。

「やってくれますか？」

「うん、他ならぬユーリくんの頼みやし、ええよ」

あーよかった。

あれがなかったら、話にならないからな。ほっとした。

「ありがとうございます」

「ただ、上手いこと作れるかは分からんから、作れんかったら勘弁してな」

「もちろんです。無理を言っているのはこちらですから」

そうなったらそうなったで、それは仕方がないだろう。どのみち、誰に頼んだところで、そういったリスクを避けることはできないのだから。

「じゃあ、設計とか詳しいとこを教えてもらおか」

「……それで、水に入れて使うものなので、棒を繋《つな》げる紐《ひも》は、水で崩れないようなものでお願いします」

「ふーん。まあ、要するに、機能的には平べったいザルを作るってことでええんやろ？」

「その通りです。さすがですね」

「まあね」

軽く褒めると、リリーさんは素直に嬉しげな顔をした。

「道具はそれだけなん？」

「それを収める箱のようなものも必要なんですけど」

「どうせだから、それも作ったるわ。そこだけ他人に任せるいうんも、ちょっと嫌《や》な感じやしなぁ」

「助かります」

はあ、よかった。

ちゃんと機能するものが出来上がってくるかは不明だが、とにもかくにも一歩前進した。

設計の打ち合わせが終わると、

「ところで、ユーリくんはシャムの先生なんよなぁ」

注文したお茶を飲みながら、リリーさんはのんびりと言った。

「はい、まあ」

雑談か。まあ、シャムをネタに雑談の花を咲かせるというのも、悪くはないだろう。

「シャムはほんに色んなことを知っとるけど、あれはみんなユーリくんが考えたんか？」

うっ。

痛いところをついてきやがった。まあ、そりゃ変に思うよな。シャムは科学の子だから分かりやすい例え話をするのも苦手だし。

「そんなことはありませんよ。僕はこう見えても勉強家なので、いろいろな人が言っていたことを知っているだけです」

俺は全然勉強家ではないが、そうとでも言わないと信ぴょう性がないだろう。

「そうなんかなぁ。私はちょっと、それじゃ納得できへんのやけど」

「そうですか？」

まともな脳みそをしてたら、納得できるわけもない。だが、納得してもらうしかないし、他に適当な解釈もないだろう。

「まあ、ちょびっとなぁ」

リリーさんは、別に俺を睨んだりはしていないし、不審がっているようには見えない。

ただ、「隠し事しとるんやろ？」という空気は伝わってくる。

「勉強をすれば、新しい知識なんていうものは、無限に湧き出てくるものですよ」

「そうかなあ」

「例えば」

別に、ここで無理に納得させる必要もないのだが、言い訳はしておこう。

「リリーさんは、さっきから僕の顔色を窺《うかが》おうとするたびに目を細めてますね。ひょっとして、目がとても悪くて、僕の顔がよく見えないのではないですか？」

「よく分かるなあ……そうやねん、目が悪いんよ。お父ちゃんもそうやねんけどな」

やっぱりそうか。さっきからずっと目を細めて、ちょっと睨むような顔をしていたのだ。

「たぶん、眼鏡というものを知りませんよね」

「眼鏡？」

「ガラスを使った道具で、小型化したレンズを二つ、両目の前で固定するんですよ。上等な眼鏡を使えば、僕の顔どころか、遠くの山までくっきり見えるようになります」

「そんな道具があるんか？」

明らかに表情が変わった。

リリーさんは眼鏡に関心があるようだ。当然だが、目が悪いのに視力矯正器具がなければ、日常生活では大きな不便を強いられることになる。

こんな目と鼻の先、一メートルくらいしか離れていないというのに、俺の顔を見るのに目を細めているようでは、よっぽど不便だろう。それを解決できる道具があるとなれば、関心を寄せるのは当たり前だ。

「では、そんな道具があったとして、僕が考えたものだと思いますか？」

「……んーと、そうなんと違うんか？　だって、教養院にも目が悪い子ぉはいっぱいおるけど、そんなんつけてる子は一人もおらんで」

「それが、学校の中に使っている人がいるんですよ」

「騎士院の子か？」

「いえ、クラ語を教えている亡命者のクラ人の女性です」

「……へえ、なるほどなぁ」

リリーさんはすぐにこの言葉の意味を理解したようだ。

「イーサ・ヴィーノという名前の先生なんですけどね。クラ人の世界では、既にそういうものも発明されて、広まっているんですよ」

「そうなんか。向こうは進んどるんやなぁ。羨ましい限りやわ」

「そうなんです。同じものを作ることができれば、みんな使うようになるのに、誰も価値に気づかないんですよ」

アホみたいなことだが、そういうことはある。

日本のような国際化が進んで開かれていた国でさえ、導入すれば仕事の効率が格段によくなるような機械が海外で売られているのに、情報の断絶から何年間も導入されないということは、よくあることだった。

「そのイーサって先生は、なんでそれを広めようとしないん？」

「イーサ先生はクラ人の宗教の聖職者だった人ですから、そういった俗世の金儲けのようなものには関心がないんです」

「ふーん、なるほどなぁ」

「まあ、そういうことで、思いもつかない進歩的発見というのは、見えないところで発生していて、なかなか気づかないものなのですよ」

「ユーリくんは、勉強をよくしてるから、それに気づいたと言いたいんか？」

「そういうことですかね」

　実例があったのだから、部分的にしろ納得せざるをえまい。

「なんだか、はぐらかされた気がするけど」

「それはさておいても、眼鏡は便利ですよ。きっと、見違えたように世界が鮮やかになります」

　俺は無理やり話題を変えた。

「確かに、興味深いわ」

　はぐらかさずとも、リリーさんの興味は眼鏡のほうに集中しているようだった。

「イーサ先生はシャン語を流暢《りゅうちょう》に話せますし、気難しい方ではないので、借りてみたらいかがですか？　自分だけの一点ものを作らないと、よくは見えないと思いますが」

「あれ、そういうもんなん？」

「ええ。目の悪さに合わせてガラスの曲度を変えないといけないんですよ」

「ふぅん」

「左右で視力が違う場合もあるので……まあ、シャムに聞けば大体分かると思いますよ」

　と、話しているうちに時間が過ぎていき、そのうちに帰らなければいけない時間になった。

　そして、別々に店から出た。

　半分、シャムのルームメイトを見てみたいという動機もあったのだが、鋭いところはあるがトゲのない穏やかな人っぽいので、よかったな。

Ⅳ

　リリーさんは迅速に仕事をこなしてくれたらしく、一週間後には、適切な大きさの滑桁《すきげた》が出来上がった。

　俺が持つと若干大きすぎて使いづらい感じだが、これで注文通りだ。使うのは大人なのだから、ちょうどいい。

　取っ手などは青銅でできている。青銅は鉄より錆《さ》びにくいので、適材であろう。

水から繊維を取り出す漉《こ》し器となる漉《す》きも、細い糸でしっかりとつながっているし、漉を装着して上下から挟む桁のほうも、必要以上に頑丈で重いふうでもなく、それでいて脆弱《ぜいじゃく》で壊れそうでもない。いい仕事をしてくれたようだ。

その連絡をすると、すぐにカフと会うことになった。大荷物を担いでカフの部屋に入ると、部屋はさらに小汚くなっていた。雑多な荷物がたくさん増えている。

「よう、来たか」

カフはソファに座りながら、大きな裁断バサミを持って、着古しの服をズタズタに切り裂いているところだった。

「どうだ、これでいいんだろ？」

カフは目線で、部屋の真ん中にある大きな洗濯桶《おけ》を示した。

洗濯桶は、主婦が三～四人囲んで使う感じの巨大なサイズであり、浅さに目をつむれば、湯を張って入浴することもできそうだった。

そこには、今はなみなみと水が張ってある。あたりは、こぼれてしまった水で水浸しになってしまっている。どこからか借りてきたのだろうか。

「いけると思いますが、一応確かめておきましょう」

俺は持ってきた漉桁を包みから取り出して、取っ手を持って洗濯桶の上に置いた。

円形の洗濯桶だが、大きさがあるのですっぽりと中に収まった。

「へえ、そういう道具を考えてたのか」

カフは俺の持ってきた漉桁をしげしげと見つめながら言った。事前に絵図で説明はしておいたが、実際に見てみるとまた違った感想があるのだろう。

「はい。これで作れるはずです」

俺は洗濯桶の横を見た。どこから調達してきたのか、糸くずのようなものやら、先ほど生産していたズタズタに裁断されて糸まで戻された服やら、いろいろなものが素材別にカゴの中に入っている。

「材料も十分ですね。さすがです」

「まあな」

カフは誇らしげだ。

自分の仕事に誇りを持てる、というのは、人生において大きな意味を持つ。退廃の中で腐るような生活から抜け出して、今は仕事をするのが楽しいのだろう。

部屋の中には、ゴミは散らばっているものの、以前のように酒の匂いはしていない。酒の瓶も片付けたようで、どこにも見えなかった。

「じゃあ、早速やるか。どの素材がよさそうだ？」

「これがよさそうです」

俺は一つのカゴを指さした。

その中には、白い繊維が綿のようになったものが、いっぱいになっている。

指先で摘《つま》んでみると、ほろほろと崩れる。繊維の細さも、長さも申し分ない。

「それか。それは糸の問屋から貰ってきたもんだな。糸くずだ」

「なるほど……これは、とてもいい材料だと思います。水に入れてみましょう」

「早速か。いいぜ」

俺は糸くずの入ったカゴを洗濯桶の上で逆さにして、水の中に入れた。

腕まくりをして、手を突っ込んで攪拌《かくはん》すると、糸くずは水の中を泳ぎ、モヤモヤと崩れた。

まさに、理想的な溶け方だ。あとは、漉桁の目が繊維を拾えるかが問題だ。少しでも膜になれば、あとは膜が繊維を拾って分厚くなっていくだろう。

「まずは、僕がやってみましょう」

「そうか。見せてくれ」

体格に比して大きすぎる漉桁を両手で持つと、俺はジャブッと洗濯桶の中に入れ、すい、すい、と泳がせた。

すると、すぐに薄い膜が漉の上にできた。

一度それができてしまうと、漉桁を動かすたびに膜は分厚くなっていった。向こう側が見えない程度に厚みができると、俺は漉桁を斜めにして水を切り、上へ上げた。

案外、あっという間の作業だった。五分もかかっていない。

俺は、嵌《は》め込みの桁のほうを分解して、上に紙が層になっている漉を取り外した。

漉の上には、出来立てのふやけた紙が層になっている。その端っこをめくり上げると、千切れそうになりながらも、持ち上がった。

よく見れば、俺が右利きだからか、紙のほうは右のほうが分厚く、左のほうは薄くなってしまっている。これだとプレスの過程で片側にだけ圧がかかってしまうので、試作品としてもよくはないだろう。

しかし、形にはなっている。二、三度練習すれば、かなり上達しそうだ。最初の漉桁は叩き台のつもりで、繊維をまったく捕らえられず形にもならないというケースも覚悟していたので、拍子抜けだった。

「――これを何かに挟みこんで脱水して、乾燥させるわけです」

「よし、俺にもやらせてくれ」

カフはやる気満々のようだ。

「じゃあ、これは一旦戻しますね」

「えっ」

俺は出来立てのふやけた紙の層を捲《めく》るように剝がして、再び洗濯桶に入れた。

そのまま水の中で引きちぎって、かき混ぜると、漉く前のような状態に戻った。

「なんだ、戻せるのか。じゃあ、いくらでも練習できるな」

「はい。繊維の向きが互い違いになっていたほうが丈夫になるはずなので、いろいろ研究してみましょう」

「そうだな」

様々な素材で作った紙を重ね合わせ、板と板の間に挟んで上に重しを載せ、びしょびしょになった床を拭き終えると、とりあえずの作業は終わった。

「とりあえずはこれで、三日ほどこのままにしておきましょう」

「三日もか？」

カフは意外そうに言った。

漬け物だって一日じゃ浅漬けにしかならないんだし、まあ三日くらいいかな、と思ったのだが。

「ひょっとすると一日でいいかもしれませんが、おいおい縮めていきましょう」

「……そうだな。あまり焦るのもなんだ」

納得してくれたようだ。

「急《せ》いては事を仕損じると言いますしね」

「ほう、上手いことを言うな」

「……まあ、とりあえずは今日の作業は終わり、ということで」

「そうだな」

「じゃあ、僕は少し休んだら寮に戻ります。もう日が暮れてしまいそうですし」

ここに来たのは昼頃だったのに、もう日は暮れそうになっていた。思えば、ずいぶんと長く作業をしていたな。

「ところで、聞いてなかったが、お前、俺のことをどこで聞いたんだ」

あれ、話してなかったか。

考えてみれば、手紙にも紹介者の名前を書いてなかった気がする。

最初、態度が悪かったのもそのせいだろうか。

普通「誰々から紹介を受け、筆を執りました」とか書くものだよな。間抜けなことに、すっかり忘れていた。

「ミャロという同級生からです」

「ミャロ？　俺にはお前くらいの歳《とし》の知り合いはいないぞ」

なんだ、知り合いじゃなかったのか。ミャロが一方的に知っていただけなのかな。

「そうですか？　ミャロ・ギュダンヴィエルですよ」

「……なに？」

家名を出したら、思い当たるフシがあったらしい。

「ミャロ・ギュダンヴィエルです。栗毛《くりげ》で、えーっと、線の細い感じの」

「ああ……ギュダンヴィエルの……そうか。俺を覚えてたのか」

何だか感慨深げだ。感動しているように見える。

「まあ、ミャロは大概のことを覚えていますからね。有能で小器用な商人あがりの人材が欲しいと言ったら、それならカフさんがいいでしょうと」

「そうか……俺のことを」

なんだ？　なにか重い事情でもあるんだろうか。

「すまんが、今日は帰ってくれ」

「えっ？　ああ。構いませんけど」

元から帰るつもりだったし。

「涙がこらえられん」

えっ。

泣きそうなくらい感極まっちゃってるのか。

男の涙は見られたくないよな。さっさと帰ろう。

「分かりました。それでは、失礼します」

俺はさっと身を翻して、急ぎ足で出口に向かった。

「おい」

背中からお呼びがかかった。

「次からは、敬語はやめてくれ。雇い主が部下に敬語を使うのは変だ」

「……そうか。それじゃ、またあとで」

俺は部屋を出て、ドアを閉めた。

V

一ヶ月後、俺はクラ語の講義に向かった。単位は二年目に取得しているので講義に出る必要はないのだが、いかんせん、言語は一度覚えても使わないと忘れてしまう。

この国では、日常生活を送りながらも節々で外国語が絡んでくるなんてことは一切ない。放っておくと本当にテロル語に触れる機会はゼロになってしまうので、たまには顔を出して思い出す必要がある。

その日、講義室に入ってみると、イーサ先生がまだ来ていない教室には、見知った男の影があった。

テロル語の本場、海外に船出したはずのハロルだ。

「よっ！　久しぶりだな」

陽気に挨拶をしてくる。長旅だったせいか、前に見たときよりずっと日に焼けている。

「……久しぶりだな、じゃないですよ。心配しました」

こちとら言い出しっぺなもんだから、大分気に病んだというのに。

ここ一ヶ月は、さすがに生存を絶望視していて、ぶっちゃけもう死んでんだろーなー。と思っていた。二度ほど夢に出てきて、薄ら寒い思いをし、成仏してくれ、と拝んだものだが、生きていたのか。

「そうか？　悪かったな」

「まあ、生きていて何よりです。半年も帰ってこないもんだから、てっきりお亡くなりになったものだと思っていましたよ」

「行く先々で言われるぜ。耳にタコができるよ」

ハロルは小指で耳をほじくる仕草をした。そらそうだろ。

「あとで、みやげ話でも聞かせてください」

「いいぜ。先にイーサ先生に挨拶してからな」

「そうですね。それがいいと思います」

イーサ先生は取引相手に関して、ハロルに助言を行《おこな》っていた。助言が的外れだったら、場合によってはハロルはここにいなかったのかもしれない。

喋《しゃべ》っているうちに、イーサ先生が教室に入ってきた。イーサ先生は軽く教室を見回し、ハロルを見つけると一瞬驚いたようだが、すぐに喜色満面の笑顔になった。可愛《かわい》いな。

「それでは、講義を始めます」

講義が終わったあと、俺たちは学院内にあるイーサ先生の私室に向かった。

　ここは正確には講義準備室の中の一つなのだが、元々使われていなかった部屋で、今はイーサ先生専用の研究室のようになっている。クラ語の講義は週に一度しかないが、イーサ先生は毎日ここに通勤している。自主学習で質問があったときや、課外で学習を深めたいときなどは、ここに来れば講義がない日でも大抵暇そうにしているので、テロル語を教えてくれるのだ。講義の内容だけではテロル語はマスターできないので、俺は何度も何度もここに通った。

「どうぞ、お座りください」

　イーサ先生は、立っている弟子二人に椅子を勧めた。小さめの丸椅子に座る。

「よく帰りましたね。喜ばしいことです」

　ここ数年でシャン語も達者になったイーサ先生が言った。もうまったくと言っていいほど違和感がない。

「おかげ様で、なんとか帰ってこれました」

　座ったまま、ハロルは大げさに体ごと、がばっと頭を下げる。

「はい、よかったです。毎日祈っていた甲斐《かい》がありました」

「えっ、毎日祈ってくれてたんですかい？」

　毎日とは結構なことである。

　隣で聞いていた俺も、スゲーと思った。御《お》百《ひゃく》度《ど》参りかよ。助言をしたとはいえ、どんだけ気にかけてたんだ。

「あ、いえ、なにもなくても毎日祈りはするので」

　ああ、そういうこと。

　毎日の祈りの間に、脳裏に掠《かす》めるような形で無事を祈っていましたよ、みたいなニュアンスか。

　イーサ先生は異端者として、母国を追放された……というより逃げてきたわけだが、信仰を捨てわけではない。宗教者というより研究者然とした雰囲気があるから、たまに忘れてしまいそうになるが、彼女は今でも敬虔《けいけん》な信徒である。

「ああ、なるほど。そういう」

ハロルはガッカリしたような、安心したような顔をしていた。

「それで、旅はどうでしたか？」

「危ないことはたくさんありやしたが、なんとかなりそうで」

どうにか商談は纏《まと》まったのだろうか。

「そうですか。実は私も行ったことのない国だったので、無責任であったのではないかと、不安に思っていたところだったのです」

「イーサ先生も知らない国だったんですか？」

と、俺は聞いた。

「ええ、アルビオ共和国という国なのです。粗暴な人が多い国という印象があったので、迷ったのですが」

「なんでそんなところをわざわざ」

粗暴者が多いということは、治安が悪いということだから、司法の隙も多かろうという読みだったんだろうか。

「イイスス教にも教派があるのです。アルビオ共和国という国は、カルルギ派という教派を信仰していて、主流のカソリカ派からは異端視されています。カルルギ派には、シャン人を差別するという風習はありませんので」

「えっ」

イイスス教というのは、イーサ先生が信仰している大宗教である。

テロル語の文化圏で一般に信仰されている宗教と言ってよく、教義によってシャン人を悪魔と呼んで蔑視し、大昔にはシャンティラ大皇国を滅ぼす直接的な原因にもなった。

ちなみに一神教である。イイスス教にもシャン人を悪魔呼ばわりしない教派なんてものがあったのか。

「そんなのが成り立つのですか？　別の聖典を使っているとか？」

多神教ならともかく、一神教でそれほどの教義の激変が成り立つのだろうか。

「いいえ。そもそも、イイスス様の作った聖典には、シャン人を悪く言う文句はないのですよ」

えっ。

「イイスス様が生きていらした時代では、そもそもシャン人とクラ人は別の人種とは考えられていなかったのです。聖典には、シャン人は〝北方の耳に毛が生えた人〟という名前で登場しますが、さして重要な役割を演じるわけではありません。寒い土地に住んでいる人だから、耳に毛が生えているのだろう。と思われていたのでしょうね」

んな馬鹿な。

クラ人がシャン人を討伐するために、毎度結成している連合軍を、連中は十字軍と自称している。

十年ほど前、十字軍が隣国キルヒナ王国に送ってきた宣戦布告状には、

〝我々は、神聖なる大地を穢《けが》し続ける悪魔どもに、非情なる鉄槌《てっつい》を下すべく結成された、神の子の軍団である。悪魔どもよ、もし己の行いを恥じ、穢れた地の浄化を望み、己の頭《こうべ》を差し出すならば、慈悲深き神はその寵愛《ちょうあい》の一端を分け与えてくださるであろう。悔い改めよ〟

というような攻撃的な内容の言葉が書かれている。

明らかに、連中はこちらを討伐すべき人外としてみなしていることが分かる。彼らが本気でそう信じているのかはともかく、そういう建前を作ることで、略奪や奴隷狩りを正当化しているのは確かだろう。

彼らがイーサ先生の言うような解釈でいるのであれば、これは認識が矛盾していることになる。聖書とまるで記述が食い違うのでは、建前も作りようがない
「でも、イーサ先生。それは主流のカソリカ派の認識とは食い違うのでは？」

「はい。悲しいことに、その通りなのです」

やっぱり食い違っているらしい。

「イイスス教の原典は、今から二千年も昔に成立

しました。そのため、今はもう話す人のいないトット語という古い言語で書かれているのです。今、カソリカ派で使われている聖典は、それをテロル語に翻訳したものになります。これを欽定訳《きんていやく》聖典《せいてん》というのですが、これには意図的な誤訳が含まれていて、シャン人の部分はやはり〝耳に毛が生えた北の悪魔〟と訳されているのです。これは、神への冒瀆《ぼうとく》に他なりません」

そう言ったイーサ先生の顔には、したたかな怒りが浮かんでいた。侵略を正当化するために、翻訳を利用して教義を歪《ゆが》めているということか。

「トット語は非常に複雑な言語なので、聖典を原文で読める人は一万人に一人もいません。なので、大多数の人は原典を紐解《ひもと》いて本来の教義を学ぶことができず、無批判に欽定訳聖典を受け入れるしかないのです」

「そのトット語というのは、そんなに難しいんですか？」

「そうですね……例えば、〝人〟というものを表す言葉だけでも、ニャー、サチャート、クラガ、ヘレナス、ハフシュレカ、フェルナス、エルヘトニカ、など個別のものが十二種類あります」

……どこの世界にもアホな言語を考える奴はいるものだな。

真の古文エキスパートにして狂人として知られている当学院の古代シャン語教授に言わせると、書き言葉言語は複雑なほど表現の幅が広がるので、古代シャン語と比べれば今のシャン語は猿の言語に近しいということらしいが。

「シャン人を悪魔と訳している箇所は、原文では〝ハフシュレカ〟という言葉が使われています。これは〝異邦人〟といった意味合いの単語なので、その部分の文章を直訳すると〝耳に毛が生えた北方の異邦人が話を聞いていった〟というような意味の一文となります。実際に、誤訳が行われる以前の欽定訳聖典では、この部分はそのように訳されています。今の欽定訳聖典は、トット語の話者が聖職者以外にはいないのをいいことに、恣意的に語句の意味を歪めて伝えているのです」

イーサ先生としては、それについては大いに不満があるんだろうな。というか、口ぶりから察すると、その調子で総本山でも同じ主張をして、それで異端者になったのでは。と思えてくる。

「それで、アルビオ共和国では、また別の解釈があるのですか？」

「はい。アルビオ共和国で教えられているカルルギ派というのは、シャンティラ大皇国がまだあった時代に分派した教派なのです。つまり、教義が歪められる前に分派したので、影響を受けていません」

大皇国がまだあった時代とは。

そりゃずいぶん昔の話だ。九百年も前の話である。

「カルルギ派というのは、そもそもはクスルクセス神衛帝国が崩壊したときに成立した、カルルギニョン帝国という国で信仰されていた宗派です。

この国はカソリカ派と戦争をして滅んでしまったのですが、アルビオ共和国は島国で、今もカソリカ派の諸国とは戦争状態にあります」

カルルギニョン帝国というおかしな名前の国は滅ぼされたけど、残党が辺境に籠ってまだ戦っているという感じなのか？

「アルビオ共和国のある島というのは、どのあたりにあるんですか？」

「フリューシャ王国の大海側の海岸から、少し沖に出たところです」

言葉で聞いても分からない。

「えーっと、ちょっとインクとペンを貸してもらってもいいですか？」

「はい。いいですよ」

俺はかばんから紙を取り出して、机の上に置いた。

「あら、それは植物紙ですね。こちらでは初めて見ました」

こちらでは、ということは、クラ人の領域には既に植物紙があるのか。

「僕が思いついたんですが、やっぱりクラ人の国にもいるんですね。同じようなことを考える人は」

俺はしらを切った。それにしても、既に紙が出回っているということは、技術的には先を行かれているのだろうか。

「なんだ、見せてみろ」

難しい話につまらなそうにしていたハロルが食いついてきた。

「はい、どうぞ。いくらでも見ててください」

俺はかばんから紙をもう一枚取り出して、ハロルにくれてやった。

最近はなかなか書けるようになってきた紙の上に、イーサ先生から借りたペンで簡単な地図を描く。

「あら、とても良く描けた地図ですね」

褒めてもらった。

「これに載ってますか？」

「もちろんですよ。ここです」

イーサ先生が指で示したのは、アイルランドだった。

「隣の島は？」

俺はグレートブリテン島を指した。俺の記憶にある世界では、イギリスが占めていた島だ。

「この島は、大アルビオ島ですね。北半分はアルビオ共和国が支配していますが、南半分はユーフォス連邦という国の領土です。この二つの島をアルビオ二島と呼ぶのですが、アルビオ共和国は、二島全土を支配下に収めることを悲願としていて、大陸の国々とはずっと戦争をしています。海賊で有名です」

この世界ではイギリスみたいな国は興らず、グレートブリテン島は南北に分断され、戦争を続けているらしい。この国が海側から攻められていないのは、こいつらが頑張ってるおかげなのかな。

「カソリカ派というのは、どういう教義なのですか？」

「……それは、非常に説明が難しい質問ですね」

専門家でも説明が難しいのか。

「まず、今のカソリカ派は、厳密には教派とは言えません。日和見的に教義の解釈が変化していくので、あえて言えば教皇の意見がカソリカ派ということになりますが、教派というよりは派閥といったほうが表現としては相応《ふさわ》しいでしょう。カソリカ・ウィチタの唱えた初期カソリカ派の名残は、現在は殆ど失われています。シャン人が悪魔という解釈も、初期カソリカ派の教義にはないのですよ」

やはり、時代時代で適宜教義を歪めている教派であるらしい。利権や私利私欲の都合で何度も泥を被って、最初の形も分からなくなってしまった、という感じなのかな。

「では、カルルギ派というのは？」

「元は武僧が興した教派ですから、朴訥《ぼくとつ》な教義ですね。当時のカソリカ派への反動から生まれたものですから、秘跡への解釈なども、カソリカ派からすると異端に見えます」

「聞いていいものか分かりませんが……イーサ先生は何派なのですか？」

まあ、話の流れ的にカソリカ派なんだろうけど。

「私はわたし派です」

ニッコリと微笑んで答えてくれた。

「？？？」

ワタシ派？　新しい教派がでてきたな。

「わたし派というのは、わたしが考えた教派です。初期カソリカ派の教えを踏襲していますが、研究により更に進化しています」

聞き間違いかと思ったが、そのまんま「私派」だったらしい。急に「最強のオレ流」みたいな話になってきた。

「へ、へぇ。わたし派の信徒はひとりきりなのですか？」

「はい。布教をしようと思ったら死にかけたので、たぶん信徒は私だけで終わるでしょう」

それが原因で、こんな辺境くんだりまで逃げる

ことになったのか。人生かけてんな。

「……そうですか。残念ですね」

「残念とは思いません。信仰とは本来、一人きりの内面に生じるものであって、それで十分なのです。大勢の他人と信仰を共有しなくては居ても立ってもいられないという状態は、人間的な弱さから来る本来無用の強迫観念に他なりません。ここに来てそれを悟りました」

なにやらイーサ先生も成長しているらしい。ワタシ派は日々改良されているということか。

「……小難しい話は分かりませんが」

と、ここにきてハロルが口を挟んできた。

「良かったら、そのワタシ派、俺にも教えてくれやせんか。イイスス教には興味がありやして」

おっとぉ。マジかよ。

「もちろん、お望みであれば、構いませんよ」

「そうですかい！　そりゃあよかった」

なんだこいつ。

短い付き合いだが、宗教に関心がある男とは思わなかった。

いや、考えてみれば、こいつは実際にアルビオ共和国の土を踏んだのだ。現地の宗教について考えを深めておく必要を痛感する出来事でもあったのかもしれない。そう考えると、イイスス教を教えてくれという申し出は、ちっとも不思議ではない。

「課外で学生を教えなければいけないときは、そちらを優先しなければなりませんが、それ以外の時間でしたら」

「もちろんです」

ハロルは嬉しそうに笑っていた。

◇◇◇

イーサ先生に別れを告げたあと、俺とハロルは酒場に繰り出していた。

「やっぱぶどう酒はねえのかぁ」

ハロルは酒場のメニューを読むと、残念そうに言った。シヤルタ王国ではぶどうを栽培できないため、ぶどう酒は市場に出回っていない。

「残念でしたね。ビールで我慢してください」

「そうするか。ビールはシヤルタのもんが一番美味いしな。やっぱり、酒は地元の酒に限る。お前はなんにする？」

「僕は、あー、ミルクでいいです」

「なんだ、酒は飲まねえのか？」

シャン人はやたら酒に強いので、よく酒を飲む。

食堂ではさすがに出さないが、寮生でも飲んでいる奴は多い。なんとなく大人の飲み物という風潮はあるが、二十歳未満は飲酒不可というような決まり事もない。

「お酒は二十歳まで飲まないことに決めてるんです」

そんなに影響はないと思うが、体にどんな影響があるか分からない。酒が恋しくてたまらないというほどの酒好きでもないから、飲まないに越したことはないしな。

「なんだ、学院ではそういう決まりなのか？　ここでは守らんでも」

「いえ、自分で決めたルールみたいなものなので。それに、今日は用事が残っていますし」

「そうか？　おーい！」

ハロルはウェイターを呼ぶと、すぐに酒を頼んだ。

ビールが瞬時といっていいほど早く運ばれてくる。ハロルは、いかにも船乗りらしく、それを一息に飲んだ。

「……ぷふぁ～。美味いっ」

豪快な飲み方だ。あー、美味そうだな、おい。ちょっと飲みたくなってくる。ルークはどちらかというと蒸留酒派だし、ビールを飲むときもグビグビとはやらないからな。

「じゃあ、土産話をお願いします」

「ああ、いいぜ。まずな、俺は大アルビオ島に向かって帆を張って、航海は端折《はしょ》るけどな、なんとか到着できたんだ」

「いやいや、端折らないでくださいよ。どうやって航海したんですか？」

「どうって？」

「沿岸航行じゃないんですから、難しいでしょうに」

この国には、大アルビオ島までの精確な海図などない。もちろん、ＧＰＳのような自分の位置を特定できる道具もない。

それは、船乗りにとっては大変なことである。

つまりは、陸の見えない大海原に漕ぎ出したら、すぐに自分の居場所が分からなくなってしまうわけで、見当違いの方向に進んだら永遠に陸地には辿り着かない。バルト海や地中海のような内海であれば、それでもそのうちにはどこかの岸に着くわけだが、大西洋のような大海原では食料が尽き水が尽き、餓死や渇死をするまで海の上を漂ったまま、ということが高確率で起こる。

右手あるいは左手に常に陸地を確認しながら航海する沿岸航行であれば、そのような心配はないわけだが、アルビオ共和国の場合は沿岸を航行していくことは難しい。途中にある沿岸が全部敵国なのだから、外海を通っていくほかない。

「ああ、いつも航法を任せている爺《じい》さんがいるんだよ。そいつがやってくれた」

他人に丸投げだったのかよ。

「やってくれたって、ヤマカンでですか？」

「ヤマカンっつうと言葉が悪いが、まあ……そういうことだな」

しょっぱなから命がけじゃないか。

「それでな、なんとか到着して、誰もいなそうな谷みたいなところに入って、錨《いかり》を下ろしたんだよ」

「はいはい」

「そうしたらよ、岸に上がったら、森ん中からゾロゾロ人が出てきやがってよ」

「えっ」

「捕まっちまったんだよ。どうも、海賊の根城だったみたいでさ」

「へ、へぇ」

生還エンドなのは分かってるんだが、よく生きてたなこいつ。

「そんで、テロル語で〝どこの軍隊のもんだ〟って言ってきたんだよ。そのときほどイーサ先生に感謝したことはないね。〝俺は商人だ。シャン人の半島から来た〟って堂々と言ってやったよ」

おいおい。

「そしたら、嘘言うなっつーもんだからよ、帽子取って耳を見せてやったら、仰天してやがったよ」

そりゃ、仰天するだろ。

海賊は、どっかの国の海軍が討伐しに来たと思ったに違いない。そうしたら馬鹿がノコノコ上陸してきて、取り囲んでみたら遥《はる》か北方の異人種だっていうんだから、そりゃ驚く。

「そこからは酒飲みよ」

待て。

待て待て。

「どうして酒飲みなんですか？　戦闘になったりとかするもんなんじゃ」

「奴らは海の民だからよ、海難者は助けてやる決まりなんだってよ。財産も奪わねえんだと」

「へえ」

俺の感覚からしてみると、海賊がそういう行動をとるのはちょっと信じられない気分だが、そういう特異な文化もあるのか。

この世界では海難は多いから、もし漂流してきたらお互い様で助け合う、という文化が形成されているのかもしれない。さすがに広汎な風習ではなく、海洋国家であるアルビオ共和国だからこその風習なのだろうが。

本当だとすれば面白い文化だ。

「まあ、俺たちは漂流してきたわけじゃないけどな。とにかく、酒飲みになったんだ。そこで、飲み比べよ。俺たちがザルだってことを教えてやったぜ」

「なんとも楽しげでよかったですね」

最高に幸運なファーストコンタクトだ。一つ歯車が狂っていたら、こいつはその場で惨殺、荷は全て奪われ、バッドエンドだったろう。

「まあな。それでよ、船員はその海賊の村に置いて、俺は首都のほうに行ったんだよ」

「船員さんたちを村に置かせてくれたんですか？　なんとも親切な」

「もちろん、メシと宿代のカネは置いてったさ」

「ああ、なるほど……」

この場合のカネというのは、シヤルタの金貨のことだろう、金貨は金でできているので、出回る通貨の差異を超える本源的な価値がある。とはいえ、向こうからしたらこっちは蛮族なわけで、よく置かせてくれたな……。

「俺らが着いたのは、お前がイーサ先生と言ってたところの、大アルビオ島だったんだな。だから、小アルビオ島まで陸路と渡し船を使って向かった。首都の名前はバイロンズピークっていうらしいんだが、そこは小アルビオ島にあるんだ」

「ほほう」

グレートブリテン島の南半分は別の国に支配されているそうだから、北半分、スコットランドのあたりに漂着できたのは幸運だったな。

「それで、王都ってところはシビャクより小さかったんだけどよ。とにかく着いたんだよ」

「頑張りましたね」

言葉を勉強したとはいえ、仲間も連れず、ぶっつけ本番で外国一人旅を成し遂げたというのはスゴイ。

「そんで、まずは何日か酒場に入り浸って喧嘩とかしてたんだよ」

おいおい。

「喧嘩ですか」

「勘違いしてるかもしれねえが、船乗りにとってはそれが当たり前なのよ。なんせ何日も何日も海の上なんだからな。やっと陸に上がったとなったら、酒場に入って何日か乱痴気騒ぎよ。もちろん、喧嘩したってのは、船乗り相手だぜ」

「なるほど」

そういうものなのか。船乗りの文化ってのは頭がおかしいな。みんなドッラみたいな感じなのか。

「そうしたらよ、国からの使者みたいのが宿に来てよ。招待されたんだよ」

げげ。

「次の日連れられていったらよ、クソ広い豪華なホールに偉そうな連中が並んでんだ。俺はその真ん中でハッキリ言ってやったぜ。俺は商売をしに来ただけだ、ここで商売すんのに許可がいるのか知らねえが、あんたらに損はさせねえぜ。ってな」

いいじゃないか。とりあえず国辱を晒《さら》してきた感じではなかったんだな。

「そしたらすぐに許可が出た。許可っつうより、元から許可は必要なかったみたいなんだけどな。だから禁止されなかったって言ったほうがいいかもしれねえ」

「そこは政府中枢の議会だったんですか?」

「ああ、そんな感じだ。それは何度も確認したから間違いねえ。シャルタでいう王城だよな。どうも、共和国ってのは王様はいねえみたいなんだけど」

そりゃそうだ。王様がいたら王国だ。共和国というのは、一般には君主制をとっていない共和制の国のことを指す。

「その議会というのは、有力貴族みたいな人たちが集まってるものなんですか?」

「貴族みたいだな。ただ聞いた話だと、どうも貴族の位を買う方法があるらしい。大海賊のカシラとか大商人とかも入ってるみてえだ」

共和制といっても、貴族共和制というか、寡頭制というか、極々限られた一部の人間が権力を握っている構造らしい。そりゃ普通選挙なんて行われてないよな。

「そんで、議会が終わったあといくらか誘いを受けてな。何人かとお知り合いになれたってわけだ。次の日も港に連れていってもらって、いろんな奴を紹介してもらった」

本当に運がよかったな。トントン拍子だ。

「それから船を預けた村まで戻って、船を返してもらって、バイロンズピークにとんぼ返りよ。一応、売れそうなもんを積荷に満載しといたからな。着いたらそれを売り払って、しばらく港に船を留めた。船もな、よっぽど古い形の船だって呆れられたりしたけどな」

バイロンズピークというのは、話の流れから言ってさっきの首都のことだろう。

製紙技術だけでなく、造船技術でも向こうはかなり先に行っているようだ。どうも技術全般で先に行かれているっぽい。

「一週間ぐらい、そこに停泊して、勘定係なんかと市場を見て回って、どれを買って帰ったら売れるか調べたんだ。いろいろと運んできたぜ。市場で売って大分儲けた。そこにないもんが売れるのは世の中の道理だからな」

ハロルの航海は大成功だったたってわけだ。

「そりゃあ、よかったですね。いや本当によかった」

苦労は報われたんだな。習得の難しい言語をわざわざ習得した甲斐はあったってわけだ。

「一応礼を言っとくぜ。発案者はお前なんだからな。あんときお前が言ってくんなかったら、思いつきもしなかっただろう」

「……いえ、テロル語を勉強して、命がけで旅をしたのはハロルさんですよ。僕は何もしていません」

俺が出したのは最初の思いつきだからな。根っこから違う別の言語を一から習得するというのは、なかなかできることではない。

「それでも助かったぜ。ここの金くらいは奢《おご》らせてくれ。まあ、酒を飲めないんじゃ有り難みもないだろうけどな」

「ところで、そっちはなんか新しいことはあったのか？」

土産話が終わり、ビールの二杯目が空になると、話がこちらの話に及んだ。

「ええ、まあ。いろいろ思うところありまして、僕も商売をすることにしました」

「お前がか？　なんでまた」

意外そうだ。まあ、俺のような貴族の御曹司が商売を始めるなんてことは、普通ないからな。

「自慢するわけじゃないんですけど、単位を殆どとり終えてしまって、卒業までの間は午後いっぱい暇になってしまったんですよ。だから、王都でできる商売を始めようかと」

「……シビャクで商売を新しく始めるのは、難しいぞ」

やはり思うところがあるのだろうか、ハロルは深刻そうな顔になった。

「それは僕も心得ているので、まったく新しい品を考えたんですよ。ほら、ハロルさんに見せたでしょう」

「ああ、あれか」

「あれを今作ってるんですよ。まあ、まだ試作品ですけど」

あれは第十号試作品だ。

「だけど、どうせ頑張って開発しても、盗まれて終わりだろ？」

誰も彼も同じことを言う。新しい製品を作ったけど魔女に盗まれて終了、というのは、王都の商売人にとっては本当に鉄板の胸糞《むなくそ》ネタらしい。

「そうしないように先手を打ちました。特許《パテント》っていうんですけど」

「特許《パテント》？　専売特許のことか？」

「いえ、違うんですよ。特許《パテント》というのは……」

俺は簡単に特許《パテント》のことを説明した。

「それは……上手いことやりやがったな」

「そうでしょ。もう制度についての公示も出ていますし、第五号特許《パテント》まで認められたみたいですよ。第一号は僕の紙の特許《パテント》ですけどね」

「もう作ってるのか？」

「ええ、もちろん。王都の山側の小屋を借りて、こつこつ作っていますよ」

「すげえな。今度、見に行っていいか」

「今日はこれから向かうつもりですが」

「それじゃ、ちょっとついていかせてくれよ」

今からか。別にいいけどな。

「じゃあ、ホウ家の別邸に行きましょうか。ここから近いので」

「ホウ家の別邸か。い、いいぜ」

ハロルは若干気圧《けお》されたような顔をしている。海賊国家に乗り込むのと比べれば、ホウ家なんてのは気楽なもんだと思うが。


別邸は、酒場から出て十分ほどの距離にある。顔パスで正門をくぐると、厩舎《きゆうしや》に行き、世話係に言ってカケドリを一羽借りた。

「おい、俺はトリに乗ったことなんてねぇぞ」

「うちには二人用の鞍《くら》があるので大丈夫ですよ」

もっとも、カケドリは馬のように背が水平に長く伸びているわけではないので、男二人乗りは若干狭苦しいのだが。

「そういう問題かよ」

ハロルは未《いま》だにビビっている。他国の議会に乗り込んだときの勇気を思い出せよ。

俺は持っていた手綱を軽く引いて合図を出した。カケドリは、その場で素直にしゃがみ込む。

「いい経験ですよ。馬より乗り心地がいいくらいですから。後ろの鞍のほうに先に乗ってください」

「う……分かったよ」

ハロルは渋々、鐙《あぶみ》に足をかけてよたよたと鞍に跨《また》がった。

俺がひょいっと飛ぶように乗ると、ハロルの股の間に挟まるような格好になった。手綱をほんの少し張ると、意図を察したカケドリはすぐに立ち上がる。

ルークが当主になってから、この手の調教は随分とレベルが上がったらしい。あまりに杜撰《ずさん》な調教だと、ルークが見るからに顔をしかめるからだ。

「行きますよ。一応、舌を噛まないように注意してくださいね」

カケドリの腹を足で叩いて、走らせる。

若鳥でもない体の大きい中年の鳥なので、二人乗ってもへっちゃらだった。

◇◇◇

「着きましたよ」

俺がひらりとカケドリから下りると、

「お、おう……」

と言いながら、ハロルはヨタヨタと不器用に下りた。初めての経験に戸惑ってはいるが、尻を痛めた様子はない。

着いたところは、シビャクの西の際にある、古い建物だった。

この建物を選んだのには、いくつか理由がある。

ひとつは、ボロボロで安かったこと。ふたつめは、元は家畜小屋だった関係で、家畜に飲ませるための水汲《みずく》み水車が残っていたこと。みっつめは、シビャクの上流にあるため、汚水にまみれておらず、水がきれいなこと。

中は汚いし、全面が土間だが、作業場としては十分だ。

俺は扉を開けて中に入った。

「おう、ユーリ。今回のはなかなかいいぞ」

作業をしていたカフが、喜色を浮かべて言う。第十一号試作品は自信作らしい。

「ん？」

「……おめぇ、カフじゃねえか」

カフがハロルの顔を見て、急に表情を失って真顔になった。

「ハロル・ハレルか。なんでここにいる」

「てめーこそ、こんなところでなにをしていやがる」

「質問を質問で返すなと教わらなかったのか？こっちが聞いてるんだよ」

「アレンフェスト商会の手代《てだい》が、こんなところで間諜《かんちょう》の真似事か？　こいつに何をするつもりだ？」

「あんなところ、とっくに辞めた。いつの時代の話をしている」

なにやら剣呑《けんのん》なご様子である。

「お二人は知り合いなんですか？」

「知り合いじゃねーよ」

ハロルが言った。

「昔の商売敵だ」

あー、なるほど。

「まあ、仲良くしてください。カフさんは大事なビジネスパートナーですから」

「仲良くなんて出来るか。こいつは昔から薄汚え真似ばかりしてきやがって、ウチの商売を何度も何度も邪魔しやがったんだ」

「それが与えられた仕事だったんだよ。大昔の話をいつまでグチグチ言ってやがる。女々しい野郎だ」

「誰が女々しいだァ？　またぶっ飛ばしてやろうか？」

ハロルが腕まくりする。また、ってことは、既に一度はぶっ飛ばし済みなのか。

カフのほうはやれやれと眉間に手をやって、処置無しと呆れたような仕草をしている。

「そうやって力で解決して、あとで泣きを見るのが相変わらずの趣味なのか？　これだから船乗りは困る」

やべーこいつら。大人のくせにめっちゃ口喧嘩しとる。

「てめぇ！」

ハロルが発奮して、俺を押しのけてカフに摑みかかろうとしたので、思いっきり出足を蹴った。

とっさに背中の服をぐっと摑んで転ばないようにしたが、土間に膝がつく。

「ハロルさん、ここで暴れられちゃ困りますよ」

何やら過去に色々あったみたいだから、別に喧嘩をするのはいいが、ここでされるのは困る。

なにせ、そこらに石を載っけて脱水中の紙やら、漉桁やら、いろいろあるのだ。特に漉桁なんか、高価な上に大人が倒れたらすぐ壊れてしまいそうなものだし、壊されたら作業に差支えが出る。

「止めんな」

「イイスス教を学ぶって言った矢先からこれじゃ、イーサ先生が残念がりますよ。言い負かされて喧嘩して、相手をぶん殴るなんて」

「ぐっ」

イーサ先生の名前を出すと、ハロルはさすがに効いたようだった。

ハロルはおとなしく立ち上がった。

「ふん」

「お前も、場所を考えて喧嘩を売ってくれよ。道具がぶっ壊れたらどうすんだ」

「……そうだな。確かに壊されちゃ業務に差し障りが出る。すまん」

「なんだ、こんな子どもにタメ口きかれてんのか。笑えるぜ」

俺もちょっと違和感があるんだけど、そうしてくれと頼まれてるんだから仕方がない。

「ユーリは雇用主で、俺は雇われ店長だ。分をわきまえてんだよ、海夫野郎」

「ってめえ」

海夫野郎っていうのは悪口なのか。事実を並べたようにしか聞こえないのだが。

「やめてくださいね、二人共」

やるなら外でやれ。

「それで、第十一号試作品は？」

「……ああ、これだ」

カフにペラリとした紙を渡された。

「ほう」

薬物漂白していないので、やはり茶色っぽい。上質紙のような真っ白な紙を知っている俺からしてみると、色は気になる。

だが、もとより白っぽい材料を使っているので、十分に白かった。そもそも、羊皮紙からして純白ではないのだから、流通上問題はないだろう。

むしろ、見るべきところは紙質だ。表面がのっぺりとしていて、ケバつきが少ない。

繊維のケバつきというのは、筆が引っかかる原因となるので、これは重要な要素だった。筆が引っかかるというのは、書き味が悪くなるというだけではなく、紙が破ける原因にもなる。

最低限の性能として、普通の人が普通の筆記具を使い、一枚にびっしり文字を書いて、破れるのは一割以下にしたい。紙を分厚くすれば耐久性は上がるが、言うまでもなく様々なデメリットが発生するので、表面の紙質の改良は特に重要な要素だ。

「素晴らしい出来だ。よくやったな」

「俺も、我ながらいい出来だと思ったんだ」

カフはいい製品ができて嬉しそうだ。

「これなら売り物になるだろう。とりあえずは製品化第一号だな」

「これは文房具屋に売り込むことでいいんだな」

「ああ、そうしてくれ」

カフとの会議で、方針はある程度決まっていた。


これは、当面羊皮紙の端切れの代替として売り込む。

羊皮紙の端切れというのは、主にメモ用紙としての用途で売られている、形の整わないいびつな羊皮紙のことだ。羊皮紙は獣畜の皮から作られるが、獣畜の皮というのは前足の皮もあれば尻の皮もあり、綺麗な長方形をしているわけではない。

なので、扱いやすくするために周りの部分は切って除かれる。

また、羊皮紙は乾燥させる過程で収縮しないように引き伸ばされるのだが、ナメシの過程で傷が入っていると、それが針の先程度の穴でも乾いたときには大きく広がってしまう。

紙としては、やはりその部分も不良部位ということになるので、これも除かれる。

つまり、端切れというのは、羊皮紙生産の過程で生まれる、不揃いな余り物ということになる。

当然、価格としては綺麗な四角のものよりだいぶ落ちるわけだが、それでもなお高い。

ミャロなどは、端切れを買い集め、大雑把に四角にして、端に穴を開けて括《くく》り、なかなか上達しないテロル語の単語帳にしている。もちろん、端切れは形がいびつなので長い文章は書けず、なにかと不便だ。

そこで真四角の紙が出てくれれば、代替品として大いに売れるだろうと見込んでいた。植物紙は、品質としてはまだまだ羊皮紙に及ばないので、最初から羊皮紙の代替としては売らずに他の方向から攻める。というわけだ。

「生産性はどうだ？」

いくら品質がいいといっても、仕入れに金がかかったり、量が手に入らなかったりする材料では話にならない。

「特別に調達が難しい材料は使ってない。工夫したのは、脱水工程だ。ケバは圧縮のとき、木の板の表面が粗いから生まれるんじゃないかと思ってな。研ぎたてのカンナで削った上等の板に、蠟を塗りつけて撥水《はっすい》するようにした」

「考えたな、偉いぞ」

「そうでもない」

カフはその言葉に反して、やはり嬉しそうだった。

「値段は、やっぱり端切れと比べて大安売りじゃなくていいだろう。これほどのものであれば、端切れと比べりゃ段違いで使いやすい」

機能的により優れているものを、特価大廉売で売ってやる必要はない。金は幾らあっても困らない。

「俺もそう思った。同じ面積の端切れの七割ってところか」

七割か。原価を考えればぼったくり価格になるが、ぼったくりでも売れる間はわざわざ下げてやる必要もないだろう。こっちも二人きりで生産力も低いんだから、稼げるうちに稼がないとな。

「それでいこう。次々に売れたら、その金で人を雇って道具も増やせばいい」

「人は簡単に雇えるが……道具のほうは用意でき

るのか？」

「この間会ったときに、一つ作ってもらうように頼んどいた。改良点も添えてな」

　リリーさんには一個目の代金を多めに払っておいたので、快く引き受けてくれた。漉桁一個で千五百ルガだ。聞くところによると苦学生であるらしいリリーさんにとっては嬉しい収入だろう。

「そうか。それならいつでも人を増やせるな」

「あとは……高値で売り出したら仕入れ元が足元を見て、値段を上げたがるかもしれん。今のうちに調達できるだけ調達して、ストックしておいたほうがいいかもな」

「ああ、それもそうだな」

　しかし、生産設備のボトルネックは金を投じれば解消できるが、材料調達のボトルネックはなかなか難しい。

　今は、糸屋や織り屋から材料を掻《か》き集めているが、そこから産出される材料などたかが知れている。漉《す》き手が一人であれば、シビャク全体から掻き集めれば、操業に十分な量が揃うだろうが、二人、三人と増えれば、需要に供給が追いつかなくなるだろう。

　本格的に木を材料にする方法を考えなきゃならない日が来るか。

「お前ら……ずいぶん本格的にやってんだな」

　ハロルが呆気《あっけ》にとられたように言った。

「当たり前だ。俺らはこれで天下をとるんだ」

　酒浸りから一転、随分前向きになったみたいだな。

「天下って……おいおい」

「ホラじゃねえ。羊皮紙ギルドをまるまる乗っ取るくらいまでやるぜ」

　天下と言った割に随分とさもしい野望である。まあ、業界一位も天下といえば天下か。

「まあ、紙で終わりではないですけどね」

「へ？」

「は？」

　二人は奇妙な声を出した。

「紙が軌道に乗ったら、すぐにでも次を始めますよ。紙は手っ取り早く稼げそうだな、って思っただけなので。次の技術はまだ特許《パテント》を申請していませんから、さすがにハロルさんの前では口に出せませんけれどね」

「おい、なにを言ってる。本気なのか？」

カフが言ってきた。

「本気もなにも、まさかコレ作ったら終わりだと思ってたのか？」

「いや、まあ、な」

なんだ、そんなつもりだったっぽい。

「俺は、卒業まであと五年もあるんだ。紙が軌道に乗ったら、同じようなのをあと二つは考えてるぞ」

もう売り物になる試作品ができちまったってことは、どう考えたって二年もしたら軌道には乗るしな。そうしたら、あとの五年は椅子でふんぞり返るだけになってしまう。

別にそれでもいいが、どうせ軌道に乗ったなら行けるところまで行きたい。

「お前が製紙事業部の部長で満足するなら、ずっと紙に専念してもらっても構わないけど」

そうしたら、新しい人材を探さなきゃならないな。カフは十分に有能だし、気心も知れてきたから、できれば今まで通り社を預けたいが。

「いや、お前がもっと先に行くなら、どんだけでもついてってやる。俺の才が及ぶまでな」

カフの目には力が漲っている。もう、酒に溺れた時代には戻るつもりがないのだろう。頼もしいことだった。

第四章　本作り

Ⅰ

「リリーさん、四号器はありがとうございました」

「うん」

リリーさんの漉桁《すきげた》四号器は三日前に作業場に届いた。今頃は、カフが雇ってきた作業員が紙を漉《す》いていることだろう。

俺はいつもの喫茶店でリリーさんと会っていた。いつも通り、二人とも私服での密談だ。

「漉《すき》が更に細かくなっていて驚きました」

「まあね～、工具を一つ増やしたんよ。小さい穴を開けられる錐《きり》をな～」

専門工具を新しく買った成果らしい。

「だから、棒を細くできたんや。前のは太すぎたからな」

「どうも、面倒をかけてしまっているようで」

「いいんよ。こっちも、六千ルガも貰《もら》ってるんやから、工具の一つくらい安い買いもんやし」

確かに、六千ルガといえば、たいそうな大金である。

売上ではまだペイできていない金額だ。経営学は学んでないが、設備投資費として許容される範囲なのか不安になる。

「それで、今日はなんの話があるのん？　また追加注文？」

そうだった。

「ちょっと考えていることがあるのですが、教養院の人にアドバイスを貰いたくて」

「ふぅん？　シャムや殿下じゃだめなん？」

「ちょっとね。キャロルなんかは顔をしかめそうな話なので」

「もしかして、あの本のことか？」

……え。なんで分かったんだ。

「ユーリくんのそんな顔見るの初めてやわぁ。驚いた？」

驚いた。

「よく分かりましたね。凄《すご》いです」

「まーなぁ、うちも馬鹿じゃないからなぁ」

「読めましたか」

「読めた読めた」

リリーさんが言った〝あの本〟というのは、教養院の中で出回っている本のことだ。教養院では、伝統的に同人誌のようなものが発行され、回し読みされているらしい。

紙は紙として売るだけでは、さほどの金にはならない。それでもそれなりの売上にはなるだろうが、製本して売れば倍の金になる。

今のように紙を流通させていれば、そのうち誰かが本にしようとするだろう。だが、その誰かに儲《もう》けを譲ってやる必要はない。

では、どんな本を出版すればよいか。

植物紙の本は、安いといってもそれなりの値段になってしまう。裕福で、文字が読めて、読書に対してそれなりの執着がある人間でなければ、出版しても買わないだろう。

それを考えると、教養院の少女たちはぴったり適格と言える。彼女らは裕福だし、文字が読めるし、財布の紐《ひも》が緩い。ご執心の本があるならば、それが出版されたらこぞって買うだろう。

……という算段なのだが、そのご執心の本というのがどんなものなのか、俺は何も知らないのだ。

「リリーさんはそういう本を読むんですか？」

「うわ……ユーリくん、乙女にあけすけにそういうことを聞いちゃあかんよぉ」

なにやら凄く嫌そうな顔をされた。そうなのか。

白樺寮《しらかばりょう》というだけあって、文芸雑誌の白樺みたいなもんを、高校の文芸部の文集みたいな形で発行しているのだと思っていた。そういう感じではないのか？

「まあ、ぶっちゃけると、私も少しは読むけど……」

なんだか凄く後ろめたそうだ。そして、ちょっと恥ずかしそうでもあった。

なぜだ。

「どういう形で読まれているんですか」

「どういう形って？」

「需要があるなら内容はどうでもいいのですが、誰が書いて、どういう形で本にして、どういう風に寮内に流通しているのか。そのあたりの事情を教えてほしいんです」

「ああ、そーいうことか。別に罰則があるわけやないから話してもええけど、私が話したってことは絶対に秘密にしといてな」

「もちろんです。約束します」

リリーさんが話したことが露見すると問題になるのだろうか。

「教養院には、どの時代にも作者って人種がおるんよ」

作者。もちろん、これは本を書く人のことだろう。

「作者というのは、過去の時代の本を読んで、趣味に目覚めて筆を執らざるを得なくなった人たちのことや。作者は、筆を執ることを決意すると、書き始めて、書き終わったらそれを綴《と》じて、一冊の本にする」

俺のように、白紙の本を買ってきて自由気ままに書いたりするのではなく、羊皮紙に書いてからそれを本に綴じるらしい。

俺は日記というか備忘録を書いているから分かるのだが、分厚い羊皮紙の本というのはものを書くにはあまり向いていない。広げると両側がカモメの翼のように盛り上がってしまうので、そこに直接書くと、どうしても字列のバランスが崩れて見た目が悪くなる。

日記の場合は筆者だけが読むので多少見た目が悪くてもどうでもいいが、他人に読ませるものとなると、やはりその辺りは気を遣う必要があるのだろう。

「そんで、本ができたら、友達に読んでもらうんよ。友達に読んでもらって、あとで返してもらう。ここでは絶対に又貸ししたらいかんことになってる。行方不明になるんが目に見えとるからね」

流通は貸本スタイルになってるのか？大量発行などはしないわけだ。

「でも、その仕組みだと古い本の管理はどうするんですか？　それに、書いた人は羊皮紙代が馬鹿にならない金額になると思うんですが」

「まあまあ、これから話すから」

「あ、はい」

気になることが多すぎて先走ってしまった。

「白樺寮には教養の部屋っていう部屋があってな」

教養の部屋。

当たり前の名称なのだが、なぜだか空恐ろしい名前に聞こえた。

寮の心臓部で生暖かい心臓がドクンドクンと赤黒く脈打っているようなイメージを、どうしてだろうか、俺は抱いてしまった。

「その教養の部屋は、寮生以外は入れへん。掃除婦も立ち入りは禁止されとるから、掃除は寮生がやっとる。一種の秘密の部屋なんや。その部屋には、歴代の作者が書いた本が置いてあってな。この喫茶店くらいの部屋が本棚でびっしり埋まっとる」

この喫茶店くらいの部屋となると、それなりに大きい。女性が通れる程度の狭い通路と、あとは本棚だけの書庫のような造りなのだとすると、千冊以上、もしかしたら一万冊くらいは入るかもしれない。

「古い本も新しい本も、みんなそこに入れてある」

「ちょっとした図書館ですね」

「寮の外へ持ち出したら、えらいことになるんやけどね」

門外不出の掟《おきて》でもあるのか。まあ、当たり前っちゃ当たり前だが、そうなるとちょっと面倒かもな。

「それでな、教養の部屋の室長は、寮長が兼任することになっていてな」

「へえ」

「室長がこれと認めた本は、寮費で買い取って蔵書に入れるんよ」

えっ。寮費で買い取っちゃうの？

「紙代とインク代に色つけたくらいの値段やけどな。やから、ヘタなもんを書かへん限りは、赤つけることはないようになっとるのよ」

「じゃあ、写本屋に持っていって複製を作ることもできないんですか？」

「基本的にはな。寮外への持ち出しは、寮長に特別な許可をとればできんことはないけど、やっぱり写本屋に持っていくことは一種の禁忌や。写字生に読まれるということになるからな」

写字生というのは、文字を書き写す人のことだ。悪い言い方をすれば、印刷機の代わりを人力で務める職業、ということになる。

「でも、卒業したら寮に通い詰めるわけにはいかなくなるのですから、思い入れのある本は私有したいと考えるのが普通なんじゃないですか？」

学生時代に強く印象に残った本というのは特別なものだ。俺が同じような状況に置かれたとして、金がないなら仕方がないが、あるのだったら私有したいと思うだろう。

大人になってからＯＧとして寮にお邪魔して読むというのも、まあできなくはないのかもしれないが、小学校の図書館に大人が遊びに行くようなもので、やはり私有したほうが気持ちよく読めるだろうし。

「その場合は、自分で写すか、子飼いの女の子に写させるんよ」

うわぁ……。

本を一冊写すというのは、とてつもない重労働だ。それを、庶民ではない貴族の少女が行うとは。

「でも、だとすると、あまり売れはしませんかね」

「そうでもないと思うよ」

リリーさんはお茶を飲みながら答えた。

「今代の作者は、凄い才能があるって言われとるんよ。白樺寮の歴史上、名が残るくらい有名な作者は五人くらいおるけど、それに名を連ねること になると言われとる」

「その人の作品を出せれば、売れるということで すか?」

リリーさんの言う凄さというのが、いまいちピ ンと来ない。

「考えてもみ。白樺寮には五百人以上の子がおる んよ? 作者が新刊を出します、貸して回します。 それはええよ。だけど、一年は三百六十日ちょっ としかないんやで」

ああ、そういうことか。考えてみれば、問題は 明らかだった。

「白樺寮の全員がそういう趣味を持ってるわけや ないけど、借りた人が全員、頑張って一日で読み 切っても、一年以上の順番待ちが発生するんや。 そんで、今代の作者は多作やから、一年に二冊も 三冊も出しよる。どんなに読みたくても、読まれ へんやないの」


やりたくても量産化ができないわけだ。大変な ことだな。

ベストセラー作家が本を出したとしても、読む までに一年以上待たなければならない。それは、 本読みにとって血の涙が出そうなほど苦しい状況 だろう。

運良く早めに読めたとしても、よい本であった ら読み返したいと思うのが心情というものだ。だ が、それも叶《かな》わない。

加えて、学校には卒業という制度がある。卒業 間近の人などは、もっと苦しいだろう。下手をす ると読む機会が永遠に失われるかもしれないのだ から。

「しかし、それだと、こちらで出したものを売る のは」

「羊皮紙本の半額くらいなら、買う子はたくさん おると思うけど」

「いえ。白樺寮の掟のようなものに反するので は?」

オープンな市場というのは、魔女のような存在がどんなに頑張っても、競争原理に支配される。安く優れた商品は売れるのだから、掟なんぞある程度無視しても構わない。掟というのは時代によって変わるものだし、既得権者が勝手に作った掟を守っていたら、後発の者は何もできなくなってしまう。

だが、その本を売るとしたら、今度は白樺寮という完全に閉じた世界で売ることになる。掟を破れば誰も買わないだろう。それを緩めるように交渉するにしても、俺は寮内に入ることもできない。

「どうやろな……私にはちょっと、そこまでは分からんけど。重要なのは、これは趣味の活動やってことなんよ。作者は別に、誰に強制されているわけでもないし、自分の作った本を教養の部屋に収める義務があるわけでもない。だから……うーん、でも……」

なにやらリリーさんは悩んでいる。

腕を組んで口元に手を当てているが、お胸が潰されてちょっと目に毒なことになっている。

「なにか問題が？」

「問題はないと思うけど、掟っていうても、きっちり文字にしてあるわけやないからね。もちろん、門限とか男連れ込んだらあかんとかは、文字になっとるんやけど……だから、なんちゅーか……」

ああ、そういうことか。

「つまり、意見が一致していない要件でも、無理やり掟の一つと解釈したがるような人たちがいるんでしょうか」

「それやねん」

リリーさんがビシッと俺を指さした。

「評価の高かった本でも、教養の部屋に入れるかどうかは本来自由なんやけど、みんな入れとるから、入れるのが掟の一つやって思ってる奴《やつ》とかな。やっぱりおんねん」

「まあ、そこは、需要がなんとかしてくれるでしょう。必要は妥協を生むものですから」

「そうやな、そうかもしれんな。今の順番待ち争いときたら、ほんとに馬鹿らしいから……」

なんだか苦々しい顔をしている。よく分からんが、何やら思うところがあるんだろう。

「どちらにせよ、作者の方に直接お話しする必要がありますね。その人気作家の方は、リリーさんのお知り合いなんですか？」

「いいや。でも、大図書館に行けば大抵おるよ」

ああ、大図書館か。あそこは静かだしな。

「なるほど。では、訪ねてみます。お名前は分かりますか」

「ピニャ・コラータや」

Ⅱ

大図書館は学院が占めている区画の一部にあるので、学院の附属施設のように思われることが多いのだが、運営上はまったく別の施設であるらしい。一般人でも出入り可能だが、一定の金額を入館の際に預ける必要がある。

具体的に言うと、金貨五枚だ。これはもちろん退館の際に返してもらえるが、蔵書を破いたり汚したりした場合は没収されてしまう。当然、退館の際はかばんなどは中を開けてチェックされる。

羊皮紙はなかなか破けはしないが、もしクシャミでもして痰《たん》が本にかかり、運悪く職員にそれを見られていたら、五十万円ほどの金額がパァになってしまうというわけだ。ただ、貴重品である羊皮紙の本ばかりなので、窃盗や汚損の危険を回避するためには、そういう措置はどうしても必要になってくる。

そういった事情があり、大図書館というのは、一般人にとっては入る機会が殆《ほとん》どない建物であるらしい。預け金や防犯の手続きは煩雑だが、預け金は返ってくるし、他に利用料金などはかからない。一般市民でも膨大な蔵書を無料で閲覧できるというのは、けっこう先進的な施設なのではないかと思う。

ただ、その預け金の仕組みがあるのは表門だけで、裏門は学院の敷地に通じており、制服を着ていればほぼフリーパスという仕組みになっている。

貸し出しもできるのだが、かなり厳しく管理されている。学院生は、絶対に学院の外に持ち出さない条件で一冊借りられるのだが、学院生でない者は貴族しか借りられず、その場合は高額の担保金を預ける必要がある。

ルークは、この担保金を一々預けて、俺に本を借りてきてくれたわけだ。ありがたいことこの上ない。


大図書館は、意外といってもいいくらい大きな建物である。数十万冊の蔵書があるが、この世界にはデータベースとかコンピューターとかはないので、誰も全貌を把握できていない。

蔵書の多くは、学院の森を侵して造られた防火蔵の中で、虫除《むしよ》け草と一緒に眠っている。そんな管理しきれないほどの蔵書が、なぜあるのかというと、それにはちょっとした事情がある。


それは、シヤルタ王国内で作られたものではないのだ。ここにある蔵書は、シャン人の国が滅びるとき、知的財産を守ろうと運び出した人々の、努力の結晶なのである。数十万冊の蔵書のうち、シヤルタ王国の国内で作られたものは、全体の二割に満たないという。


大図書館の中に入ると、かすかにナメした皮の匂いがした。これは、本の表紙に張られている皮の匂いだ。

大図書館は、蔵書が収まりきらずに蔵を造っているくらいだから、中は本棚でいっぱいになっていて手狭だが、そことは別に机と椅子の読書スペースがちゃんと造られている。実質的に貸し出しを前提としないシステムなのだから、当然といえば当然だろう。

そのへんを歩いていると、やはり教養院の学生が目につくことが多い。男も女も、教養院生が多く、騎士院生はあまりいない。

騎士院は馬鹿ばっかりというわけではないが、やはり学者的な頭のよさはあまり重視されない風潮がある。それは教養院に通う女たちの役割で、自分たちは別の役割がある。という感じだ。

ピニャ・コラータを捜しに来たのだが、容姿も曖昧にしか聞いていないので、誰が誰だか分からない。そもそもアポもとっていない（というか、とる方法がわからない）ので、ここにいるかどうかも怪しい。

今日はムリか。と思いながら諦めようとしたとき、二階の隅の席に変な人がいた。

ぼさぼさの髪の毛を無造作に伸ばしており、ひたすらに羊皮紙に向かってペンを走らせている。下を向きっぱなしなので、長い前髪がカーテンのように顔を覆い隠していた。

大図書館には、生徒や大人は数いれど、書き物をしている人というのは少ない。そもそもが、本を読むために来る場所であって、書き物をするために来るところではないのだ。

インク壺《つぼ》に羽ペンという組み合わせはインクが飛び散る危険が常にあるので、ここでは一種の危険物といってよい。一般人はそもそも所持品検査で持ち込めないし、学院生にとっても汚したら厳重注意で、再犯すれば出入り禁止の危険があるので、あまりそういうことはやらない。

だが、この子は羽ペンを使っている。もちろん、隣に本が置いてあるわけでもないので、悪いことでは全然ないのだが、珍しいことではあった。

こいつか？

俺はそう思って、ふらりと後ろを通りながら、一瞬だけ紙を覗《のぞ》き見た。シャン語の文法には「」《カギカッコ》的な記号があり、これで囲まれた文章は、登場人物の台詞《せりふ》を表す。という決まりがあるのだが、それが並んでいるのが目についた。ということは、小説であろう。

レポートや学問的な書籍を執筆しているのであれば、なかなか「」《カギカッコ》という記号は使わないものだ。間違っている可能性はあるが、少なくともこの子はピニャ・コラータである可能性が高い。

だが、なにやら執筆に集中しているようだし、邪魔をするのもなんだ。対面の座席で待たせてもらおう。

俺は実際にそうして、できるだけ音を立てないように椅子に座り、居眠りでもするかのように目をつむった。考えることは幾らでもあるのだ。


木を煮崩して繊維を取り出す方法を考えているうちに、いつの間にか眠りの水際に足が入っていたようだ。ウトウトとしはじめ、首の力が抜けてカクンとなった衝撃で起きた。

眠りのとばりが裂け、目を開けると、執筆が一段落したのか、ピニャ・コラータ（たぶん）がこちらを見ていた。

俺と目が合うと、ピニャ・コラータ（と思われる女子）はビクッと背筋を震わせた。あせあせとかばんに文房具をしまったかと思うと、足早に席を立とうとした。


「ちょ、待て待て待って」

慌てて引き止めた。身を乗り出して手首でも摑《つか》んで引き止めてもよかったが、大声でも出されると困ったことになる。

「な、ななな、なんですか？　お、怒りに来たんですか？」

はあ？

なんで俺が初対面の女に怒らにゃならんのだ。

「怒ってませんて。ちょっとお話があって」

「や、やや、やーです」

なんだか俺に怯《おび》えている様子だ。

なんだ？　この娘《こ》、男性恐怖症かなんかか？

俺は威圧的な容姿をしていると言われたことはないんだが。

このままでは、俺は怪しいお兄さんになってしまう。大声でもあげられたら、もう半分以上変質者だ。

いや、ここで強引に足止めすることで悪化する心象のほうが問題だ。致命的に悪化して暴漢として認知されたら取り返しがつかなくなる。そうなるくらいなら、後日出直したほうが百億倍マシだ。

よし、今日は諦めよう。そう思ったときだった。

「ちょっと、あなた、この子になにをしているの」

ぎゅっと肩を摑まれた。振り返ると、刺々《とげとげ》しい顔をした女性が立っていた。

教養院の制服を着ている。

「……なにもしていませんよ。ちょっとお話がありまして」

なんで後ろめたい気持ちになってしまうんだよ。俺は本当になんもしてないのに……。

こちらから声をかけたわけでもなけりゃ、彼女をジロジロ観察してたわけでもないし、机の下に潜って下着を覗いていたわけでもない。

目をつむって居眠りをしていただけなのに。

「ピニャに何の話があるっていうの？」

やっぱりこの子がピニャらしい。

「失礼ですが、あなたは？」

「質問に質問で返さないで。ピニャになんの用？」

「申し訳ありませんが、あなたが何者かも分からないのに、話せませんよ」

この国の魔女は金に貪欲だ。金儲けの話は、そう簡単にペラペラと教養院の生徒に話してよいものではない。

おいそれと話せば「そりゃ儲かりそうだな。一枚嚙《か》ませろ」という話になりかねない。

「あなたねえ」

なおも睨《にら》んできている。

俺の肩を摑んだところからも分かる通り、この女性は長身だ。俺より年上で、リリーさんくらいの年齢がありそうだから、俺のことが生意気に感じられるのかもしれない。

「コミミ……」

「ピニャ、知り合いなの？」

「その子、ユーリくん」

「……あら？」

俺の名を聞いて、改めて俺の顔を見ると、コミミと言われた女性の表情からトゲがなくなった。

なんなんだよこいつ。ピニャ・コラータのほうも、なんで俺の名前を知ってんだよ。

「まあ、お話を聞いてくれるのでしたら、場所を移しませんか？　ここではなんですから」

大声は出していないが、図書館で話をするという行為自体が落ち着かない。

「……まあいいけれど」

「……はい」

なんかあっさりと同意してくれた。なんでだ？

◇◇◇

俺は二人を伴って、正門側から大図書館を出た。

「この辺りで、どこか個室のある喫茶店を知りませんか？」

「すぐそこの銀杏葉《ぎんなんよう》には、確か個室があったはずよ。でも、確か席料をとられたと思うけれど」

長いこと白樺寮で暮らしているだけあって、コミミは学院周辺の喫茶店事情に明るいようだった。

騎士院の男は彼女持ちでもない限り喫茶店に用はないが、教養院の女子生徒は年がら年中喫茶店でおしゃべりに興じている。

「構いませんよ。僕が払いますから」

「さすが、ホウ家の次期当主ね。お金持ちだわ」

「僕が自分で商売をして稼いだお金ですよ。家の金ではありません」

そう言うと、なんだかコミミは睨んできた。なんで睨んでくるんだよ……この人怖い。

その喫茶店に入って、個室を指定すると、席料は二十ルガだった。そんなに高くもない。

シャムの入学のときに入った最高級のレストランは、時期的なものもあるんだろうが、席料だけで七百ルガとられた。それと比べれば……まあ、ああいうレストランと比べるのはおかしいが、安いものである。

奥に案内されると、個室というのは、落ち着いた調度の揃《そろ》った部屋に、正方形のテーブルが一つと、取り囲むように椅子があるだけの部屋だった。大きな窓もあって小さい庭が見えるので、開放感もある。

俺は椅子に座ると、

「どうぞ、お好きなものを注文してくださいい。奢《おご》りますから」

と、緊張させないように、なるべく柔らかな調子で言った。

だが、コミミの刺々しい態度は変わらなかった。

「なんのつもりなの？」

……いったい、なんなんだろう。

なんのつもりも糞《くそ》もあるかと言いたい。なんでこんなに俺を警戒しているんだ。臆病な亀やハリネズミのような反応になっている。

そして、なんでコミミとかいうのはここまでついてきてるのだろう。俺はピニャ・コラータに話があるのに。

「まあまあ、お話はあとでいいじゃないですか」

「……そうね。でも、自分の分は自分で払うわ」

いやいや、そういうわけにも。

「いえ、こちらからお願いをするわけですから、遠慮しないでください」

「……お願い？　なんて??」

コミミは、俺の発した言葉がよっぽど奇妙奇天《きてれ》烈《つ》だったのか、警戒を通り越して呆気《あっけ》にとられたような顔をしている。

なんでそういう反応になる……？　本格的に思考が読めん。

なんだか、双方読心戦の様相を呈してきたな。

なんで戦っているのだろう。

と、そこでコンコン、と扉がノックされた。

「どうぞ」

「失礼致します――ご注文はいかがなさいますか？」

店員さんだ。

「……私は、オリジナルブレンドティーをお願いします」

コミミが言った。

「……ミルクティーとー、ナッツ入りケーキと焼きプリンと、あとクッキー盛り合わせ六種類のやつ」

「ピニャ」

コミミから叱責のような鋭い声が飛んだ。

「構いませんよ、それをお願いします」

俺が言うと、店員さんは「はい」と言った。

それにしても、小さいのにめっちゃ食うやん。

昼飯を食ってなかったのか？　それとも執筆で大量にカロリーを消費したのか？

「では、僕は温かい麦茶と、スライスしたチーズをお願いします」

「承りました。ご注文を繰り返します――オリジナルブレンドティーが一つ、ミルクティーと」

店員さんは注文を復唱していく。

「麦茶のホットとプレーンチーズのスライスですね」

「はい。それで大丈夫です」

「では、しばらくお待ちください」

店員さんはぺこりと頭を下げると、扉を閉める際にもう一度お辞儀をしてから去っていった。店員の教育もいいし、感じのよい店だ。

気を遣わない食事をするときなどはもっとラフな応接のほうが気が楽だが、知らない相手とビジネスの話をするときには、こういう丁寧な対応をしてくれたほうが助かる。

さて、

「えーっと、コミミさんでしたよね。コミミさんはピニャさんとはどういうご関係なんですか？」

まずはこれが聞きたい。

「……私は、ピニャのルームメイトよ」

あー。

はいはいはいはいはい、なるほどね。シャムにとってのリリーさんポジがこいつか。

「じゃあ、マネージャー業務をしているわけですか。例の本についての管理などを？」

そう考えれば、ごく当然のようにピニャに同道してきたことにも説明がつく。

「……そうよ」

やっぱりか。

ピニャ・コラータが人付き合いの才能がない、内向的な人間であることは一目で分かる。リリーさんに聞いた事情を鑑みれば、コミミのような存在がマネジメントしなくては、システムが成り立たないのは当然だろう。

小説が本になった瞬間に五百人からの人間が取り合いっこするのだから、本を誰に貸したか今どこにあるのか、次は誰に貸すのか、そういったマネジメントは必ず必要になる。ピニャ・コラータ本人にできないのであれば、コミミがやるしかない。

「いやぁ、よかった。例の本について、少しお話ししたいことがありまして」

そうなると、コミミにも話を通す必要がある。むしろいてくれて手間が省けたと言える。

だが、俺が発した言葉を聞くと、ピニャは怯えたような顔をし、コミミは表情を硬くした。幾らか和《やわ》らいでいた態度が硬化し、なんだか振り出しに戻ってしまったような感じがする。

「何なの？　言いたいことがあるなら、はっきりと言いなさいよ」

……本当に、どうしてこういう反応になるんだ？

ピニャは怯えてるみたいだし、コミミのほうは態度が警戒を飛び越えて威嚇に変わってしまった。

こいつらは男全般にこういうふうな反応をしているのか？

いや、それ以前に、何かしらの認識が根本から食い違っているのかもしれない。

「なにか行き違いがあるようですが、僕は怒りに来たわけではありませんよ」

「……は？」

「ピニャさんのほうも、僕がいつ怒り出すのかと、なにやら恐れているように見受けられますが、正直言って、怒らなければならない心当たりがまったくありません」

こういうときは、素直に指摘して正直な感覚を話し、食い違いを正すのが近道だ。

「ほ、ほんとに……?」

「はい。あまりに心当たりがないので、お二人で僕を秘密裏に抹殺する計画でも立てていたのかな、と考えていたところです」

これは冗談だけど。

「フヒヒッ」

と、甲高い奇妙な笑い声がした。ピニャが笑ったのだ。

フヒヒッて。今の人間の声だったのか。

何度か修羅場を乗り越えてきた俺でさえ、背筋がゾッとするような笑い声だったぞ。

「じゃあ、何の用なの?」

若干警戒を解いたらしいコミミが言う。

いや、さっきの笑い声は問題ないのか。さっきみたいに咎《とが》めなくてもいいのか。ま、まぁ、当人たちが問題にしていないのなら、俺はいいと思うけど……。


「それはお茶が来てから話しましょう。それより、もしよろしければ、なぜ僕が怒ると思っていたのか、お聞かせ願えませんか」

「それは……」

コミミが口を濁した。言いたくなさそうだ。

「……ユー……くん……が、登場人物だから」

ピニャがぼそぼそと何か言った。聞こえないんだけど。

「ピニャ」

コミミがはっきりとした口調でピニャの発言を制した。

「……いいの。ユーリくんが登場人物だから」

「……へ?」

聞き間違いか?

「僕が登場人物ですって?」

「……う、ん」

「んん……?? なんでそうなるんです?」

本気でわけが分からん。

「人気、あるから」

はあ？……どゆこと？

「何が人気なんです？」

「ふひひっ」

「いやいや、フヒヒじゃなくて」

「よむ？」

読む？

「なにをです？」

「さっき書いてたの」

ピニャはぺらりと十枚ほどの紙を俺のほうに差し出した。

「ピニャ、それは……」

コミミは目を白黒させて、渋い顔をしている。

なんなんだ？　この展開。

俺が登場人物？

ついていけねえぞ。

「コミミ、ユーリくんは、主人公だよ？　よむ資格があるよ。隠しておいていいわけないよ」

目の前にあるのは、たぶん原稿なのだろうが、ほんとにこれを読んでいいのだろうか。男子禁制の読み物なのではないのか。

「……よんで？」

「えーっと……」

しかし、これから出版しようという内容物だ。読める機会があるのなら、読んでおいたほうが間違いなくよいだろう。

俺は読むことにした。

青春の散華　第十八話

「大変だったな、ミャロ」

騎士院実習課程の激しい稽古を終え、水浴び場で水を浴びていたミャロに、ユーリが問いかけた。

あれほどの激しい稽古のあとだというのに、ユーリは息を切らしておらず、ろくに汗もかいていない。なので、彼は水を浴びる必要もなかった。

ミャロの艶《なまめ》かしい躰《からだ》には、今まさに浴びた水が滴り、張りのある肌に水滴が浮いている。

「タオルを忘れてたぜ」

ユーリはミャロにタオルを手渡した。

「あまり……見ないでください」

ミャロは顔を赤らめ露《あら》わとなった躰を隠したが、ユーリは視線を外そうとはしなかった。

「ふん」

ミャロの懇願を一蹴するように、そう言っただけであった。

「恥ずかしいのに、やめてはくれないんですね」

ミャロはわずかに頬を染めると、ユーリに背を向け、濡《ぬ》れた躰を拭っていった。


その頃……。

ドッラは未《いま》だに道場で居残り稽古をしていた。

他の者が使うものより重く拵《こしら》えた稽古用の木槍《もくやり》は、大人の武芸者が使うものとすでに遜色がない。激しく、そして強く、同輩の若き騎士たちと槍を交えていた。

だが、ドッラに及ぶ者はいなかった。同輩の騎士たちでは、練習にすらならない。

稽古が終わり、もはや立ち上がる者のいない道場で、ドッラは思う。

（やはり、あいつに勝るものはない……）

武の極みに近づくにつれ、ドッラのその思いは強くなる一方だった。

（あいつは、特別だ……。おれの全てをぶつけてもなお、あいつはおれの上をゆく。そんな男は、他にはいない……）

ユーリは、既に稽古から引き上げてしまっている。皆がこぞって居残り稽古をしているとき、ユーリはそれに付き合うことはなかった。

それでも、ユーリの腕前に及ぶものはいないのだ。ユーリの技量の伸びは俗人の及ぶところではなく、手に持つ槍は神が宿ったように好《よ》く動いた。

鬼才を誇るドッラでさえ及ばぬほどに。

ドッラは、近頃は、同室で暮らしているユーリが横になるより先に、床に入ることにしていた。

そうしないと、眠れないのだ。

隣で無防備にユーリが眠っているという事実に、頭が冴《さ》えてしまう。最近では、下の用のために夜中に起き、そのとき隣のベッドでユーリが寝ていると、夜が明けるまでじっと顔を見ていることが日常だった。

床に入っても寝付けないのである。ユーリが隣で眠っているという事実を意識してしまうと、頭が不思議と冴えてしまい、眠れないのであった。


（いつか、いつか勝ってやる。あいつをおれのものにしてやる）

ドッラは、己の胸の内に巣くう鬱屈とした愛憎を、未だ自覚してはいなかった。


「くそっ、また負けた」

ユーリは、余暇の時間はミャロと斗棋《トウギ》をしている。

ドッラは、それを遠くの椅子から見ている。ドッラも斗棋《トウギ》の達者であったが、この二人には及ばない。だが、ドッラは元より斗棋《トウギ》の得手不得手に意味など見出《みいだ》していなかったから、それでも構わなかった。

「もう一局です」

ドッラは、酒を愉《たの》しみながらも、二人の会話を自然と意識してしまっていた。パチ、パチ、パチ……と、駒が盤を打つ音さえ聞こえてくるようだった。

「どうしたんすか？　ドッラさん」

手下の男がドッラに声をかけると、ドッラはハッとしたように我に返った。

「街に繰り出して女を引っ掛けましょうよ」

軽薄な男だった。

ドッラは女など必要としていなかった。生涯添い遂げる一人だけいればいいと思っていたし、その一人の他に必要があるとも思っていなかった。

「いや、おれはいい」

「相変わらず硬派だなぁ～、ドッラさんは」

時計を見ると、もう夜も更けようとしていた。

そろそろ眠らねばならない。そうしないと、ユーリが先に床についてしまい、眠れなくなる。

そのときに、ドッラは気がついた。今日は金曜日であった。ユーリは近頃、金曜の夜はいつも部屋を留守にする。

そのとき偶然か必然か、ドッラの耳に二人の会話が入ってきた。

「今日は金曜日ですね」

「……そうだったな」

「今日も、デールくんもフィンシェさんも、実家に帰っていていないんですよ」

「そうか」

デールとフィンシェは、ミャロのルームメイトだ。ドッラは、その会話に少し違和感を抱きつつも、自室へ引き上げた。


ミャロの部屋には月明かりが差していた。

「これなら明かりはいらないな」

ユーリの微《かす》かに熱を帯びた声が部屋に響く。

「……はい」

ユーリは、ミャロをベッドに押し倒した。

「ちょ、ちょっと待ってください、脱ぎますから」

「待てない」

ユーリは止まらなかった。

「あっ」

ミャロの甲高い嬌声《きょうせい》が部屋に響く。ユーリはミャロの体を愛撫《あいぶ》しながら、服を脱がせていった。

「やっ、やめてください……あっ」

ミャロの体は敏感に反応し、喘《あえ》ぎ声を押し殺すことで精一杯のようであった。そのとき、バタンッ、とドアが開き、何者かが二人の香りで満たされた空間を引き裂いた。

「なにをしている」

ドッラであった。

「出て行け、ドッラ」

「おまえはあああ!!」

ドッラは猛《たけ》った牛のように二人に突っ込んでいった。

シーツで躰を隠そうとするミャロを、ドッラが平手で殴ると、ミャロはあっさりと気絶してしまった。

「なにをする!」

ユーリはミャロを抱き止めると、怒りを露わにしてドッラに鋭い声を浴びせた。

「おれはっ、おれはっ!!」

ドッラは自分でも、自分が何をしようとしているか、分からなかった。

自分の鬱屈した愛欲を自覚をしていなかったために、自らの心底から湧き起こる、くろぐろとした肉の色をした欲望を、どう処理したらいいか、自分でも分からなかったのだ。

だが、混乱はしていても、ドッラは止まらなかった。心の底から愛と憎しみの感情がドプドプと湧き上がり、ドッラの心の器を満たしていっていた。

「おいっ、なにをするっ、やめろっ」

ドッラは夢中になってユーリを組み伏せると、その服を、ナニコレ。

読み終わった俺は、あまりにもあんまりな内容に、頭の中が真っ白になってしまっていた。

「おい、てめーら」

丁寧な言葉を使う気は失《う》せていた。

「ふひひっ」

なにを嬉《うれ》しそうに笑ってやがる。悪魔か、こいつは。

「てめーら、誰に許可をとって……」

「だから、読ませないほうがいいって」

「だい、じょうぶ」

こいつら。

「大丈夫じゃねーよ、夜眠れなくなったらどうしてくれる」

なんという恐ろしい妄想をしやがる。ゲイのドッラが俺のベッドの横で一晩中俺を見てるとか。

しかもドッラがなんだか知らんがちょっと頭がいいっぽい設定だし、どういう歪《ゆが》んだ見方をすればこうなるんだ。頭が腐ってんのかこいつら。

「十八話ってなんだよ。もう十七話分書いてんのか」

「うん」

怖気《おぞけ》がした。

十八話は書きかけだったが、けっこうな文量があったぞ、これ。それがもう十七話分も。一体全体、何を考えてこんな真似《まね》をしてやがるんだ？

「勘違いしているかもしれないけど、白樺寮は分別ある生徒たちの集まりです。創作は創作と弁《わきま》えてるから」

「んなわけねーだろ、これで分別があるとか、寝言は寝て言えよ」

俺がそう言って怒ると、

「俺様」

「俺様だ……」

と二人でなにやらこそこそと話してやがる。腹が立つ。

「二十歳以上の寮生なら分別もつくだろうが、ガキなんて妙な目で見てくるだろ」

「そんなことは……」

コミミは否定したが、どこか自信なさげだ。

「……なくもないけど、実際に妙な噂《うわさ》が立ったら上級生たちが指導していますよ」

そーいう問題かよ。

「やっぱりおこった」

ピニャがぼそりと言った。

「ぐっ……」

堪《こら》えろ。堪えるんだ。俺は今日ここに何をしに来たんだ。

「……フー」

クールだ。クールにいこう。

考えてみれば、これは俺とは関係がないところで、馬鹿どもが勝手にやってることだ。

俺とは関係ないんだ。つまり、脳みそぱっぱらぱぁのこいつみたいな連中が、頭の中で妄想してるのと同じことだ。

そのくらい、勝手にやらせればいいではないか。

勝手にやらせて、それが金になるならそんないい話はない。

プライドが金に代えられるか？　つーか、書くのをやめろと言ったら、やめてくれるのか？

そうは思わない。どうせ精神的損害を被るのなら、金を貰えたほうがいいに決まっている。

……俺が自分自身の内面と葛藤をしていると、コンコン、とドアが叩《たた》かれた。

「どうぞ」

勝手に言う。

ちょうどいいときにお茶が来た。一服して落ち着こう。

菓子と茶を並べ終わると、「失礼します」と言って、店員はしずしずと出て行った。

俺の前には温かい麦茶と、切ったチーズが置かれている。どうも胃の調子がおかしく、チーズを腹に入れる気にはならなかった。

「いただきまーす」

ピニャは、ぱくぱくと菓子を食い始める。

こっ、この野郎……どんだけ好き放題やりゃあ気が済むんだ。

「それで、この件で怒りに来たのでないのなら、なんの用があったの？」

「……ふーっ。よしよし、落ち着いた」

もうあんなもんは忘れた。仕事の話に移ろう。

「俺は今、本を出そうとしてて、そのための中身にあんたがたの本が最適なんじゃないかと思って来たんだよ」

「本……？」

ピニャとコミミはきょとんと目を見合わせた。

「俺は今、こういうものを作ってる」

俺は用意しておいた植物紙を一枚、渡した。

「ああ、ホウ紙ね」

「なにそれ」

コミミのほうは知っているようだった。

なかなか周知されてきたようだ。ホウ紙というのは、植物紙を売り込むときにつけた名前だ。カフがそういう名前で売り込んでいるから、小売から伝わったんだろう。

「これで本を作りたい。羊皮紙の本の半分くらいの値段でできるはずだ。買うやつはいくらでもいるだろ？」

「だめよ」

そっけなかった。だめか。

「さっき、あなたは何を思った？　気持ち悪いと思ったでしょ。それが理由の全てよ」

理由の全てか。

「正直、気分は悪かったがな。多く作って各家庭に拡散するのが問題なのか？」

「違うわ。別に、お家で見られたって、それはその子の誇りが傷つくだけだもの」

リリーさんも、内部で複製行為は行われてるって言ってたしな。それはつまり、卒業したあとは家に所蔵しておくということだ。

「さっき見せたのは、あなたが題材だったからよ。ピニャが自責の念に駆られたから。特別も特別なの」

ピニャは自責の念に駆られているのか。

ポットで出されてきたミルクティーをグビグビ飲みながら、菓子をぱくぱく食ってるけど。どうも、自責の念に駆られてくれているようには、見えないのだが……。

「私たちは、外部にこれが漏れるのを物凄《ものすご》く嫌うわ。白樺寮の誇りを傷つけるから。だから、外部の写本屋に依頼することはない。写本をするということは、誰よりもじっくりとその本を読むということだし、人の口に戸は立てられないでしょ?」

リリーさんもそんなこと言ってたな。やっぱり写本屋に出すのは大問題らしい。

まあ、それなら問題はない。

「俺は、写本屋に出すつもりはない。手書きではない新しい技術を使う」

「……写本じゃなかったら、どうやって写すのよ?」

「特許《パテント》は既に申請したから話すが、謄写版《とうしゃばん》印刷という技術だ」

「なにそれ?」

「まず、特殊なロウを使ってインクの染みない紙を作る。その紙をヤスリの上に置いて、鉄の筆で紙を削って文字の形に穴を開けていく。文字が全て形になったら、上から刷毛《はけ》かローラーでインクを塗る。すると、紙にできた穴のところだけ、インクが通る計算になるな。インクが通ったところだけ、紙にインクが乗るわけだ。その紙を百回使えるとしたら、鉄筆で一度文章を書けば百回複製できるわけだから、効率は百倍だろ。白樺寮の中で製造できないこともないはずだ」

まあ、実際には鉄筆で紙を削るのは羽ペンで字を書くより面倒な作業になるだろうから、単純に効率が百倍とはならないだろうけどな。

「ふーん……本当にできるの? 穴にインクが通らなくて、読めないくらい掠《かす》れた文字になったら意味がないのよ」

「そこは現状では分からんが、おいおい詰めていく」

「なんだ、まだ道具みたいなものはできていないの？」

その通りだ。まだできてない。

「道具を作るにしても、交渉の成立を前提に開発を進めることはできない。俺は、もう一つプランを持っているからな。ピニャが嫌がったら、この件はキッパリ諦めてそちらを進める」

「別の手があるの？　どんな？」

「詳しくは話せないが、他に需要の高い本がある。そちらを売る場合は、まったく別の発明を使うから、先に謄写版を完成させてから両方にオファーするというわけにはいかないんだ。謄写版を使うなら使うで、先に約束を取り付ける必要がある」

「なんでこっちに先に来たのよ？　儲かりそうだから？」

「単に、そっちは開発費用が謄写版の十倍以上かかりそうなんだよ。できればこちらから始めたい」

もう一つ考えているのは活版印刷なのだが、活版印刷というものはシャン語と非常に相性が悪いのだ。

シャン語は、日本語における漢字のような難しい文字をたくさん使う。それは日常使うものでも千種類ほどあり、少し難しい本になると二千三百種類くらい使われる。

パーツの組み合わせである程度はカバーできるにしても、最低でも千種類くらいは活字を作らないと仕事を始められない。

対して、テロル語はたった二十四文字の組み合わせでできている。修飾文字と呼ばれる、ときたま文章上に出てくる文字を足しても二十七文字しか使わないのだ。つまり、鋳型を二十七種類作って活字を大量生産すれば、世界に存在するテロル語の書籍はすべて印刷できてしまうことになる。

とにかく、シャン語の書籍を活版印刷で製造しようとすると、とんでもなくイニシャルコストがかかってしまうのだ。おいそれとできることではない。

「ふうん、いろいろ考えてるのね」

「まあな」

「複製作業は、そんなに単純なら、私がやってもいいわね。どうせ、ピニャの原稿は清書しなきゃだし」

やはり、そういった作業もコミミがやっているようだ。さっき読んだピニャの原稿は、所々二重線で消してあったり、行間がばらばらだったりして、あまり見た目のよいものではなかったしな。

「分かった。あとは製本だ。写本作業はいらないが、製本はする必要がある」

鉄筆で一つ用紙を作れば、そこから百倍に複製できる。それはよいのだが、製本の労力まで百分の一になるわけではない。

本を百冊も製本するというのは、これは大変な労力になる。コミミが学科の余暇にそれをこなすというのは、実際問題として不可能だろう。

「製本は、業者に出さなければ、そちらでやっても構わないわ」

「いいのか?」

なんでだ? あんなに拘《こだわ》ってたのに。

「写本は、文字を読める必要があるでしょ。製本は、別に読めなくてもできるもの」

これ以上なく得心が行く話だった。

「じゃあ、文字が読めない人間だけ集めてやればいいんだな」

「そうよ」

「だが、普段はどうしてるんだ? 製本屋に出すしかないだろ」

まさか江戸時代の文庫本みたいな形で、紐で括《くく》るだけで流通してるのか?

「だから、製本屋には出さないわ。製本の道具は白樺寮の中にひと通り揃ってるの」

おいおい、マジかよ。

「ピニャの本は私が綴じてるけど、製本って意外と簡単なのよ。手間はかかるけどね」

「すげえな、なんか……」

あんなエロ本みたいなもんに、どんだけ青春をかけてるんだこいつらは。もっと別のことに情熱を注げよ。

「王都に製本の道具を売っている専門店があるから、なんならそこで買い揃えなさいな。そんなに高いものじゃないわ」

「そうなのか。あとで場所を教えてくれ」

そんなに簡単な道具でできるのか。なら、こちらで人を雇ってやらせてもいいかもしれない。

「ついでに、製本のやり方も教わってきなさいよ。一ページ分の紙をたくさん渡されて、本にできないじゃ困るからね」

「……？　どういうことだ？」

「あのね、製本ていうのは、折丁《おりちょう》っていって、おっきな紙を折りたたんでから小口を切って冊子みたいにして、それを重ねて綴じるのよ。つまり、元の紙は一ページの八倍の尺になるの。だから、写本するときは、あらかじめ大きな紙に八ページ、両面で十六ページ分を写すのよ。折りたたむ途中で上下が逆になったりするから、そこを織り込み済みで考えないと、ページが一枚だけ上下が逆になっちゃったりするの」

ああ、なんか、聞いたことがある。そういう面倒なことがあるんだよな、確か。

「まあ、よく分からないけど、装置の都合とかホウ紙の元の紙のサイズとかの都合もあるでしょう。あまり大きな紙には印刷できないとか、ホウ紙のサイズが小さくて四枚折りにしかできないとかね」

「分かった。その辺は詰めて、しっかり印刷できるようにしておく」

「そうして」

「それより先に、出版について話そう。本は出させてくれるってことでいいんだよな」

俺はピニャのほうを見て、言った。

「ピニャ」

コミミも声をかける。

「……よくわかんないけど、いいよ」

よく分かんねえのかよ。

まあ、別にいいか。

「決まったな。じゃあ、印税の話をするか」

「……印税？」

「本を売ったときの金額に対する、ピニャの取り分のことだ」

「……お金くれるの？」

「ああ。コミミのほうにもな」

「私も？」

「ガリ版とインクは、俺のほうで作って渡す。だから使い放題だ。それとは別に、コミミには作業賃が必要だろう」

「別に私はいいけど。もともとが無料《ただ》でやってることだし」

「俺のほうも金を貰わないのであれば、それでもいいんだがな。俺は金儲けのためにやるし、実際に売って金にもするつもりだ。だから、二人にもタダ働きはさせられない。二人がよほどの金持ちの子で、幾ら金に不自由してなくても、けじめとして受け取ってほしい」

「……わか、た」


ピニャは頷《うなず》いた。どうも、金の話にはあまり興味がなさそうだ。裕福な家の生まれなのだろうか。

「本来なら、定価から一割とかいうのが手っ取り早いんだけどな。今回は殆ど試作品みたいなもんだから、本そのものの値段が大分高くなる。売上から製造費を除いた純利益から割合で出したい。ちなみに、コミミの作業賃は製造費に含まれるぞ」

「ふうん、何が違うのかよく分からないけど」

コミミのほうもピンときていないようだ。まだ金に困った経験がなく、稼ぐ必要性を感じていないのかもしれない。

「本を売るってことは、本質的には本の内容を売るってことだろ？　物体としての本は、言ってみりゃただのガワで、容器にすぎないわけだ。だから内容を作っているピニャは、言ってみれば特別な存在ってわけだ。俺と対等に、割合で利益を分配しなきゃならない」

「なるほど……なんていうか、道義的な話って理解すればいいのかしら？　ピニャが蔑《ないがし》ろにされてるわけじゃないなら、別にいいわよ」

「……わかんないけど」

ピニャはさっきから、なんの話をしているんだこの人たちは、と言いたげな顔をしている。

「ピニャは、自由に書いていてくれればいいのよ。面倒なことは私がやるから」

「……わかった」

まあ、実際、「私の文学は売り物じゃないから お金にはしたくない」とか面倒なことを言い出すよりは、よく分からなくても金を受け取ってくれたほうが、こっちとしては楽だ。

「じゃあ、純利益の一割五分でいいか？」

日本の出版業界では十パーセント前後が相場だったと思うが、それは製本代を含めた定価からの割合だ。

この場合は製本代が除かれるから、もう少し増やす必要があるだろう。

「よく分からないけど、それでいいわよ」

「コミミの作業賃は、現状ちょっと分からないからな。あとで決める」

「どうでもいいわよ、そこは」

欲がない。欲がないというか、本当に金はどうでもよくて、煩雑な貸本作業から解放されることのほうがよっぽど重大事という感じだ。

「……最後に聞いておきたいんだが、この本を商売にすることで、問題は出ないのか」

「今さらそれ聞く？」

「まあな。魔女の巣窟だろう。一応は気にする」

魔女家《やくざ》という人種は、金の匂いがするたびに、顔を突っ込んできて甘い汁を啜《すす》ろうとする連中だ。ましてや、白樺寮は魔女が生まれ出てくる巣といってもおかしくない場所なのだから、面倒にならないと思うほうがおかしい。

「多少はね、あるかもしれないけど。本の貸し借りには、もうみんなウンザリしているから」

コミミはなんだか疲れた顔をして言った。

「私もね、順番待ちの人たちに毎日のようにせっつかれたり、本を返さない馬鹿のところへ行って借金取りみたいなことをしたりするのは、ホントに、ホントにうんざりなのよ。だからね、渡り船というほどではないけれど、たくさん本を複製する方法があるのなら、正直言って、こちらから頼みたいくらいなのよ」

どうやら、ピニャのマネージャーというのは、大変な心痛を伴う仕事のようだ。

強制でもないのにボランティアでそんなことしてんのか……俺だったら、ルームメイトのよしみがあるにしても、投げ出してしまうだろうな。

恐らく、ピニャの生み出すおぶ……じゃなかった、エロ漫画の大変なファンでない限りはやっていられない仕事だろう。

「それに、あなただったら、文句も出ないと思うわ。二十数年前のこととはいえ、負い目があるからね」

二十年前？

「なんのことだ？」

「なんのことって、親のことでしょ？」

「親？　父上のことか？」

「あっ、いや、知らないならいいのよ」

藪蛇《やぶへび》踏んじゃった、しまったなぁ、って顔に出てるぞ。

「気になるじゃねーか」

「あなたのお父上が秘密にしていることかもしれないじゃない。言えないわ」

やっぱルークがらみの話なのか。

「おおかた、退学に関係したことだろ。教養院の生徒に惚《ほ》れられて、クソ面倒なことになったとは聞いている」

「言ってもいいものかしらね」

ああもう、面倒くせえな。

「言えよ」

俺が睨みながら強く言うと、コミミは寒気でも感じたのかゾクゾクッと体を震わせ、俺から目をそらした。

「はぁ……やっぱり俺様だわ」

「受けじゃなくて攻めでも行けるね……」

「なんの話だ」

なにやら非常に気味の悪い話をされている気がする。

「ホントに言ってもいいものかしら」

「さっさと言え」

俺がそう言うと、コミミはなんだか、寒気がするようなニタァとした表情を浮かべた。

「ホントにホントに言っていいものかしら……」

何かを期待されているような気がする……。

「……もう言わないから」

断った。

「あら、そっけないのね」

「……」

帰ろうか。

◇　◇　◇

「まあ、私は関係ないから、話しちゃうけどね。あなたも分別があるなら、闇雲に他人に話したりはしないでよ」

「しねーよ」

「あなたの父上、ルーク様は、あなたと同じような境遇にあったのよ」

はて？

境遇もなにも、ルークはホウ家の次男坊として由緒正しく入学してきたはずだが。

「……境遇っていうのは、題材にされてるってことね」

……ああ、そういうことか。

本当にしょーもねーな。白樺寮ってのは滅びたほうがいいんじゃねえのか。シャムを置いとくのも心配になってきたぞ。

「父上は男前だからな。そういうこともあるだろう」

当時の状況を考えれば、実家は文句なしの将家だし、イケメンで運動も得意だし、座学は……まあちょっとあまりよくなかったという噂は聞くけど、多分平均くらいだったとは思うし、題材にされてもおかしくはないよな。

「それでね、あんまり、話したくはないんだけど、事前知識として知っておかないと理解できないと思うから話すけどね」

「なんだよ、まどろっこしい」

「私たちのあの本で、一番やったらいけないのはどんなことだと思う？」

なんだ？

うーん……なんだろう。

「王族を登場させることか？　さっき読んだ話では、殿下の存在が消されていたな」

この場合、キャロルと呼び捨てにすると関係を勘ぐられるかもしれないので、殿下と呼んでおくのが正解だろう。

俺とドッラは同室として登場するのに、キャロルは登場しないというのは少しおかしい。

「それは……まあ、当たり前のルールよね。さすがに、私たちにもそのくらいの分別はあるから」

コミミは心外そうに言った。

これは本当だろう。幾らなんでもキャロルがいかがわしいことをするような小説が出回っていたら大問題だ。

「……言っておくけど、教養本といっても実体験の男女恋愛を描いたものもあるのよ。男同士のアレばかりじゃないし」

「だったら、そういうのを書け」

断固として言った。

「人気が出ないのよ。よっぽど上手《うま》く書かないと」

「……まあいいけどよ。それで、答えはなんなんだ」

「やってはいけないのはね、題材になっている男性と、作者自身が交際する妄想を書くことなのよ」

あー。

まあ、それはちょっとは理解できるかな。

「さほど人気のない男子とか、空想の男子と恋が進展していく設定ならいいんだけどね。広く題材になるのは、大抵がその時代で一番人気がある男子だから」

「ちょっと待てや」

「ん？」

「じゃあ、なんで俺が題材になってんだよ」

「だって、あなたってモテモテでしょ」

はあ？

「俺はぜんぜんモテてないし、殿下と従妹《いとこ》を除けば教養院に知り合いすらいないぞ」

俺はさりげなくリリーさんの名を抜かした。

「あら、もう一人の殿下がいるじゃない。カーリャ殿下が」

あっ。

素で忘れてた。

「あれとは一度しか会ってないし、馬鹿げた噂には迷惑しとるんだ」

「まあ、そんな気はしていたけれどね。彼女の自慢話を聞かされるたび、あなたのファンは苛立《いらだ》ってるのよ。キャロル殿下ほどのお人であれば、認めたくもなるというものだけど」

「ふぅん」

どうでもええわ。

「まあ、それでも、カーリャ殿下は美少女だし、王族だし、まだ分からないでもないわ。でも、成績も容姿も中の下なんて子が、あなたと付き合ってラブラブになる妄想を書き散らして、友達に見せて回っていたら、さすがに不愉快でしょ」

「じゃあ読まなきゃいいだろうに」

「そうなんだけど、残念なことに、その人はなかなかの書き手だったのよ。だから、たくさんの人が読んでしまったのね」

「なんの話だ」

「ルーク様に告白した女子生徒の話よ。彼女が書いた本は教養の部屋に所蔵されているから、今でも読むことができるわ。実際、自分がヒロインの恋愛小説を書く以前の作品はとっても面白かったわよ。ちなみに、ルーク様とガッラ様が絡む話ばかり十冊くらい書いてるわね」

あのさぁ……ルークとガッラとかさぁ……。

「それって、お前は十冊全部読んだのか」

「読んだけど？　ピニャも読んだわよね」

当たり前のことのように言うので、俺はそら恐ろしくなった。

「……よんだよんだ。酔っ払って脱衣斗棋《トウギ》をしてそのまま行為にもつれ込むところとか、すごくよかった」

「ああ、あそこね。脱衣斗棋《トウギ》って、確かあの人が考えついたのよね」

「おい、やめろ」

脱衣斗棋《トウギ》ってなんだよ。見たことも聞いたこともねぇ。

「それで、その子はルーク様のことをホントに好きになっちゃって、告白したのね。それでフラれて、それから自分とルーク様が主役の恋愛小説を書きはじめたんだけど、それから凄く疎まれだしたの」

「イジメかよ。陰湿だな」

「イジメじゃないわよ。だって、その子の家は大分大きい魔女の家だし」

「じゃ、村八分か」

「……まあ、そんなところかしらね」

かわいそうに。

だが、自業自得といえば自業自得か。学院では「みんな仲良くしなければならない」みたいな決まりはないから、嫌いな奴は無視して近寄らないことになっている。なので、みんなに嫌われてしまったら、自然と村八分になってしまう。

「それで、その子は寮にいづらくなって、四六時中ルーク様をつけまわしはじめたの」

……おい。

勝手にホモエロ小説を散々書き散らしたあとは、今度はストーカーかよ。

てっきり、ルークはリア充を絵に描いたような学院生活を送っていたのだと思っていたが、ルークはルークで大変だったんだな。さすがに同情するよ。

「その頃は、今よりずっと奔放だったらしくてね。ファンはみんな、好きな男子を追っかけ回して、講義を休んで槍の稽古を見に行ったりしていたらしいわ」

今より奔放ということは、今は自主規制みたいのが厳しいのか。

そういえば以前ルークに、追っかけをしている教養院生がたくさんいるからそいつらには気をつけろと言われたことがあるが、実際の学院生活では殆ど見たことがない。規制でいなくなった連中だったのか。

「ルーク様にもそんな追っかけは多かったんでしょうけど、特に彼女はしつこかったんでしょうね。ある日、ルーク様の堪忍袋の緒が切れて、その子にまとわりついてくるなって怒鳴りつけたらしいの。そしたら、彼女は寮にもルーク様の傍《そば》にも居場所がなくなって、自殺してしまった」

自殺。

えぇ……自殺したのか。

「……そうだったのか。だけど……まあ、しょうがないんじゃないか。かわいそうとは思うが」

ルークのせいではないし、あながち白樺寮のせいとも言えない。

自殺まで追い詰められた人を、自業自得で自分を追い詰めたなどとは言いたくはないが、勝手に追い詰められて、勝手に自殺してしまったわけで、誰かに責任があるということでもないだろう。残念ながら、人間にはテレパシー能力は備わっていないわけで、人が悩みを秘めていたとしても、他人がそれを察知するのは難しい。

「自殺したのが問題じゃないのよ。白樺寮には、失恋が原因で自殺する娘は、多くはないけどそれなりにいるしね」

まあ、ルークのほうは元々迷惑に思ってたんだし、白樺寮でも村八分だったわけで、悪い言い方をすれば厄介者が一人消えたってだけで終わりだよな。

あの性格だから、ルークのほうは若干どころではなく悩んだのかもしれないが、騎士院をやめるほどのことではないし、やめさせられる類いの過失でもない。

「問題はそのあとでね……彼女は遺書を残さなかったから、実家がルーク様のせいで自殺したと思ったらしくて、彼女のお兄さんに決闘を申し込ませたの」

「はあ？」

思わず素っ頓狂な声が出てしまった。なんだそりゃ。

決闘??

この国での決闘って、武器を落としたら負けみたいな感じじゃなくて、戦闘不能になるまで戦うって聞いたんだけど。

「八つ当たりにもほどがあんだろ、それって。そんな決闘受理されんのかよ」

当たり前のことだが、決闘というのは思い立ったが吉日でその日にやっていいものではなく、お上に申請して受理される必要がある。

そうでなければ、片想《かたおも》いの女性を奪われたので腹が立って殺した、というような自分勝手な理由の殺人も、「あれは決闘でした」で通ってしまうことになる。それでは治安もへったくれもないので、馬鹿な理由の決闘というのは通らないことになっているのだ。

「詳しくは知らないけど、受理されたのよ。割りと大きな魔女の家だから」

時々思うけど、マジでこの国って終わってるよな。

「それで、ルーク様は決闘の場でお兄さんを斬ったんだけど、その後退学してしまったのね」

「ああ……」

俺のお父さんは、そういう事情で退学したのか。

コミミのほうは自責の念を感じて退学した、というように思い込んでいて、恐らくは事情を知っている世間の人々の一般的な認識もそんな感じなんだろうが、実際は決闘で人を殺したことで、自分には向いていないと実感したんだろう。

向いていないなら、騎士などにはならないほうがいい。騎士というのは、他人を使ったり自分で戦ったりの違いはあるが、とどのつまりは人殺しの技術に長《た》けた人間のことだ。普段は領地経営をしていても、それは騎士の存在意義ではない。騎士の本分は経営ではなく、あくまで戦争だ。つまり、人殺しは騎士の職業的な本分であって、稀《まれ》に行う添え物の業務ではない。

多くの者はそんな自覚もなしに家を継ぐわけだが、ルークは気づく機会を得て道を変えた。それは凄いことだ。

「さすがに、本が原因の騒動で主役の人がやめるなんていうのは、前代未聞だからね。しかもルーク様はホウ家の生まれだし、勉学のほうはあんまりだけど、武術のほうは当代一の腕をガッラ様と争ったくらいの腕前で、前途も有望だった。白樺寮でも凄く揉《も》めて、今はいろいろと自粛するようになってるのよ」

「じゃあ、父上がやめた責任の一端を負い目に感じてるってわけか」

「まあ、そんな感じかしらね」

「ふーん……それは結構なこったが、それなら決闘を挑まれるような事態になる前に、自分たちが村八分にしたから自殺したんであって、ルークのせいじゃありませんって、王城に訴え出ればよかっただろ」

結局のところ、決闘が受理されたのは、その女生徒がルークの暴言が主原因で自殺したことになってしまったせいなのだから、白樺寮の連中がきちんと事情を説明すれば決闘申請は受理されず、もし手遅れで受理されたとしても撤回されたはずだ。

「つまるところ、それを負い目に感じてるんだろう。結局、面倒だったのか沽券《こけん》に関わるからなのかは知らないが、誰も村八分のことは言わなかったんだろ」

「熱くなられても、私は当事者じゃないんだから分かんないわ。ただ、そういう話を聞いたってだけだし」

　コミミに言われて我に返った。

　確かに熱くなっていた。この話は、もう何十年も前のことだ。今の寮生に言っても仕方がない。

「まあ……どうでもいいけどな。父上はそんなつまらんことは気にしてないだろうし、それで俺に負い目を感じてくれるというのなら、歓迎するよ」

「そう。それならいいけどね」

「じゃあ、話はこんなところか。悪かったな、長く引き止めちまって」

「構わないわ。道具が上手く完成して、段取りがついたら連絡してちょうだい」

「連絡っつったって、どうやって連絡すれば」

　白樺寮ってのは、男は近づいただけで殺される場所なんじゃないのか。

「そんなの、寮の郵便受けに手紙を入れればいいじゃない」

え。

「そういう仕組みになってんのか」

「なに、知らなかったの？　三六二号室宛、って書いて郵便受けに入れとけば、私とピニャの部屋に届くから」

　そんな仕組みがあったのかよ。

　あとでシャムの部屋の番号を聞いておこう。

「あ、でも当然だけど、あなた自分で投函《とうかん》したりはしないで、誰か他の人にやらせなさいよ。あなたは有名人なんだから」

　はいはい。

「ああ、そうするよ。ピニャも、これからよろしくな」

「……よく、分からないけど。よろしく」

Ⅲ

　喫茶店を出たあと、俺は王都の別邸に向かった。

　王都まで来たルークと会う予定になっていたから

だ。

　徒歩で門をくぐると、メイドの一人が玄関先で待っており、「もうルーク様は到着してらっしゃいます」と言って、制服の上着を預かってくれた。そのまま案内された応接間に、ルークはいた。なんだか難しい顔をして書類を読んでいる。

　肉体労働の日常から遠ざかってしまったためか、心なしか体に脂肪がついてきたような気がする。太って見えるか聞かれたら、貫禄《かんろく》が出てきましたね、と答えてあげよう。

　一秒で脳内シミュレーションを済ますと、

「父上、戻りました」

　俺はぺこりと頭を下げた。

「おかえり。会うのは久しぶりに感じるな」

「かれこれ一ヶ月くらい会ってませんでしたからね。僕もちょっと忙しくて」

「――そのことで話がある」

　バレたなこりゃ。俺は直感的にそう思った。

　そりゃ、太ったかどうか聞くためにに呼んだわけないよな。

「座りなさい」

「はい」

　俺は素直に、テーブルの席に座った。

「なにやら小遣い稼ぎをしているみたいじゃないか」

　微妙に口調が刺々しい。やっぱりその話か。

「小遣い稼ぎではないですけどね。まあ、しています」

「なんで一言相談しないんだ」

「いやー、まー、父上を煩わせる必要もないかと思いまして」

　それは、実家とは関係なしでやりたかったからだ。

　実家が関係すれば、俺の仕事は途端に貴族の坊ちゃまのお遊びになってしまう。それでは誰も相手にしてくれないし、自分の事業ではなくなる。

　カフを始めとして、俺に雇われている者も俺に雇われたとは感じなくなるだろう。ホウ家に雇われているという意識になる。そうなった瞬間、俺は非常に身動きがしづらくなってしまうのだ。

「小遣いが足らないのか？」

「いえ、十分すぎるくらいです。日記以外には使ってませんしね」

「じゃあ、なんで小遣い稼ぎなんかしてるんだ」

「小遣い稼ぎじゃありませんよ。今はまだ小さいですが、れっきとした事業です。社会勉強の一環ですよ」

「……俺も、社会勉強が悪いとは言わん。でもな、学生の本分は」

「父上、勘弁してください。学生の本分は全うしてますから」

もうこれ以上ないほど全うしてる。

「ユーリは五年目だろ。一番忙しい時期じゃないか」

「もう二百五十単位までとりました。あとは実技の四十二単位と、座学は八単位あるだけです」

「……おい、ほんとかよ」


ルークは驚愕《きょうがく》の表情をした。

例を挙げれば、同級生の取得単位の平均は、百三十単位くらいだ。

優秀な奴で百五十単位。ミャロレベルの秀才でやっと二百単位くらいになる。

二百五十単位というのは、はっきりいって頭抜けている。

「ホントですよ。午後とか週に一日しか講義がないんですから。このままじゃ、暇な上級生みたいに午後いっぱい遊び歩く生活になっちゃいますよ」

午後に講義がなくなった連中は、一般的に遊び狂っている。講義がなくなっていなくても、留年した大学生みたいに欲に負けて遊び狂っている者も珍しくはない。それと比べれば、俺はまったく健全すぎるほど健全だ。

「最後の一年ってことなら楽しく遊ぶのもいいかもしれませんけど、僕はあと五年もあるんですよ。暇で頭がおかしくなりますよ」

「う……それはそうだが」

「なにか問題が起きたんですか？」

「いや……問題というほどのもんじゃないんだけどな。いや、いいか」

「いいんですか？」

「いい。ちゃんと通って、単位をとってるなら、いい」

おざなりに許可が出た。これで親公認だ。いえーい。


じゃねえんだよ。

「全然よくありませんから」

「えっ、よくないのか」

ルークのほうがびっくりした顔してる。

全然よくない。

「誰かから通報だとか密告があったんじゃないんですか？　僕が小遣い稼ぎをしていて評判が悪いとかなんとか」

俺がそう言うと、ルークは少し驚いた目で俺を見た。

だって、そうとしか考えられないんだもん。

「なんで分かった」

「だって、父上は僕を説教しようと待ち構えていたわけですよね。それだったら、動かぬ証拠ということで、僕が言い逃れできないよう、証拠のようなものが出てくるのが普通でしょう。ホウ家の誰かが話の出処《でどころ》なら、調べた過程で証拠の一つや二つ握っているはずです。だけど、それはなかった。ということは、話の出処はホウ家ではないということです。ホウ家でなければ、他の家です。ここは王都なので、十中八九どころか、十中十魔女でしょう。僕も馬鹿ではないので、さすがにそれくらいは察しますよ」

「……ユーリにはかなわんなぁ」

ルークは頭をポリポリと掻《か》いた。なんか疲れたおっさんくさいぞ……老けて見える……。

「でも、僕は裏方で動いてるので、副業をしているのを知っているのは、ごく一部なんですけどね。

ホウ家の名前は出さないようにしているので」

　そのへんはカフにも重々言ってある。

　事業が失敗して、俺が無能と謗《そし》られるのは自業自得だが、ホウ家の名に傷がつくようでは困る。なのでホウ家の威を借りて物を売ったりはしていないし、信用を得るために利用したりもしていない。

　ホウという言葉は、ホウ家の統治期間が長すぎて南部地方を意味する言葉になってしまっているので、ホウ染め、ホウ陶器など色々な名称に使われている。ホウ紙という商品名は、言ってみれば南部紙というような意味になる。

「こないだ王城の催しでな。魔女家筋からそれとなく言われたんだ」

「あー」

　そんなこったろうと思ったよ。ホウ紙もかなり流通してきてるからな。調べられたか。

「だが、気にするな。いつものことだからな。悪いことをやっているのでなければ、構わない」

「本当ですか？　家には迷惑をかけたくないんですけど」

「魔女家が妙なことを言ってくるのは、いつものことだ。いちいち気にしていたら何もできなくなる」

　いつもって。気になる。

「例えば、どんなことを言ってくるんですか」

「俺はお目見えしたことはないが、ユーリはキャロル殿下と親しいんだろ。物凄く迂遠《うえん》な表現でな、あまり親しくするのはどうかと思うとか、俺に言ってくるんだよ……」

「うわぁ……」

　将家が王家と接触するのが気に入らないんだろうが、ガキの付き合いまで文句つけてくるか、普通。

「言っておくが、真面目に受け取るなよ。俺は、ユーリがキャロル殿下と親しくすることは、いいことだと思っているからな」

「分かってますよ。殿下とはよくつるんでますからね。お互い呼び捨てですし」

「呼び捨て？」

ルークは訝《いぶか》しげな顔をした。

「あいつ普通に、おいこらユーリ真面目にやれ、とか言って、頭をひっぱたいてきたりしますからね」

「……そしたら、どう返すんだ」

「てめー、いちいち頭叩くんじゃねーよ、ボケ。って言ってやりますよ。さすがにはたき返したりはしませんけどね。一応は王族ですし、女の子ですから」

「……ちょっとは気を遣えよ。失礼のないようにな」

ルークはなんとも形容しがたい表情をしている。

「分かってますって」

「キャロル殿下は次の女王陛下になるお方なんだからな」

なんかそんな話だったな。

「それって決まってるんですか？」

「なにがだ」

「だって、カーリャ殿下もいるじゃないですか」

この国には王位継承順位というものはない。基本的には、能力が横並びならば長女が優先されるのだろうが、絶対的な順位として決まっているわけではない。

「ああ、俺はよく知らないけど、カーリャ殿下は目がないみたいだな。でも、結局は女王陛下が決めることだし、余計な詮索はしていない」

「そうですね。女王陛下にはお会いしましたけど、やっぱりキャロル殿下を可愛《かわい》く思っているようでしたしね」

厳しく当たってはいるが、愛を持って厳しくしている感じだった。たぶん、カーリャにはああいう風には接していないのだろう。

「ふーん、そうか」

「まあ、カーリャ殿下が王様になったら僕も困りますからね」

「なにが困るんだ」

「何年か前に交際を迫られたんですよ。それから、付き合ってるだの婚約者だのと触れ回ってるようで、大迷惑ですよ。父上も真に受けないでくださいね」

あらかじめ、予防線を張っとかないとな。

「……なんだそりゃ。初めて聞いたぞ。それで、告白されたときになんてお答えしたんだ」

案の定、ちょっと深刻そうに受け止めていた。

「父上に言われたとおり、不誠実な付き合いはできないので、申し訳ないがお気持ちだけいただいておく、みたいなことを言ったはずなんですけどね」

「じゃあ、婚約者だのなんだのは、向こうが勝手に触れ回ってるのか」

「そう言ったじゃないですか。まあ、白樺寮のほうでも浮いてるみたいなので、本気にしている人はあまりいないようですけど」

「そうか……ならいいんだけどな。白樺寮のほうには気をつけろよ、あそこは魔窟だ」

僕もそう思います。さっき、今しがた、そう思うようになりました。

「ほんとにそう思いますよ。まさに今日聞いたんですけどね、父上も大変だったそうで。ご苦労お察ししましたよ」

「本当だよ。ユーリも気をつけるんだぞ」

ルークは、今となっては懐かしい思い出なのか、過ぎ去ったことのように言った。

「気をつけるもなにも、もう題材にされてましたよ」

俺がそう言うと、ルークは苦虫を噛み潰したような、凄く嫌そうな顔をした。上等の酒と思って飲んでみたら、腐って酢になっていた、みたいな感じだ。

手遅れでした。と言っても、気づいていてもどうやって阻止すればいいのか、見当もつかないけれど。

「アレのか」

「たぶん、そのアレですね。今日読ませてもらいましたけど」

「――読んだのか？　確か、門外不出なんだろ。今は違うのか」

「いえ、今も門外不出ですが、たまたま一章だけ読む機会があったんです。さすがに、気分のいいものではありませんでした」

「俺は読んだことがない」

「そうでしょうね。僕が読めたのもたまたまですから」

「一体全体、どんな内容なんだ？」

おや、興味があるのかな？

「聞かないほうがいいですよ。人によっちゃ、吐いたり眠れなくなったりしそうです」

「そうか……だが、でも……まあいいか」

ルークは、なんだかちょっと残念そうだった。

怖いもの見たさで読んでみたい……みたいな気配がする。自分の本が未だに教養の部屋に所蔵され、見ず知らずの女の子たちに読まれていることは、言わないでおいたほうがいいだろうな。


「父上の代の自殺の話も聞きましたよ」

「ああ、あれな」

「決闘をする羽目になったとかなんとか」

「……まあ、な。ユーリも、告白を断るときは、言い方に気をつけろよ。女の子がどう傷つくかってのは、理解の及ばんところがある」

嫌なことを思い出させてしまったのだろうか。

「はい。でも、聞いた話によると、父上が交際をお断りしたことは、原因の一部にすぎなかったという話でしたけど」

「ん……？　そうなのか？」

あら、やっぱりご存知ではなかった。

「告白された方も本の執筆者だったとお聞きしました。どうも書いた小説が白樺寮では非常に不味《まず》い内容だったようで、寮内で居場所がなくなって、孤独になって父上につきまといはじめたとか」

「そうなのか？　寮でいじめられていたのか、あいつ」

「ありていに言えばそうみたいです」

「そんな事情があったのか……」

「はい。誰が悪いというわけでもないのでしょうが、悲しいことですね」

ルークにとっては気休めにもならないのだろうが。

「まあ、な。だが、可哀想なことをしたな。知っていれば……いや、俺も若かったから、無理か……」

ルークは神妙な顔をしていた。なんともかける言葉が見つからなかった。

「墓参りでも行ってやるか……」

ルークはぽつりと言うと、執事を呼んだ。そして、墓を調べるよう命じた。

◇◇◇

「ユーリ！　おかえりなさい！」

スズヤは扉を開けるなり走ってきて、ぎゅ～～～っと俺を抱きしめた。

「お母さん、どうも、ご無沙汰しておりまして」

腕の中で言う。

「いいのよ、いいの。だって頑張ってるんだもんね」

「ええ、はい、頑張ってます」

スズヤに抱きしめられると相変わらずいい匂いがした。なんとも安らいだ気分になる。

それにしても今日はなんか変なテンションだな。

「今日は泊まっていくのよね？」

やっと放してくれたスズヤが、俺の両肩に手を置きながら、至近距離で言った。

「もちろんです」

「よかったぁ」

嬉しそうにしてくれて何よりだ。

俺も、この別邸を使い始めてから、かれこれ五年も経《た》つ。基本的には寮で寝泊まりしているとはいえ、さすがに別邸で働いている人たちの顔は覚えている。

その人たちは、半分以上が譜代の者というか、代々ホウ家に勤めてきた人たちだ。五年くらいでは、あんまり顔ぶれは変わらない。

衛兵の人々は、これはまた別で、一生を衛兵で過ごすというのはキャリアにもなんにもならないので、領から派遣されてくる。王都は、とにかく娯楽の質と量が田舎とは段違いなので、たまのご褒美として休養のために回されるようだ。

「お初にお目にかかります。ユーリ様」

だが、食堂で席についた俺に、ぺこりとお辞儀したのは、まったく見知らぬ人物だった。メイドの服を着ている。

「こちらこそ、初めまして」

というわけで、俺は極自然に新規雇用のメイドさんかと思った。俺より年齢が幾つか下のように見える。

「ユーリ、お前の従妹だ」

「うふふ」

はて、俺の従妹といえば、シャムしかいなかったはずだが。ゴウクの隠し子かなんかか。

「ゴウク伯父さんに隠し子がいたんですか。こりゃ、生前にサツキさんにバレなくてよかった」

やれやれ、間一髪ってところだったな。

「馬鹿なことを言うな」

ルークに怒られた。

「私の姪《めい》っ子《こ》ですよ」

ああ、そういうことか。母方の従妹ってことね。

俺は、スズヤの実家には行ったことがないのだが、そーとーな田舎だと聞いている。新しく出てきた従妹は、元の顔がいいからか、田舎から出てきたにしては泥くささがない。

髪とかもキチンと綺麗《きれい》に揃っていて、見た目は垢抜《あかぬ》けている。まあそのへんは、働くことになったから整えさせたんだろうけど。

「メイドとして働いてるんですか」

「先週よりお世話になっております」

丁寧な言葉遣いだ。出稼ぎに来てるのか？

ルークが農家だったときはともかく、当主になった今は、スズヤの実家の立場はどうなんだろう。

相変わらず農家なのだろうか。よく分からないな。

「一応、仮ということで働いてもらっている」

ふーん……とはいえ、従妹なのにメイドというのは、どうもしっくりこないんだが。従妹って、様付けで呼んでくるような関係じゃないだろ。

俺も、普通のメイドさんに様付けで呼ばれるのには流石《さすが》に慣れたが、親戚の従妹に格上扱いされるのは、どうも居心地が悪い感じになる。

「お名前はなんというんですか」

「ビュレ・エマーノンです」

エマーノン。確かに、スズヤの旧姓だ。

「ビュレさんですか」

「どうか呼び捨てになさってください」

むむ……呼び捨てか。

片方が様付けで、片方が呼び捨てというのは、本当に貴種と平民で分けられているようで物凄い違和感があるな。従妹という近しい親族なのに。

とりあえず、ルークに助けを求める目線を送ってみた。

「……まあ、俺も考えているところだ」

「そうですか」

ルークも、対応を保留しているらしい。

そもそも、ルークが最初からホウ家の当主で、無理を押してスズヤと結婚したのであれば、親戚となるエマーノン家も相応な家柄に立てられていただろう。ビュレもシャムのように、十歳から教養院に入れられていたはずだ。

だが、現実にはルークは当時、栄光ある騎士のレールからロックンロールアウトしたロクデナシのような扱いだった（と推察される）。当然、ホウ家としてはエマーノン家を立ててやる理由はなかった。

現在のルークはホウ家の当主なのだから、今であれば引き立ててやろうと思えばどうとでもなるが、そもそも父親はなぜこの子を送ってよこしたのか、そこが分からない。スズヤのお兄さんは、家格を上げてほしがっているのだろうか？

「その格好を見るに、今日は給仕をしてくれるのですね」

「はい」

親戚なのだから、同じ席について食事をしてもなんらおかしくないのだが。スズヤとは姪と叔母の関係なんだし。

「では、よろしくお願いします」

「こちらこそ、精一杯務めさせていただきますので、よろしくお願いします」

食事が終わったあと、書斎部屋に呼び出されたと思ったら、

「ユーリ、さっきのあの子、どう思う？」

とルークに聞かれた。

「いい子なんじゃないですか。立場的に難しいのはお察ししますが」

安楽椅子に座り、出されたお茶を飲みながら言う。

「あの子は、スズヤの兄の二番目の子だ」

「へー」

「へー、じゃない。ユーリも親戚付き合いは将来やらなきゃならないことだぞ」

「それはそうかもしれませんが。へーとしか言いようがありませんよ。お母さんの実家がどういうつもりで送ってきたのかにもよるじゃないですか」

野心的な考えで送ってきたのであれば、それなりの対応をする必要があるだろう。

ルークも牧場主だった頃は、野心も糞もあったもんじゃなかったが、当主になってしまったのだから、嫁の実家に多少の力添えをしてやるくらいはしてやってもバチは当たらない。

だが、力添えをするにしても、そもそも騎士家は騎士号という制度があるために、取り立てるのも難しい。騎士号というのは、言ってみれば軍隊の世界における士官学校の卒業証のようなものな

ので、下士官と士官が明確に区別されるのと同じように、騎士号を持っていない者に軍の中で高い地位を与えてやることはできない。

それとは別に、貴族として取り立ててやることは難しくない。

だが、将家のルールだと、軍に出仕しない無役の貴族には、対価として多額の上納金が課される仕組みとなっている。ルークはこの措置を施されていたわけだが、領地は牧場近辺の山と自分の家だけだったので上納金は少なく、牧場という大きな現金収入源があったために、難なく払えてきた。

エマーノン家も、同じように家の周りだけが領地の小領主ということにすることはできる。

だが、ルークの場合と違って、エマーノン家はただの農家なわけで、現金収入がとても少ない。確かに上納金は少なくて済むが、トータルで税支出が増えてしまうのは避けられないわけで、その結果、貴族になったので逆に貧乏になってしまうということが起こりえる。


「……そうなんだがなぁ」

「ご実家には何かしてあげているんですか？」

「ああ。ホウ家の金で家を新しく建てて、家畜を増やして今はそれなりに裕福な暮らしをしているようだ」

まあ、そうなるわな。

その辺りが落とし所だろう。当主の妻の実家が掘っ立て小屋のような家で暮らしているのでは、ホウ家はどんだけケチなんじゃいと他から思われてしまうし。

「なんだかメイドの仕事をしているようですが、あれはビュレさんのほうから言ってきたんですか？」

「そうだ」

ふーん。

「更に結びつきを太くしたいと思っているのであれば、ああいう風に働きたいとは言い出さないでしょう。純粋にお礼のつもりなのでは」

「そうかもしれん。そう思うか？」

「まあ、思います。玉の輿《たまのこし》というか、上々の相手と結婚させることを望んでいるのであれば、メイドの真似事は逆効果ですし、そのくらいは向こうも分かっているでしょう」

ホウ家との結びつきを強くしたいのであれば、高位の騎士家に嫁として迎えてもらえるよう、直接働きかけをするのが普通だろう。

王城で女王陛下に仕えていた、とかならまだしも、ホウ家とはいえ王都の別邸で小間使いをしていたというだけでは、貴族の花嫁としてはキャリアにもなんにもならない。

「俺もあれをさせるのはどうかと思っていた」

思ってたんかい。

ならやめさせたらいいのに。しかし、本人がやりたいと申し出てきたものを、やるなというのもどうなんだろう。

「遠い親戚ならいいんでしょうけどね。義理の姪っ子では近すぎます」

「そうなんだよ」

「あの子、今いくつですか」

「十三だ」

十三か。場合によっちゃ、児童労働で騒がれるレベルだ。この国じゃ、よほど苛烈な労働をさせているのでない限りは騒ぐ奴なんていないけど。

しかし十三となると、来学年から教養院に入れたら四年遅れになってしまう。今からでも無理ではないが、ハードルは少し高くなってしまうだろう。

「……無難な対処法としては、有力な分家の男の人と結婚させてあげるって手がありますけど」

「若すぎる。それとなく聞いてみたが、本人も望んでない」

望んでないのか。うーん。まあ十三歳で結婚ってキツいもんがあるよな。

だとすると、十八歳くらいまで仕事をするか、家庭教師《ガヴァネス》でも雇って学ばせて、それから結婚するって流れになるのかな。

「難しいですね。どうしたらいいものやら」

「俺も、正直分からん。向こうの家がなにを考えてるのか」

逆に「いいとこのお武家さんと結婚させたいから、うまいことやっといてくれや」と明確に告げられて、預けられたほうがルークとしては楽なのだろう。

そうしたら、ビュレには花嫁修業のようなことをさせ、後に適当な分家筋に娶《めと》らせればよい。

「農家の方々を馬鹿にするわけではありませんが、そもそもの常識が我々とは違うでしょう。嫁になるためにメイドの仕事が近道と考えて、ビュレさんに指示している可能性もあります。なにも下心はなくて、純粋に奉公に出しているつもり、というのが可能性としては一番高いと思いますけど」

俺は日本でもこっちでも当たり前のように学校へ通い、様々な教育を受けてきた。

生まれてこの方、学校教育を一切受けていないという人々がどんなことを考えるのかというのは、ちょっと想像できないところがある。

「そうなんだよな……」

「こう言ってはなんですが、重要事ではないと思いますし、さほど真面目に考えなくてもいいのでは」

ルークの立場からしてみれば、この一件が些事《さじ》にすぎないのは間違いない。どう処理したところで、騒ぎ立てる連中など皆無だろう。

「スズヤの実家だ。大事にしたいんだよ」

そらそうだよな。

「ユーリ、さっき言ってた副業はどんくらい儲けてるんだ」

話が急に変わったな。

「うーん、今のところ設備投資費を回収できてませんからね。全体で言えば赤字ですが」

「赤字か……設備投資っていうのはどういうことだ？　具体的にはどんな状態なんだ」

「簡単にいえば、父上の牧場の厩舎《きゆうしや》と鷲舎《トリカゴ》の建設費をまだ回収できてないってことです」

「ああ、そういうことか。それはいいだろ」

さすがに、ルークもいわば事業主だっただけあって、分かっているようだ。

設備投資費というのは、すぐさま回収できるものではない。大きな畜舎を建てたとして、その費用を一年で回収しろといっても、それは無理な話だ。五年、十年かけて回収できればよい。

「そうなんですけどね。儲かってるってことにはなりませんから」

会計学上での話をすれば、簿記の上では金はなくなったのではなく資産に形態を変えたのだという説明になるから、儲かっていないということにはならない。だが、始めたときより現金が目減りしていることは確かだ。

「それはそうだな。幾らくらい使ったんだ」

うーん……まあ、言っちゃっていいか。

「四万ルガ使って、とりあえずは月に五千ルガくらい利益があります」

「凄いなおい。じゃあ、すぐ黒字じゃないか」

「ええ、すぐです。どんどん増産してるので、もっと増えるかもですね」

これが企業だったら超優良企業だ。

「さすが、ユーリだな」

「実務が優秀な人材なので、助かっています」

殆どの実務はカフがやっているのだから、大助かりだ。

「じゃあ、ビュレを預けて大丈夫か？」

急に話が戻った。

は？

「いやいや、なにをワケの分からないことを言い出してるんですか」

「ユーリの秘書か側近というのはどうだ」

は？　理解できない。なに言ってんだよ。

「そんなのを侍《はべ》らせてたら、どこの馬鹿息子かと思われますよ」

「表向きそういうことにしておけばいいんだよ。とにかくメイドの仕事はまずいんだ。執事のほうからも、扱いに困ると言われてるしな」

そらそうだろうけど。

「僕のところでも同じでしょ」

「ユーリのところで働くなら問題ない。屋敷でうちの近縁の子が下女のような仕事をしているのがまずいんだ」

うーん……確かに、近い親戚を小間使いにしているというのは、外聞が悪いのかもしれない。

その点、俺に仕えさせている、というほうが、幾分いい。ということになるのか？

「ユーリだって、信頼のできる身内がいたほうがいいいんじゃないか」

なんか懐柔にかかってきた。

「まあ、そうですけど」

人手はあんまり足りてないし、働かせてもいいんだけどさ。

「ですが、それだったら、ホウ家から出勤はさせませんよ」

「え」

「ホウ家から出勤してたら、うちの家業かと思われるじゃないですか。あれは僕個人でやってることですから」

それは嫌だった。

お山の大将的な考えだが、これは大きな違いだ。ルークが息子に事業をやらせている。というのと、ルークの息子が事業をやっている。というのとでは、これは意味合いが全然違ってくる。

ルークだって、牧場を経営しているときに、ゴウクが出来の悪い弟に牧場をやらせている。と思われていたら、気分が悪かっただろう。

「じゃあどうするんだ」

「なんだったら、僕が一人暮らしの部屋を手配しますよ」

「ユーリ、女の一人暮らしというのは」

渋い顔をしている。心配をしているようだ。

「でも、ここにいても居心地が悪いでしょう。親戚とはいえ、田舎から出てきたばかりの農家の子が、特別扱いされているのを快く思う方々ばかりでしょうか」

「そうなんだよ。当人は何も言わんが、肩身が狭いらしい」

　やっぱりそうか。

「とりあえず、実務を任せている幹部の近くに住ませます。地元にある程度顔が利くようですから、さほどの危険はないかと。さすがに、それが無理ならホウ家から出勤させますよ。十三歳の女の子を世間の荒波に放り出すようなことはしません」

「そいつはどういう男なんだ」

　もー、おとーちゃんも過保護だなー。心配しなくてもカフは少女に欲情したりはしないよ。

「もう二十半ばを超えた男ですよ。少女が趣味という男ではないですし、そこは心配しなくても大丈夫です」

「そうか。なら、頼む」

　はー、やれやれ。

「といっても、当人が嫌といったら、僕は連れていきませんからね」

「分かってる」

Ⅳ

「というわけで、君の身柄は俺が預かることになったんだが、それで構わないかな？　嫌なら……」

「よろしくお願いします」

　普通に了承されてしまった。もう少し条件を説明する必要があると思ったが、それでいいのか。

「あっ……そう。ならいいんだ」

　俺がリアルに同じ年齢だったら、普通に不安に思うような気がするけどな。ホントに大丈夫なのかよ。俺これからどうなっちゃうんだよ。

　十三歳頃の俺だったら、気が気ではなかったはずだ。

「知ってると思うが、俺は学生だから、身の回りの世話とかはいらない。メイドの仕事は辞めてもらう」

「そうですか」

ビュレは頷いた。

「やけにあっさりだな。未練とかないのか」

「あまり向いていないと言われていたので……」

それって……なんかいじめられてたんじゃ。

「参考までに聞くが、どういう風に向いていないと言われたんだ」

「お皿を割ったりしてしまったので」

ふーん。

「他は？」

「実を言いますと、昨日も給仕の際に転んでしまって、料理をだめにしてしまいました」

しょんぼりしながら言った。運動音痴なのか、ドジっ子なのか。

「叩かれたりしたのか」

叩いたとしたら問題である。

「手は上げられませんでしたけど、怒られました」

やっぱり、しょんぼりしている
うーん……情報を総合すると、やっぱり落ち度があったのは確かなんだろうなぁ……メイドには向いてない、というのも、あながち間違いではないのかも。

「お役に立てるかどうかは分かりませんが、精一杯頑張ろうと思います」

ぺこりと頭を下げた。健気《けなげ》だ。

しかし、その顔には元気がない。メイドの仕事を上手くやれなかったと思ってしょげている様子だ。

どう元気づけてやったらいいものか。

「俺は」

うーん、なんて言ったらいいのかな。どういう言葉を伝えたらいいのか。

「君に誠実さを求めている。だから、メイドとしての失敗なんかどうでもいい。むしろ、その失敗を隠さずに話してくれたことのほうが嬉しい。実のところ、王都には有能な奴はいくらでもいるが、信頼できる奴を探すのは難しいんだ。君は」

どうやって締めるかな。

「隠さず、素直で、誠実でいてくれ」

「……分かりました」

ビュレは頷いた。

「まあ……仕事は無理をしない範囲で頑張ってくれればいいから。よし、それじゃ行こう」

◇◇◇

最近は、街を歩いていると、やたらと物乞いを見かけるようになった。

話によると、この物乞いは殆どがキルヒナ王国からの流民らしい。シャン人の国家には、国境はあっても文化的な違いはあんまりない。なので流民といってもご大層な悲壮感があるわけではないが、就職という観点から見れば、悲壮そのものである。

労働力が溢《あふ》れてしまって、職がなくなっているのだ。

シヤルタ王国というのは、シャン人も馬鹿ではないので、昔から滅びるとしたら最後に滅びる国。というふうに、いわば目星がつけられていた。国が滅びたら隣の国ではなくシヤルタ王国まで逃げ延びる。というのは、いつの時代も少し頭のいい流民たちは考えていたことで、シヤルタ王国はいつの時代も難民たちを受け入れてきた。

地方の領地を管理する将家たちは、難民が来たら積極的に開墾に回し、開墾した土地を分け与えることで彼らを受け入れてきた。ホウ家の領には、そういった人々が拓《ひら》いた開拓村が古いものから新しいものまで幾つも残っていて、そういった村には大抵滅びた故郷の国名をもじった村名がつけられている。

だが、そもそもシヤルタ王国は、特別に国土が肥沃なわけではない。さすがに受け入れにも限界があり、現在では幾らなんでも人が住める土地なのかというレベルの、北部や山間部の極寒地くらいしか余裕のある土地はない。特に、ホウ家領地の南部領などは、既に労働力集約型農法にも限度があるだろうといった有り様になっている。

話を聞くと、国が滅びるたびに大なり小なりこういった状況にはなってきたらしいが、さすがに隣国が滅びかけると難民も規模が違うらしく、今度の人口流入は歴史的にも類を見ない規模であるらしい。

流入したはいいが、そこに職があるとは限らない。今のところはまだ餓死者が出ない程度には抑えられているが、これからはどうなるのか、といったところだ。

カフの自宅へ向かうべく、トボトボと歩く。

ここは住宅地ではあるが、大通りに面している多層住宅の一階には商店が開かれている場合が多い。休日の昼間なので、人通りも多い。

「うーん……」

「どうしましたか？」

ビュレは眉をひそめながら歩く俺が疑問なようだ。

どうも、見ているとと物乞いだけではなく、浮浪者然とした連中までたむろしている。治安が悪いといっても、俺一人だったら気にも留めないレベルではあるのだが、こんなところに女の子を一人で住まわせるのはどうなんだろう。

ちょっと無責任な気がする。

「いや、まあいいや」

よくはないのだが、まずはカフと会ってからだ。どちらにせよ、今日部屋を決めて今日引っ越しというわけにはいかないしな。

「私に何か問題がありしたら、遠慮なくおっしゃってくださいね」

ビュレは自分の過失について俺が悩んでいると思ったようだ。

「違う違う。街の様子が少し気になっただけだから」

「そうなんですか。私もその気持ち、分かります。とても栄えた街ですよね」

そういう意味で見ていたわけではないのだが。

まあ、王都に来てちょっとのビュレにはそう見えるのだろう。ホウ家の都のカラクモはこういう感じではないしな。

カラクモはカラクモで賑《にぎ》わってはいるが、なんというか王都のような賑わい方ではない。王都は、国家の経済中心地としてモノもカネもジャブジャブ動き回っていて、街を歩くとその波音が聞こえてきそうな活気を感じる。

「まあ……栄えているだけあって、都会は田舎とは少し勝手が違うからな。気をつけろよ」

男なら、痛い目を見て体で覚えるんだなで済むのだが、女の子だとちょっと話が変わってくる。都会は怖いところだぞ、みたいなことはあんまり言いたくないのだが、下手をすると一生モノの心の傷を負うことになるからな。

「はい。どんなところに気をつければよろしいでしょうか」

「……うーん、部屋の鍵はちゃんとかける。夜は一人で出歩かない……あとは、知らない人が持ってきた話は信用しない。値段が高いなと思ったらボッたくりかもしれないから少し考える……あとは……」

考えてみたら無数にあるな。そりゃ田舎から出てきた小娘なんて食い物にされるわけだ。

「まあ、他人の悪意をそこそこ疑って、断るときは断って、迷ったら俺かカフに相談するんだな。あ、カフってのは今から行くところにいる、仕事を任せてる男のこと」

「はい。分かりました……カフさんかユーリ様に相談すればいいんですね」

「そうだな。勝手が分かるまでは遠慮なく相談してくれ。そっちのほうが気が楽だ」

従妹が悪い詐欺にでも引っかかって酷《ひど》い目に遭わされたなんて嫌だしな。

「そうさせていただきます――キャッ」

短い悲鳴があがって、突然ビュレがこちらに寄りかかってきた。何かに突き飛ばされたようだ。

見ると、帽子を目深に被《かぶ》った少年が、こちらに向かって会釈していた。ぶつかったことに対して形ながら謝意を表しているような感じだ。

「おい、ちょっと待て」

俺は歩き去ろうとする少年に声をかけた。するとと、少年はこちらを振り向かず、そのまま前傾姿勢になり全力で走り去——れなかった。二歩進んだところで、俺が思い切りぶん投げた仕事かばんが背中に直撃し、そのまま前のめりにぶっ倒れてしまった。

「待てやコラ」

事業用の書類が詰まったかばんは結構重い。

「なんだテメー！」

こちらを振り向いた少年は、ビュレと同じくらいの年齢に見えた。

「ビュレ、財布かなんか盗《と》られてないか？」

「えっ——、あっ、ありませんっ！」

ビュレは上着のポケットを探っている。そんなところに入れといたのか。気づかなかった俺も俺だが、そんなスリやすそうな場所のポケットが膨らんでたらいい的だ。

「返せ」

俺は少年に向かって開いた手を出し、手招きした。

「チッ——」

少年は上着のポケットに手を入れた。

「やめとけ」

俺は声で制止した。

少年はじっとこちらを見据えている。その目は挑戦的な敵意を孕《はら》んでいて、何かを諦めたような目ではなかった。懐から取り出すのはビュレの財布ではなく、刃物かなにかだろう。

「やめとけ。そん中のもん抜いたら、こっちも容赦できない。財布を置いて消えろ」

「金持ってるくせに——お前ら貴族が」

はー、なんか言い始めた。ガキだな。

「関係ねえ話をするな。俺はやるのか、やらねえのかの話をしている。やるんならいつでも抜け。刃物を抜いて殺し合いをする気がねえなら、財布を置いて消えろ。三秒だけ待ってやる」

「────ッ」

あー、めんどくさ。別にこんなガキがどうなったって知ったこっちゃないしな。

「一、二、三、よし、やるか」

俺は三秒どころではない短さで数を数えて、少年をひっ捕まえて警吏に引き渡そうと歩み寄った。

するると、少年はたじろぎ、改めて別のポケットに手を入れて、財布を取り出して地面に投げた。

そのまま慌てて立ち上がると、脱兎《だつと》の如《ごと》く逃げてしまった。

「……はあ」

財布を拾ってパンパンと埃《ほこり》を払い、ビュレに見せると「ありがとうございます」と言って受け取った。

「それで合ってるのか?」

「あ、はい。大丈夫です。確かにこれです」

「ならよかった」

「あのっ、すみませんでした……私の不注意で」

「後ろから来たんだから仕方ない。次から、財布は盗まれにくいところに入れとくんだな」

「はい、そうします。あの、助かりました。お母さんが呪《まじな》いの刺繍《ししゅう》をかけてくれた財布だったので……」

ビュレは布製の財布を大事そうに抱いている。

帆布のような丈夫な布でできた財布には、カラフルで特徴的な刺繍が施されている。ローカルな呪い模様なのだろう。

「そりゃよかったな。じゃ、行こう。怪我《けが》とかはないよな」

「大丈夫です。歩けますので」

ビュレはその場で足踏みをしてみせた。

◇　◇　◇

「おーい、カフ、いるかー!」

ドンドン、とドアを叩くと、

「開けていいぞー」

と、中からカフの声がした。

「邪魔するぞ」

勝手知ったる他人の家で、ドアを開けて入る。

「ユーリか。どうした」

カフは愛用の汚いソファに寝転がって、顔だけを上げてこちらを見ている。よくそんな、表面が汚れで黒くなって中身が飛び出しているソファに座れるものだ。

「どうしたじゃないよ。なんで鍵がかかってないんだ？」

「前からだろ」

「前は無職だったから泥棒も見向きもしなかっただろうが、今は違うだろ。さっきもスリに遭ったぞ」

「は？　なんか盗られたのか？」

「いや、撃退したけどよ。泥棒が彷徨《さまよ》ってるような場所で鍵をかけてないのは不用心だ」

「鍵をかけたいのは山々だが、壊れてるんだよ」

壊れてたのか。

道理でいつも鍵がかかっていないはずだ。それならそれで、内側からカンヌキでもかければいいと思うが。

「それより、そっちの娘はなんだ」

カフはビュレに目をつけた。

「ああ、うちで雇えないかと思って。ビュレ・エマーノンだ」

「よろしくお願いします」

ビュレは丁寧におじぎをした。

「おい」

カフはなんだか怖い顔をした。

「はい」

「おまえが引っ掛けた女を商売に交ぜるのはやめろ。そういうことをする奴は、大抵が身を持ち崩す」

何を勘違いしてんだ、こいつは。

俺のことをどんなマセガキだと思ってんだ。

「ビュレは俺の従妹だよ」

「はぁ？」

素っ頓狂な声をあげよる。

「従妹って、じゃあ将家の娘っ子じゃないか。何を考えてる」

「母方の従妹なんだよ。母上の実家は森ん中の農家だ」

「ああ、そういうことか」

特に家庭の事情を話したことはなかったので、一から説明する必要があるかと思ったが、我が家の事情は知っていたようだ。

「んん……そういうことか。うちの仕事をやらせるのか？」

「とりあえずはカフのかばん持ちにでもと思ったんだが」

「……まあ、お前の言うことだ。嫌とは言わんが」

やっぱり渋っている。

「精一杯頑張ります」

ビュレはぺこりと頭を下げた。

「……今はどこに住んでいるんだ」

「俺ん家の別邸だけど、色々あっていづらくてな。ここの下の部屋はどうかと思ったが、泥棒が入ってくるような場所に女の子一人住まわせるのは、いくらなんでもまずい」

「じゃあ、居を変えるか」

やけにあっさりと言った。

「お前も引っ越しするのか？」

「ああ。大家にいくら言っても鍵屋が来ないんでな。俺も最近は儲けてるって噂が立ってるから、おちおち寝てもいられん」

そりゃ、いつ強盗が入ってきてもおかしくないってことじゃねーか。

「じゃあ、ついでだから倉庫にできるような部屋を借りてもいいぞ。うちの金でな」

「助かる。俺も金はないんでな」

カフの給料についてはまだ決めてなかった。

カフは、今のところ無給で働いている。もちろん事業はこいつが回転させているのだから、こいつの手には直接的に金貨とかが回ってくるわけだが、感心なことに、それには手をつけていないらしい。

「じゃあ、お前の給料なんだが」

「ああ」

俺は勝手に奥に入っていき、椅子に座った。

「父上に事業のことはバレたから、正式にホウ社として発足することにする」

「ホウ社か。ホウ商会とかじゃなくて」

カフはなんだか嬉しそうだった。正式にそうなるのが嬉しいのだろう。

「うちは製作もやるから、商会だと変だ」

「まあ、そうだな」

一般的に商会というのは、誰かが作ったものを売りさばき、利益を上げる者の集まりのことをいう。

商会に商品を卸す生産者は個人や各工房の職人となるが、そういった生産者は大抵がギルドという組合によって横の繋《つな》がりを持っており、当然魔女の縄張りになっている。

自社生産、自社販売でやっていくのであれば、社という名称がふさわしいだろう。


「そこで、カフの給料の話になる」

「いよいよ歩合給をくれんのか」

カフは歩合というところを強調して言った。忘れていなかったようだ。

「カフ・オーネット。お前を社長に任命する」

「俺が社長か」

まんざらでもない顔をしている。

「務めさせてもらう」

なぜか少しばかり騎士風のしぐさで、恭しく拝命するように俺に頭を下げた。

「それで、俺が社長ならお前は何をやるんだ」

「俺は会長をやる。監督役だな。社長ってのは、つまりは実務の長ってことだ」

「なんだ、今までどおりじゃないか」

「いや、これからは、社の経営に責任がある幹部を役員にする場合があるからな。役員は、役員会議のメンバーになる。役員会議の連中は全員、原則的には歩合給というか、業績連動報酬にするつもりだ」

「役員てのは、これから増やしていくのか？」

「あまり増やす予定はないけどな。もう少し大きくなったら、製造開発部みたいのを増やしたい。そこの責任者は、もちろん役員だ。役員会議で成果や開発の方向性を発表してもらう」

「ああ、そりゃいいな。悪くない」

カフは悪巧みでもするように、ニヤニヤと笑っていた。

納得してくれたようだ。

よかったよかった。

第五章　世界の秘密

I

その日、俺は水車小屋にいた。あーでもないこーでもないとやっていると、

「おいっ、ユーリ。できたぞ！」

珍しく興奮した様子で、カフがやってきた。追って雇っている人たちがガヤガヤと集まってくる。

「これだよ、これ。これが欲しかったんだよ！」

カフの手にはボソボソとした木の繊維が載っかっている。念に念を入れて煮たためか、だいぶ繊維がほぐれていた。

本当なら水酸化ナトリウムでやるべきなんだが、石灰水でやっても、時間をかけて煮れば、なかなか上手《うま》くできるものだ。

カフと同じく、俺も頬ずりしたくなるほど嬉《うれ》しかった。

これでボトルネックとなっていた原料問題から解放される。カフが何十時間もかけて服屋だのなんだのを歩きまわる必要はなくなる。

「早速、それでやってみてくれ。いろいろな木を試して、一番薄く作れるやつを探してみようぜ」

「ああ、お前が言ってた薄紙な。分かってる」

カフは早速漉《す》きに行った。


カフが木を煮崩して繊維を取り出そうとしていたとき、俺は屋外で珍妙な装置と向かい合っていた。中古の酒用蒸留装置を買ってきて、原油を沸かしていたのだ。

俺は、ガリ版に適した削り用紙に染み込ませるワックスには、やはり原油を精製したものが適しているのではないかと考えた。そこで調べてみたところ、この国にはいくつか天然の油井《ゆせい》があり、原油は入手可能だった。というか、ホウ家領内にあったので、調達しようと思えばいつでも調達できた。

俺からしてみると、原油というのは産業にとって命の水であり、幾らでも使いようがある。

だがこの国では、原油は人間に利用できない奇妙な液体という認識で、博識な一部の人以外は存在も知らず、資源としては放置されている状態であるらしい。

原油は燃えるが、そのまま暖炉や窯で燃やしてしまうと、熱で揮発する油分のせいで部屋の中に異臭が立ち込める上、煙突や暖炉にもべったりとタールのようなものがこびりついてしまう。

はっきり言って燃料としては薪《まき》や木炭のほうが数段扱いやすかったため、利用されてこなかったのだ。

だが、俺は原油は精製することで、いかようにも利用の方法があることを知っているので、今日も今日とて熱心に原油を煮ていた。

そろそろ冬が近づいてきたこともあって、蒸留日和といったら変だが、川の水も冷たくなり、装置冷却部分の効きがよくなっている。


今やっているような、混合液体を沸点の差を利用して分離していく方法を、分留という。

原油を分留すると、ナフサや灯油、軽油のような揮発性の高い成分が低温度で揮発し、次に重油のようなものが出てきて、最終的にはアスファルトのようなものが残る。

精密な分留などできないので、軽油もガソリンもナフサも区別はつかない。一緒くたに混ざってしまっているのだろうが、透明でさらさらとした液体は着実に金属の容器の中に溜《た》まっている。

これは燃料として使えるかもしれないので、内部にアスファルトを塗って乾かした樽《たる》に詰めていく。

しかし、ナフサのように常温で液体の物質はいいのだが、それが固体になってくると、冷やす過程で管の中で固まってきてしまう。

冷やしすぎずに液体の雫《しずく》として取り出すのは、原始的な器具ではかなりの技術が必要なようだ。

度重なる試行でも、なかなか上手くいかないし、上手くいったとしてもこの方法では量がとれそうにない。

効率的に採取をする方法は幾つか考えられるが、どれも大規模な設備が必要になってしまう。これは、もう諦めて別の素材を探したほうがいいかもしれない。まだ試していない木蠟《もくろう》が幾つかあるので、そちらのほうが手っ取り早いかもしれない。

まあ、そっちを使うことになったとしても、揮発性の高い油をとり出せたことは無駄ではないだろう。常温で、火を近づけただけで容易に着火する液体というのは植物や動物からはとれないので、十分利用価値がある。また、常温で揮発する透明の液体というのは、塗料の溶剤として優秀な性質を持っている。

石油の作業はうんざりするほど気持ち悪い。手は落ちにくい油でベトベトになるし、暑いし、疲れるし、マスクをしていても石油くさくて頭がガンガンする。俺は怠け者だったはずなのに、何をやっているんだろう、という思いが間断なく頭をよぎっている。

こんなの、会長がやる仕事じゃない。誰かにやらせたい。

とりあえず、午後から用事があるから、そろそろ終わっておくか。

◇　◇　◇

「シャム、これはホントに合ってるのか?」

「合っているはずですが……」

シャムはしれっと言うが、俺のほうは混乱している。んな馬鹿な。

「19・5度。誤差は……せいぜいプラスマイナスコンマ3度程度かと思います」

「そうか……」

この間、日記帳を読み返したときには、ちゃんと赤道傾斜角は23度と書いてあった。そういった情報は忘れてしまったら調べようがなく、本当の意味で取り返しがつかないことになるのは分かっていたので、思い出せる限りのことはメモしておいた。

赤道傾斜角というのは、つまりは地球の太陽公転面に対する自転軸の傾き具合だ。これがあるから季節が生まれ、夏は日が長く、冬は日が短くなる。

確かに20度以下ということはなかったはず。ということは、ここは地球とは微妙に違う惑星なのだろうか？

そりゃ、シャン人みたいな耳に毛が生えた人種がいるんだから、違うことは違うんだろうが……。

シャムが間違っているのだろうか。いや、シャムは天体観測に関してはかなり熱心にやっているし、話を聞いた限りでは手順も間違っていないはずだ。傾斜角の求め方なんていうのは比較的簡単な部類の計算だし、シャムが間違えるとは思えない。

「それで、私はなんで呼ばれたんかなぁ」

リリーさんが言った。リリーさんの前にはお茶とお菓子が置かれている。

ここは、コミミに案内されてからよく使うようになった、大図書館前の喫茶店の個室だった。

とりあえず、傾斜角のことは忘れよう。

「ああ、ええっと、お二人に作っていただきたいものがありまして」

「二人で？」

リリーさんとシャムは顔を見合わせた。

「作ってもらいたいのは、天測航法の道具です」

「てんそくこうほう？」

リリーさんは首を傾《かし》げた。

「天測航法というのは、簡単に言えば、地形もなにもない大海原で、自分が地球上のどこにいるか分析する技術です」

「なんやのそれ……一体なんの役に立つん？」

「今だと」うーん、どう説明したものかな。「陸の見えない大海原に出ると、船乗りたちは、自分がどこにいるのか分からなくなってしまうんです。

つまり、迷子になってしまうわけですね」

「コンパスがあるやんか」

「陸地であれば、コンパスで方向を測りながら歩けば、ある程度位置は分かるでしょう。でも、海ではそうはいかないんです。見えるのは全周が代わり映えしない大海原ですし、船は風を摑《つか》むためにジグザグに操船することもあるので、どっちの方向にどれだけ進んだかというのは、すぐに分からなくなってしまいます」

「ふーん、そうなんか。よく分からんけど」

リリーさんはどうもピンと来ていないようだ。

まあ、そんなのは別に分かっていなくてもいいことだし、先に進もう。

「まあ、目隠しをして目的地を目指すような、命がけのことをやっていると思ってください。とてもそんな船には乗りたくありませんよね。でも、天測航法で位置が分かれば命がけではなくなるんです」

「ふーん……それで、どうやってその位置を割り出すのん？」

「この……なんというか、地球は、今このときも、どこかで夜が明けて、どこかで日が暮れています。今僕たちの頭の上にある太陽は、別の場所では朝日として見えていて、また別のところでは夕日として見えているわけです。それは想像できますか？」

「それは……まあ、考えてみればそうやな」

この国では地動説は一般的ではないが、リリーさんはシャムと付き合っているので、そのへんは承知している。

今は昼間だが、現在昇っている太陽は、地球上の別の地点では日暮れに地平線に沈む太陽であり、別の地点では、地平線から今まさに昇る朝焼けの太陽でもある。

「それはつまり、決まった高さに同じ時刻に太陽が見える土地は、この地球に一箇所しかないということを意味します」

「……うーん、そうかなぁ」

なにやら納得がいっていない様子だ。

「リリー先輩、ユーリの言うことは合ってますよ」

うわ。

シャムはリリーさんのこと先輩って呼んでるのか。

「ふぅん、シャムは分かるん？」

「分かりますよぉ。機器の誤差はもちろん考えなきゃですけど、きちんと計測できると仮定したら、決まったときの決まった場所に天体がある地点は、地球上に一箇所しかないのは当たり前です。連立方程式と同じに考えればいいんですよ。与えられる式が時刻と天体の位置で、導き出される変数が緯度と経度、みたいに考えればいいんです」

シャムのほうは直感的に分かってしまったらしい。こいつはこいつで、どんだけ頭の回転が速いんだよ。

「そうそう。だから正確な時計と、天体の角度を割り出せる測定器具を用意すれば、自分の位置も割り出せるって寸法なんです」

「そりゃええけど、そんなの複雑な計算が必要なんとちゃうの？　時計見てから角度が分かったところで、あっここだ、って直感で分かるもんとちゃうやろ。そりゃ、シャムを連れていけばできるやろーけど」

「計算結果を纏《まと》めた本を作って、観測した数字から辞典を引いて位置を検索できるようにすればいいんです。難しい計算なしで現在位置を割り出せるようにします」

「ああ、そういう仕組みでやるんか……なるほどなぁ」

リリーさんは理解できたのかできていないのか、曖昧に頷《うなず》いていた。

まあ、理解できないのが当たり前だし、できていなくても問題はない。シャムのほうは完璧に理解できているので、要求される仕組みや性能はシャムが教えるだろう。

六分儀などは、精密な時計を作っているリリーさんにとってみれば、それほど難易度の高い代物とは思えない。

問題なのは、シャムのほうだった。計算して本を作るほうがよほど厄介で、地球全体の極一部の海域の地図でも、膨大な仕事量になってしまう。

「シャム、表にできるか？　そんなに精密に数字を出さなくても、大雑把でいいんだが」

「多分、できますよ。なんなら太陽じゃなくても、どの星でもできますが」

「いや。一番分かりやすい太陽がいいだろう。使うほうも、星座なんてまったく知らない素人なんだしな」

「太陽だとあんまり精度は出ませんよ。天体そのものが大きいですし、中心に点がついてるわけじゃありませんから――フフフッ」

シャムがちょっと笑った。え、もしかしてシャムなりのジョークだったのか。

急遽《きゅうきょ》リリーさんに目配せすると、リリーさんも少し困った顔をしており、何を伝えたいのか小さくコクコクと頷いていた。う、うーん……。

「はは……そうだな」

俺は下手な作り笑いをした。従妹《いとこ》が苦手な分野で頑張ったのだ……がっかりさせたくはない……。

「まあ……そんなに正確じゃなくてもいいんだよ。大体の場所が分かれば十分使えるから」

数字が少し間違っていたところで、まったく別のところに行ってしまうわけではない。想定する地点に少し誤差が生じるだけなので、大まかに辿《たど》り着ければ問題はないのだ。

島を目指すなら、島が見える範囲に辿り着けばいいし、そこに島がなかったら周囲を探索すればいい。港湾都市ならもっと簡単で、大抵は灯台かなにかがあって、近づけば発見しやすいようになっている。

問題は、自分の位置が分からなければ、島や陸地を見つけられずに通り過ぎてしまった場合、通り過ぎたことも分からないということなのだ。

そうなれば、既に通り過ぎた場所に辿り着こうと前進し、いつまでも辿り着かないのでおかしいぞとなり、あとは見当違いな場所で闇雲に舵《かじ》をとって探し回ることになる。船舶が遭難して全員餓死、あるいは渇死する事故というのは、そうやって起こる。大雑把だろうが、一つの道標が与えられているのと、いないのとでは雲泥の差があるのだ。

「そういうことなら。まあ、私の観測なら、太陽でもかなり正確に数字が出せますけどね」

シャムは自慢げに言った。心に傷は受けていないようだ。よかったよかった。

「あと、時間はどこを基準に？」

「シビャクに時計を合わせたシビャク標準時だな」

勝手に作っちゃっていいものか知らんが、こんな世界まで来てイギリスに気を遣う必要もなかろう。

どこ中心でも変わらないし。どうせシャン人しか使わないんだろうし。

「おっけー。分かりました」

「範囲は全世界じゃなくていいからな。そうだな……経度はシビャク中心で西経１２０度までで、緯度もシビャクより北は10度まで、南は赤道まででいい」

「わかりました」

すげぇ物分かりがいい。結構面倒なはずだけど。

「それで……リリーさんにお願いなんですが」

「ユーリくん」

リリーさんはニコッと笑った。

「頼まれた例の印刷機も難航しとるんよ」

あ、はい。

「なんとかなりませんか」

「眼鏡もまだ作れてへんし……」

「はい……」

「漉桁《すきげた》のほうは追加注文がなくなったけど」

「そっちは手先が器用な木工職人を雇えたので……なんとか、ハイ」

「ふーん、そーなん」

なんか無理っぽい。まーリリーさんには大分無理を頼んだしな……。

そもそも学業優先だろうし。

「わかりました……無理を言ってすみません」

諦めよう。気を入れて探せば誰か見つかるかもしれないし。

だが、リリーさんに頼めないとなると、代わりに頼む職人は、何に使うどういう道具なのかの説明を求めてくるだろうし、めっちゃ面倒なんだよな。

俺が眉根を寄せて考え込んでいると、

「もー、しょーがないなぁ～」

とリリーさんは言った。

「え」

「そんな顔されたらお姉さん断れんやないの～」

なんだこれ。なんか急にいい感じになった。

リリーさんはニヤニヤしながら、片手を頬にやって空いた手をひょいひょいしている。おばさんの所作はこの世界でも共通なんだろうか……リリーさんはおばさんではないが……。

「まー、急ぎやないんやろ？」

「はい。とりあえずは」

「せやったら、やっとくわ。もうちょっとどういうものか教えて」

「こういう感じです」

俺は用意しておいた紙を取り出した。六分儀の簡単な設計図である。

六分儀というのは、鏡の反射を利用して、地平線あるいは水平線に対しての天体の角度を測る道具だ。応用すると星と星の角度も測ることができる。

遠くを見る単眼鏡のような筒の先に、右半分だけの鏡が取り付けられている。筒に目を合わせると、左半分にはそのまま先の風景が見え、右半分には鏡に映った像が見える。その半分になった鏡の向いた先にはもう一つ、分度器のついた回転可能な鏡がついている。

使い方は単純で、まずは左半分の空洞を水平線に合わせる。回転可能な鏡を回転させると、鏡の中の像が動く。視界の中で水平線と目標の天体が重なり合うように調整すれば、分度器の角度がそのまま天体の角度になる。

「ほっほー……これはちょっと面倒そうやね」

　俺の書いた簡単な図面を見て、リリーさんは言った。

「難しそうですか」

「ガラスと鏡がな……胴体はなんとでもなりそうやけど、煤《すす》ガラスかぁ……しかし、珍妙なものを考えつくなぁ」

　夜の星なら問題ないのだが、太陽を覗《のぞ》くときは、黒いガラスすなわちシェードを被《かぶ》せないと目がやられてしまうし、そもそも眩《まぶ》しくて使うことができない。

　煤ガラスというのは初めて聞いたが、シェードに類するものは必須である。

「ガラス工房のようなところに注文を出す形になるのですか？」

「そうなるなぁ」

「どうせなら十枚くらいまとめて注文しちゃってもいいですよ」

「そう？　まあ、そっちのほうが一つあたりは安くあがるけど」

「大丈夫です。よろしくお願いします」

　どうせ、これから一隻に一台は装備するようになるんだし。腐るものでもないので、在庫にしておいてもいいだろう。

「ま、分かったわ。でもけっこう高くつくよ」

「かまいませんよ」

「そんなに大儲《おおもう》けしとるんか」

「……まあ、それなりですね」

　業績はうなぎ登りと言っていい。木を利用できる目処《めど》が立った今では、原料不足からも解放される。加速度的に儲けは増えていくだろう。

　紙だけでも儲かりまくっているし、これからは石油から灯油ランプやライターも作れるようになるだろう。売上が伸び悩む要素はない。

「でも、そんなにお金を儲けてなにをするつもりなん？　もうお金には困らんのに……あ、それは元からか」

それはそうなんだけど。

「お金は幾らあっても困りませんから」

「それにしても限度があるやん。こんなに頑張る必要ある？　午後が暇っていうても、遊ぶ暇がないほど仕事する必要はないやろ」

その疑問はもっともである。

実際、俺は贅沢《ぜいたく》な暮らしをしたいわけではない。金を稼ぐなどといっても、生活はこれまで通りで、使う金が増えているわけでもない。ならばどうして一生懸命金を稼いどるんだ、ということになるだろう。

それは、暇だから、金は幾らあっても困らないから、というのもあるが、実際には違う。俺は別の思惑を温めている。

「ま、リリーさんが我が社に入社してくれたら教えてあげますよ」

と、俺ははぐらかした。

「我が社？」

「屋号としてホウ社を名乗ることにしたんです。父上にバレてしまったので」

「ああ、そうなんな」

「そうなんです。まあ、一応社外秘みたいなものなんで」

「ほな、入社したるわ」

え。

「今なんて言いました？」

「入社したるわ、って」

いやいやいや。自分で言っといてなんだけどさ。

「そんな、遊びに交ざるみたいな」

「ホウ社なんていうても、辞めるのはいつ辞めても自由なんやろ？」

そりゃそうだが。終身雇用されるつもりがないなら最初から来るな！　みたいな経営方針ではないし。

「それはそうですが、仕事はこれまでのような支払い方ではなくなりますよ。リリーさんへの報酬は買い取りではなく給与ということになります。リリーさんにとっての儲けは今より減るかもしれません。それでもいいんですか？」

「そんなん、構わへんわ」

構わへんのかい。なんでやねん。

「今まで通りの仕事でええんやろ？　ユーリくんが用意した部屋に朝から晩まで詰めて仕事するとかやなくて」

「そりゃー、構いませんが……いつ辞めてもいいといっても、一ヶ月で辞めたとか言われても困りますよ？」

「私のことなんやと思ってんの。そないなケチくさいこと言わんよぉ」

「じゃー、よろしくお願いします」

まあ、リリーさんが加わってくれれば嬉しいことは確かだ。手先が器用で、俺が話す科学の言葉も理解できるので、色々と便利になるだろう。

「私も入ります」

なんだかちっこいのが妙なこと言いだした。腕をピンと挙手している。

「シャムはだめだ」

「なんで」

なんかむっとしてる。

「……俺がサツキさんに怒られるからだめ」

本当を言うと、シャムは会社の仕事には向いてない気がする。仕事に付き合うと、どうしても産業の役に立つ工学のような応用科学が研究の主役になる。シャムは高等数学や宇宙科学や理論物理学のような分野に興味があるわけで、ホウ社の仕事をさせてしまうと、向かってゆく方向が少し変わってしまうだろう。シャムを間違った列車に乗せるわけにはいかない。

「なんだ、つまんない」

なんか普通の女学生みたいなことを言い始めた。

「じゃあ、そういうことで。今日は終わりにしましょうかね」

さてさて、忙しいし今日はもう帰るか。俺は椅子から立ち上がった。

「はいはい、じゃあまたな……ってなんでやねん！　すっとぼけて帰ろうとすな！」

覚えていたらしい……なにこのノリツッコミ……。

「はあ、これ絶対に秘密ですからね」

◇◇◇

「僕は、この国にはもう滅びる道しかないと思ってるんですよ」

「……は？」

「五年後か十年後か、それは分かりませんが、この国は近いうちに滅びるでしょう。これはもう避けられません」

「なんでやねん。この国も、なんも悪くないってことはないけど……今んところは全然大丈夫やんか」

「大丈夫なわけがないですよ。シャン人の国家九国のうち、六国までクラ人に滅ぼされたのに、なんでシヤルタ王国だけが特別滅ぼされないと思うんです？」

現在に残るシャン人の国は二国だけだが、九国の中で、クラ人に滅ぼされなかった国が一つある。トラッフェ王国というのだが、その王国はアイサ孤島――恐らくはアイスランドと思われる離島に存在した。近親婚を繰り返して血を濃くした結果、トラッフェ王家は自然消滅的に断絶し、アイサ孤島はシヤルタ王国に編入された。

「それは……」

「僕もこの五年、歴史の勉強をしてきて学びました。この国は、他の滅ぼされた国となにも変わりません。滅びた国と同じような機能的欠陥を、同じように持ったまま、キルヒナ王国が倒れようとしている今でも、のほほんと放置しています。敵であるクラ人の態度も変わっていないのですから、滅びた国とまったく同じに、ここもいずれ滅ぼされると考えるのが普通でしょう」

それは、誰もが見て見ぬふりをしている事実であった。

現状を憂いた革命勢力があり、内戦を繰り広げているなら、そっちのほうがまだ望みがある。国内は戦乱にまみれ、血を見る現実があっても、将来は変わるかもしれない。だがこの国では、保守勢力が強すぎるために、そのようなことも起きない。

「でも、これから変わるかもしれへんやないか」

「それはそうです。例えばキャロル殿下あたりが国を強く率いて、この国を大きく変えるという可能性は、現実として存在するでしょう。ですが、それは希望的観測です。僕は僕で、その可能性に自分の命運をかけるつもりはありません」

言っておいてなんだが、俺はその可能性をちっとも信じていなかった。

シヤルタ王国の政体の致命的にまずいところは、王家に権力がちっとも集中していないというところだ。もし王家が絶対王政的な強権を持っていたのであれば、確かに事情が違ってくる。

例えばキャロルが大人になったとき、強力な権力を大ナタのように振り回し、外科手術のように国の腐った部位を除去する。様々な改革を行って、国を立てなおして強国となり、クラ人と立ち向かう。そんな筋道も現れてきたはずだ。独裁制というのは大いなる負の側面を持っている反面、暗雲立ち込めた状況を快刀乱麻を断つがごとく解決することのできる可能性を持っている。

だがこの国では、残念なことに、王家はちっともそんな力を持っていない。

五大将家《ファイブブレイブス》と七大魔女家《セブンウィッチズ》に、軍権と政権が分散されてしまっているのだ。

王家が持っているのは、手持ちの兵として近衛軍第一軍に兵が七千弱、あとは元老院議会の議長権、外交代表権、将家への命令権（実質的には提案権というのが正しい）などがあるだけで、これはこれで大層な力ではあるものの、絶対王権とは程遠い。

これでは、キャロルあたりが幾ら頑張ろうと、どうすることもできない。もともとの力が弱すぎるし、その力も雁字《がんじ》搦《がら》めにされてしまっており、提案はできるが実行するには旧《ふる》い勢力の許可が必要とされてしまっている。王家が大暴れしようにも、周りがいつでも取り押さえることができる仕組みになってしまっているわけだ。

では、王家以外に、その役割を担える存在はあるか。

将家の連中はどいつもこいつも、ホウ家以外は家で槍《やり》を磨いているだけの腰抜けばかりで、こいつらもクーデターをするような根性はない。

そのホウ家は遠征で散々こき使われた挙句、軍団が瓦解して再建中である。軍事力の背景のない将家などカスでしかないので、我が家のこととはいえ、カスではその役を演じることは無理だろう。

魔女家の連中は、言うまでもなく保守の権化とも呼ぶべき存在であって、そもそも文字通り腐った女のような性格のヤクザなので、こいつらに任せても国はさらにドブ底に沈むだけである。

「じゃあ、どうするんや」

どうすればよいのか。

答えは一つ、逃げるのだ。

「そのときのための、天測航法ですよ。これがあれば、大海原で迷うこともなく、どこへでも行ける。国が滅びたとき、クラ人の虜囚となり奴隷になるしか道がないのと、大海原へ逃げ延びるという選択肢があるのとでは、だいぶ違うでしょう」

「……まあ、そりゃそうやな」

「もちろん、それは最後の最後、というときの話です。そうならなかったら、手元にはお金と、不要になった用意だけが残ります。それも無駄ではありませんしね」

「……ふーん、なるほど」

「この話を聞いて僕に嫌気がさしたなら、退社しても構いません。話さえ漏らさなければ」

「そんな心配せんでもええよ。怒っとるわけでもないし。まあ……でも、ちょっと考えたいことはあるかな」

「それなら、お金はここに置いておきますから、茶のおかわりでもしてゆっくり考えてみてください。僕はそろそろ行きますね」

俺はいないほうがいいだろう。

忙しいのは本当だったので、俺は十分な額の銀貨をテーブルの上に置いて、個室から出て行った。

Ⅱ

「それなら、お金はここに置いておきますから、茶のおかわりでもしてゆっくり考えてみてください。僕はそろそろ行きますね」

そう言ってユーリが出て行ったあと、リリー・アミアンはテーブルの上に置かれた銀貨を数えた。その金額は、軽く暗算して出した料金よりも、二倍ほど多かった。釣りはとっておいてもよかったのだろうが、リリーは店員を呼んで茶と菓子を追加で注文する。


「承りました。すぐにお持ちしますね」

小気味よく注文をとった店員が、個室から出て行った。

「……ふう」

そして、先ほどのユーリの言葉に思いを馳《は》せた。

（確かにな）

と思っている。


リリー・アミアンは、山の背側の、川に抉《えぐ》られた小さな峡谷に生まれた。

その峡谷は、地元の言葉でヤナ峡谷と言う。その小さな峡谷が、リリーの生まれ育った土地であり、アミアン家の領地の全てであった。

領主はリリーの父である。領主であるからには貴族なのだが、アミアン家は貴族でありながら騎士でも、魔女でもない。

五大将家《ファイブブレイブス》を総領として担ぎ上げ、その下に群がる零細の騎士家の中には、そのような者がたくさんいる。それらの人々は騎士号を持っておらず、形の上でだけ将家の家臣団の末席に名を連ねているが、自ら出陣することはない。

リリーの家を含めた、そういった家々の殆《ほとん》どは〝流れ者の貴族〟だった。騎士家には違いないが、特に〝預家《あずかり》〟と呼ばれ、一般的な騎士家とは区別されている。自らが兵を率いる機会はないので、当主は騎士院を卒業している必要はなく、女性がなっても構わない。有事の際は、規定人数の兵を領内から徴兵し、それを将家に預ける形をとる。

リリーが生まれたアミアン家は、大昔にはテナアという国の大魔女家であった。大魔女家の通例として、家系図を大皇国まで辿ることができるが、これにはさして意味はない。


テナアは、歴史の中で王家と魔女家が特に深く絡みついてしまった国で、王は末期には〝魔女王《ウイッチクイーン》〟と名乗っていた。

王は、形だけはクワダ・シャルトルの姓を名乗っていたが、王家と〝魔女の中の魔女家《ウイッチオブウイッチズ》〟を名乗る十二の家は血筋的に絡み合っていて、王も十二家の中から選ばれていた。アミアン家は、その中の一血族である。十二のうちの一つは未《いま》だシヤルタ王国内に存続しているが、他の家は滅びている。

だが、そのようなことは、もはや幾つかの家の家伝、あとは大図書館に所蔵されている歴史書に残るのみの知識である。テナア王国は既に滅び、その血筋の尊さは現実にはなんの影響も及ぼさない。

ともかく、リリーの先祖は、テナアが滅びに瀕《ひん》したとき、母国と共に滅することを選ばず、シヤルタ王国にやってきたのであった。


他の国が滅び、窮した魔女家が頼ってきても、魔女家は助けてはくれない。魔女家は、その収入を経済と政府から吸い上げている。馴染《なじ》みの大商人たちから、または王家から、与えられた役職が持つ権能を濫用して金銭を得る。そのような家業を持つ魔女家は、当然ながら縄張り意識が強く、他国が滅びて魔女の家の者が流れてきても、その扱いは冷たかった。一夜の宿くらいは貸しても、自身の利権を分け、生活の基盤を与えるといったことは、絶対にしない。

そのため、アミアン家は今までの生業《なりわい》を捨て、騎士家であるノザ家に頼り、命からがら持ってきた金塊を差し出し、預家《あずかり》にしてもらったのである。

預家《あずかり》は、騎士としての働きが免除される。であれば、預家《あずかり》は領地経営だけに精を出していればよく、兵役のない平和なだけの家柄でいられるのかというと、そういうわけにもいかない。兵務の代わりとして、預家《あずかり》は一般の税収に上乗せして、上納金という形で将家に金銭を支払わなくてはならない。

その上納金は高額であり、アミアン家には今も昔も、領地からの税収は殆ど手元に残らない。

その僅かな収入も、毎年安定して得られるわけではない。凶作が続き、作物の出来が悪ければ、もちろん税収に響く。税収が少なかった場合、税収に応じてノザ家に渡す金額は比例して下がるが、上納金の額は毎年一定で、これは変わることがないので、ときには税収を上回る金額を渡さねばならないこともあった。

手元に残った雀《すずめ》の涙ほどの金を、赤字の年に備えて貯蓄し、場合によっては自ら鋤鍬《すきくわ》を持ち畑を耕すのが、預家《あずかり》の貴族というにはあまりに慎《つつ》ましい生活であった。

そのような事情があり、預家《あずかり》というのは別名を〝将家の小銭入れ〟と呼ばれている。貴族位を求めて騎士家の傘下に入っても、大多数は年月が経過するうちに上納金を払えなくなり、せっかく持ってきた財産の全てを上納金に取られ、消滅してしまう。貯《た》めた金で男子を騎士院へ入れても、将家の騎士団に席を貰《もら》えなければ預家《あずかり》のままなので、よほど才能のある男子が生まれない限りは、まっとうな騎士家として生まれ変わることもできず、上納金もなくならない。

そういった事情があるため、長く生き残っている預家《あずかり》は、例外なく領主業とは別に、多額の収入を得られる家業を持っているのだった。それは鳥獣の骨の加工品であったり、名の通った質の良い刃物や陶磁器であったり、地元の木を使った家具の生産であったりした。

アミアン家の場合は、それは機械生産業であった。

機械の生産を始めたのは、リリーの曽祖父である。手先が器用で機械時計が好きであった彼は、家宝の宝石を質に入れて道具を手に入れると、自ら柱時計を作り始めた。大きな柱時計に、テナア伝統の彫り物細工を入れ、乾くと黒光りのするニスを全面にたっぷりと塗りつけた製品は、すぐに評判となった。設備を整え、小型の懐中時計の生産に成功すると、更に家は潤った。

曽祖父の死後は、父が事業を継ぎ、今では機械生産業はアミアン家の主要な収入源とまでなっている。

そういった事情があって、リリーは幼い頃から家業を継ぐ者として育てられたのだった。リリーは、機械の仕組みや金工、彫り木細工などを、子どもの頃から遊ぶ暇もなく覚え込まされてきた。

そうして、十歳になると、ついにリリーは教養院に入れられた。アミアン家の中で教養院に入る子は、シヤルタ王国に来てからは、リリーが初めてであった。学院は学費が高いために、預家《あずかり》にとっては気軽に入学させられるものではない。預家《あずかり》の跡取りという生徒は、リリーが入寮したときには、寮には二人しかいなかった。

リリーが教養院に入れられたのは、領地経営に関わる初等的な政治学や、税制あるいは法学について勉強するためである。また、それ以前に、教養院を卒業したということは、領主として大きなステイタスになるからでもあった。

アミアン家も娘を教養院に送れるほどにはなったが、それでも余裕があるわけではない。

魔女家と違って、院に入った娘に小遣いをくれてやるほどの余裕はなかった。なので、リリーは教養院に入学すると、寮生の懐中時計のメンテナンスなどをして、小遣いを捻出した。それは、リリーにとっては遊ぶための金ではなく、生活に必要な資金であった。

白樺寮《しらかば》においては、身だしなみも重要だ。

教養院の制服などというものは、何年も着ていれば寸法を直す必要が出てくるし、どんなに扱いに注意をしていても、古びて擦り切れ、色褪《いろあ》せてくるのは止められない。

同じ服を着ていても、安く腕の悪い仕立屋が作った制服を破けるまで着ていたら、白樺寮では笑いものになってしまう。そうならないために、リリーにはお金が必要だった。

一般に価格が金貨十枚を超えてしまう、高級な懐中時計を所持する生徒は、寮内でも羨望の眼差《まなざ》しを向けられる。彼女らにとり、懐中時計というのは、時刻を知るための機械というよりは、高級なアクセサリーであった。

だが、懐中時計というのは定期的なメンテナンスが必須な機械である。懐中時計は二年か三年に一度、分解して部品を磨き、注油する必要があったので、仕事は尽きなかった。

しかし、細々とやっていたメンテナンス業も、ユーリの依頼が殺到するようになってからは、受けるのをやめていた。ユーリから受ける仕事のほうが、遥《はる》かに儲かるからであった。

リリーが隣を向くと、シャムは湯気を立てたミルクティーを目の前にして、ぽけーっとしていた。おおかた、先ほど与えられた課題について考えているのだろう。

リリーは、こうなったシャムの頭の中で、人知を超えた複雑な思考が行われていることを知っていた。一見、いつもぼーっとしているようにしか見えないこの子は、特定の分野において超人的な能力を発揮する。ユーリが手塩にかけて育てたであろう、天才児なのだ。

だが、残念なことに、その超人的な能力は教養院のカリキュラムにおいて、まったくといっていいほど、役に立っていない。そのため、シャムは寮内では成績の悪い不思議ちゃんという、平凡からやや下の定評を得ていた。

(……この子のためなんやろうな)

と、リリーは思った。

ユーリは自分では気づいていないようだが、有名人だ。漆黒の髪をした美男子で、喧嘩《けんか》も強ければ、頭脳も教養院の首席より優れていると言われるほどである。母親が農民という謎めいた出自もあるし、入学早々キャロル殿下の一番の友人になったとも聞く。

執筆界隈《かいわい》でも、すぐに流行の主役に躍り出た。

有名であれば噂《うわさ》も入ってくる。入学するなり、開設されてすぐのクラ語の講座に潜り込み、最も熱心な学生の一人として習い続けているというのも、有名な話だった。

古代シャン語上級会話と並んで難しいとされる、クラ語の単位を早々に取得し、なぜか取得後も講義に通っているという。

普通であれば、あのような年少の子供が興味を持つような講義ではない。ユーリはクラ人通、クラ人贔屓《びいき》という、よくも悪くもとれる人物評も出回っていた。

船は分かる。

リリーは、外洋に出ればクラ人の魔の手から逃れられるという理屈は、理解できた。

国が滅ぶかもしれない。という危機感も理解している。だけれども、国が滅ぶにしても、クラ人の中に溶け入って、潜むように暮らすなどという生活は、リリーには想像できなかった。

それは他の者もそうであり、だからクラ語など勉強はしない。リリーも学びたいと思ったことはなかった。

だが、ユーリは勉強している。あれだけ頭のいい子が、五年も真剣に取り組んでいるのだから、現在では完璧に習得しているだろう。

ここで疑問が残る。

なぜ、今になって苦労して外洋を航行する船などを調達するのか？

死が怖くて一人逃げ出すだけなら、苦労してそんな船を調達する必要はない。あれだけの才能があり、言語にも不自由しなければ、もう十分すぎるほどクラ人の国でやっていけるだろう。

では、なぜ船を調達するなどと考えついたのか。

家族を助けたいからだ。シャムや両親、自分の親しい人たちを。そう考えているとしか、リリーには思えなかった。

だが、ユーリにそれができるのだろうか？

それは甚だ疑問であった。シャムを自分に紹介したキャロルは国を見捨てるような子ではないし、父親のルーク・ホウは現当主なのだから、クラ人が攻めてくれば戦おうとするのではないか。

卒業すれば、親友のドッラも戦争に行くだろう。戦いを避けて逃げ延びようという案に飛びつくような人たちだろうか？

船に乗ることを選ばなかったとしたら、拒否をした彼らを見捨てて、海を渡って新天地へ行けるのだろうか？


人を助けたいと思い、たいへんな苦労をしてまで実行しようとする人間が、親しい人々をあっさりと見捨て、逃げる。

それは行動として矛盾しているように、リリーには思えた。

ユーリが、そういう仕事ができる、矛盾をためらいなく受け入れられる、いわば分裂した人格の持ち主である。という考え方もできる。だが、そうでなかったら、やはり土壇場で行動に移れないだろう。

船に乗る選択をした、例えばシャムや母親といった人々を出港させたあと、自分はシヤルタの地で戦うことになるのではないだろうか。

「先輩？　食べないんですか？」

ふと気づけば、シャムはミルクティーを飲み終えて、お菓子も食べきっていた。

シャムの思考法はいつもこうだ。思考に入ると一心不乱に考え続け、ふとした瞬間に燃料切れを起こしたように我に返り、ご飯を食べたり書き物をしたりする。

知らないうちに燃料が切れていたのだろう。

リリーも、機械いじりに夢中になっているときは、そうなることもしばしばであったが、ただモノを考えるだけでそうなることはなかった。

「私の分も食べてええよ」

「いいんですか？」

「うん」

リリーは菓子が盛られた皿をシャムの前に移した。シャムはパクパクと食べ始める。

その所作は、行儀が特別によかったりするわけではないが、不思議と気品のようなものを感じさせた。

やはり、高貴な生まれがそうさせているのだろうか。見ていると幸せな気分になった。

「おいしい？」

「はい、おいしいです」

ふいにリリーは寂しい気分になった。

（考えてみたら、私も卒業したら、こういうふうにおしゃれな喫茶店でお茶飲んだりできなくなるんやなぁ）

リリーの実家の周辺には、こんな美味《おい》しいお茶や、洒落《しゃれ》た料理を出す店は、もちろん存在しない。

来る日も来る日も魚、獣肉、パン、漬物、チーズの繰り返しで、蜜を上手く使った甘味などは、望むべくもない。

「シャムは幸せもんやなぁ」

リリーは、無意識にそう口にしていた。思ったことがそのまま口から出てきていた。

シャムは幸せものだ。

「……？　はい、幸せですけど？」

「うん」

リリーは、ユーリに似た黒髪をやわらかく撫《な》でた。

「どうしたんですか?」

「いや、どうもせーへんよ」

「なんだか変ですね……」

「ユーリくんは私も連れてってくれるつもりなんかなぁ……」

誰に言うでもなく、リリーは一人つぶやいた。

第六章　ミャロの憂鬱

その日、俺は講義を受けていた。

その講義は、一般法学Ⅳと呼ばれる講義で、聴講生でも受講できる一般科目の中に入っている。これを取得すると、この国でいう、司法試験のようなものにチャレンジできる。

もちろん、シヤルタ王国には日本のような理論だった立派な法体系は存在しないので、日本の司法試験より格段にザルでアホらしいものにはなるのだが、合格すれば一応は資格が増えるというわけだ。

この講義は聴講生に大人気の講義である。この資格を持っておくと法廷や仲裁の場で弁護ができるし、商家などにも法律の専門家として優遇して雇ってもらえる。

教養院生はかなりの率でこの講義をとるが、騎士院生にはまったく人気がない。そもそも、この法体系は王家天領でのみ通じるもので、将家領では各家が定めた別の法律が適用されるので、意味がないと思われている。

実際には、将家には法典を一から作るような能力はないし、それが重要だとも思っていないので、天領のものをパクって使っている。なので勉強することは無意味ではないし、古典文学だの古代シャン語を学ぶよりは確実に有意義なので、選択制の一般科目では興味があった歴史とクラ語の他にはこれをとっているわけだった。

講義が終わり、ノートにしているホウ紙の冊子を閉じると、

「……あの、ユーリくん」

隣にいたミャロが話しかけてきた。

ミャロはこの講義を一緒にとっているのだが、ミャロは暗記科目が得意で、特に法学は無勉強でも試験に合格できるかもしれないくらい知識があるので、俺は一方的に教えられる立場となっている。

逆に、数学などは俺が教えるほうの立場だ。

ミャロは、今日はなんとなくソワソワして落ち着かなかったのだが、今はちょっと見たことがないような顔をしている。なんとも困ったような、だが話しかけるのをためらっているような、複雑な表情だ。

「なんだ？」

「お手紙を……その、お手紙を預かっているのですが」

「俺宛てか？」

ミャロは一枚の便箋を机の上に置いた。

手紙を人伝《ひとづて》に渡すというのは、この国ではなにもおかしなことではない。だが、ミャロに手紙を渡されるというのは、もう随分と長い付き合いだが、初めてのことだった。

それはミャロの立場が関係していて、有り体にいえばギュダンヴィエルの名のせいである。読まれてしまうかもしれない手紙を預ける相手として、ミャロは敬遠されているわけだ。

「あの……いりませんよね？」

ミャロはおずおずとそう言った。

……ん??

いらない？　なんで？

「いらないってこたないだろ」

カミソリとか炭疽《たんそ》菌《きん》とかが入ってるのか？

だったらいらないけど。

「いえ、やっぱりいいです」

ミャロは再び、机の上の封筒に手を置いて、しまおうとした。

「えっ、俺宛てじゃないのか」

「ユーリくん宛てですけど……いらないでしょうから、焼いておきます」

こらこら。なにを言っとるのかね、キミは。

「俺宛てだったら読まなきゃマズいだろ。くだらない手紙かもしれんが、目を通しておかないと」

ましてや、必要事項がメモってあるだけの端切れとかじゃなく、最上等の羊皮紙の封筒なんだから。

中の便箋も同じく最上等と考えると、封筒と便箋、そしてインク代を合わせたら、安くても九十ルガくらいするぞ。俺は文房具の相場には詳しいんだ。

「いえ。ごめんなさい、最初からなかったことにしてください。ボクとしたことが……自分の都合でユーリくんを巻き込もうとするなんて」

いやいや、なんか深刻そうな様子だけど、わけが分かんないから。

というか、諦めようとさせてるんだったら、まったく逆の心理効果を俺に与えているぞ。俺は今「これでこのままスルーしたら、なんかとんでもない、取り返しのつかないことになるんじゃないのか。だって、いつも冷静なミャロが突然変なことを口走り、こんなに深刻そうな顔をしているのだから」と思っている。

「すっげぇ気になるが、ミャロがそう言うなら仕方ないな。俺は読まないほうがいいんだろう」

俺は心にもないことを言った。


「そうですね。すみませんでした。最初から処分しておけば、お気を煩わすこともなかったのに」

俺はそっとミャロの肩に腕を回すと、反対側の肩をトントン、と指先で叩《たた》いた。

「はい？」

反射的にミャロが反対側を向いた隙に、机の上ですっと手を動かし、封筒を盗《と》った。

「えっ、さっきのユーリくんですか？」

ミャロが再びこっちを見たとき、俺はすでに封筒を開けて、中の手紙を取り出していた。

「ああ、そうだよ」

手紙を開きながら返事をする。

「うふふ、ユーリくんもそういう悪戯《いたずら》をするんですね」

「まあな。肩が張っていたようだから」

気もそぞろに会話をしながら、目線を下ろして、手紙に目を通し始める。

「確かにそうですね。ところで、何を読んでいるんですか？　お仕事の書類ですか？」

「さっきの手紙だよ」

「返してください」

横から声が聞こえてくるが、下を向いているので、顔色は見えなかった。

「だめだな。悪いが、奪い返そうとしたら、お前をぶん殴ってでも取り返すぞ。これはどうも洒落《しゃれ》にならない手紙のようだからな」

そう言いながらも、読み続ける。手紙は、ミャロ・ギュダンヴィエルの祖母、ルイーダ・ギュダンヴィエルからのものだった。

一度お会いしましょうというようなことが書いてあり、ミャロの現状については甚だ不本意なので、学費の援助を打ち切ろうと思う。という、わけの分からぬ脅し文句が続いていた。

「こいつの言うこともワケが分からんが、お前の態度から察するに、学費のことを持ち出されて、手紙を押し付けられたのか？」

「……はい。その通りです」

憤りを覚えるより先に、奇妙さを感じてしまう手紙だった。七大魔女家《セブンウィッチズ》くらいの金持ちの家で、ガキに学費を出さないなんて、そんなことありえるのか？

それって脅しになんのかよ。

正直、親がガキに言うこと聞かせるための子ども騙《だま》しとしか思えないのだが。

子ども騙しなのはいいとしても、ミャロほど頭のいい人間が、それを実際に脅威に感じてるっぽいところが、どうにも腑《ふ》に落ちん。ミャロは実家が大嫌いだから、普通だったらこの手紙を渡されても、その場で断固断るか破くかするだろう。そのほうが反応としては自然な気がする。

だが、ミャロは実際に持ってきて、少なくとも渡そうか渡すまいか悩んでいた。それは、現実に学費の支払停止を脅威と感じているからだ。

「まあ、ちょっと会ってくるくらいは簡単なことだ。明日にでも行ってやるさ」

どういう経緯でこいつが心配しているのか知らんが、行ってやれば問題が解決するというのであれば、その程度の労はなんでもない。日頃世話になってもいるしな。

「行かないでください。危険です」

「もうこの話はいい」

俺は手紙を自分のかばんに仕舞うと、そう言った。

「よくありません」

しつこいな。

「いいったら、いいんだ。この話は終わりだ」

◇◇◇

その後のミャロの抗議の声には知らんぷりを通し、俺は一度寮に戻って荷物を置くと、そのままこっそりと寮を抜け、別邸に向かった。

ミャロには明日行くと言ったが、俺は今日向かうつもりだった。明日行けば、ミャロは必ず同行しようとするだろう。そうしたら、話がややこしくなる。裏をかいて今日向かうのが正解だ。

それに、今日行く理由はもう一つあった。

「おや、若君《わかぎみ》。お久しぶりですな」

「ソイム」

ソイムは王都に住む親戚に会うため、たまたま別邸衛兵隊の交代についてきていた。

それは知っていたのだが、特に用事もなかったので、足を運ぼうとも思っていなかった。だが、こうなっては話は別である。ソイムは明日帰ってしまう予定だから、明日になったらもういない。

「いささか夜が更けてしまっておりますが、久しぶりに槍《やり》を交わしますかな？」

うおわー。相変わらず元気な爺《じい》ちゃんだな。そろそろ百歳になるんじゃなかったっけ。

「いや……午前にさんざん振ったからいい」

勘弁してくれ。

「ほほう、どうやら院でしごかれておるようですな」

面白そうに笑っている。

「実は、今日はお前に付き合ってもらいたくてな」

「おや、付き合うとは？　いよいよ、若君と酒を飲み交わすときが来ましたかな」

「七大魔女家《セブンウィッチズ》のギュダンヴィエルの家に招かれた。訳あって、どうしても行かにゃならん」

「……ほほう」

ソイムは顎鬚《あごひげ》に手をやって、興味深そうに撫《な》でさすった。

ソイムは　なかまになりたそうに　こちらをみている。

「俺のような立場の者が、あの家に招かれる。これはもう、討ち入りみたいなもんだろう。お前がいれば心強い」

「この老骨に務まるものか分かりませぬが、このソイム、喜んでお供させていただきましょう」

ついてきてくれるようだ。

ソイムが　なかまに　くわわった！

こんなに心強いことはない。俺は生まれてこの方、こいつより強いと思われる人間は、騎士院の教官でも見たことがないのだから。

「そうか。じゃあ、槍を置いて執事の服を着てきてくれないか」

「執事の服……ですかな？」

「ああ。一応は話し合いに行くわけだからな。まさか鎧《よろい》を纏《まと》って槍を担いでいくわけにもいくまいよ」

「よろしいでしょう。魔女どもなど、槍がなくともいかようにもできます」

それでこそ、頼りがいがあるというものだ。

「さすがだな。それじゃあ、さっさと用意して向かおう。日が暮れるまでには戻りたい」

◇　◇　◇

ギュダンヴィエルの本家は、王都北部に存在する魔女の森に接して建てられている。

というか、七大魔女家《セブンウィッチズ》の本家というのは全て魔女の森に接しており、七つの家で一区画の森を取り囲んでいる。したがって、魔女の森の周囲は全て七大魔女家《セブンウィッチズ》の所有地だし、魔女の森も市民の憩いの森のようなものではなく、完全に部外者立入禁止の私有地ということになる。

俺は私服に着替えると、ゴトゴトと馬車に揺られ、ギュダンヴィエル家の正門に辿《たど》り着いた。

正門は閉じられている。門の前に止まると、通用口から近衛第二軍の軍服を着た衛兵が出てきて、馬車に近づいてきた。近衛第二軍というのは、要するに魔女家が牛耳っているほうの近衛軍のことを指す。

「ここはギュダンヴィエルの屋敷である！　なんの用か！」

馬車の外から誰何《すいか》の声が聞こえてきた。

「若君」

「ソイム、お前は俺がいいと言うまで黙っていてくれ」

俺は馬車のドアを開けた。そして、姿を見せると、言った。

「俺はユーリ・ホウだ。ここにいるギュダンヴィエルの当主に呼び出された。分かったら、今すぐ確認して、さっさと正門を開けろ」

「はっ……」

衛兵は何かを言いたげに口ごもっている。俺が来るということを伝えられておらず、呼び出しの手紙かなにかを確認したいのだろう。

だが、こういう場合は、できるだけ強気に出たほうがいい。ヤクザというのは、下手に出ればつけあがるものだからな。

「早くしろ！　客を待たせるな！」

俺は苛立《いらだ》った声を出して威圧した。

「……少々お待ちを」

衛兵は憮然《ぶぜん》とした態度で戻ってゆく。生意気なガキに生意気な態度をとられるのが気に入らないのだろう。

だが、どうせこの家に入っても、気持ちの弾む話など一つもされないのだ。どうせ不愉快な思いをさせられるのであれば、礼儀正しく接してやる義理などない。

馬車から降りて待っていると、そこに現れたのは淑《しと》やかな女性だった。

「ようこそおいでくださいました。お待たせ致しまして申し訳ございません。どうぞ中にお入りください」

カラカラと正門の扉が開いてゆく。

女性は、メイド服とも執事服とも異なった、細身のパンツスーツのような服を纏っている。胸と腰つきのラインが際立つ仕立てだったが、優美でありながら性を感じさせないデザインだった。王都にいる一流のデザイナーが仕立てたんだろうな。

生地も仕立ても一分の隙もない最高級のもので、メイドがやるような汚れ仕事を前提にした服には見えない。秘書かなにか、特別な役職に就いているのだろう。

正門の中に入り、屋敷の中に入ると、

「コートをお預かりします」

と、女性は俺の背中に回って、襟と袖をとった。

俺が身を少しよじると、気持ち悪いくらい簡単にコートが脱げた。応接のエキスパートなのか。

そのコートをまた他のメイドに預けると、

「ルイーダ様のところへご案内します」

と言い、手振りで進む方向を示した。将家にはない、完璧な応接だ。

流石《さすが》は魔女家というべきか……歩きながら見ていると、屋敷も立派だ。ホウ家の邸宅もよほど造りがいいが、こんなふうに廊下に隙間なく油絵が飾ってあるということはない。

悔しいが、趣味もいい。腰丈まで木が張られた廊下は、その上は天井まで白い漆喰《しっくい》が塗られていて、光を反射して明るい。壁に飾られている名画が映えるようだった。

外から見ると確かに石造りの建物だったのだが、どこか温かみがある。年季の入った梁《はり》などを見ると古さを感じる建物ではあるが、掃除と手入れが完璧に行き届いているので、悪いとは感じない。

歴史の重みとか、古式ゆかしいとか、そういう褒め言葉を使いたくなる。

「こちらでございます」

ある部屋の前まで来たとき、パンツスーツの女性はそう言ってドアを開けた。主《あるじ》が客を待っている応接間に入る場合は、ノックをする必要はない。

女性はドアを開いたまま、どうぞ、と部屋の中を手で示している。俺は遠慮することなく、その部屋に入った。

「こんばんは。よう来たねぇ」

部屋の中で椅子に座っていたのは、かなり年をとった老婆だった。ソイムと比べればやや若いが、この年齢でまだ隠居していないのかよという印象を受ける。

こいつがルイーダ・ギュダンヴィエルか。

話はだいたい想像がついているが、こんな歳《とし》になっても利権を追い求める種族なのだろうか、こいつらは。

死に際くらいは心穏やかに暮らしたいとは思わないのかな。金なんぞ、幾らあってもあの世まで持っていけるものではないのに。

家を栄えさせることが、こういった人種にとっては最良の冥土の土産なのだろうか……。

「こんばんは」

「そこの椅子に座りな」

「言われなくても、勝手に座るつもりでしたけどね」

俺は遠慮なく、老婆の対面にあたる椅子に座った。体が吸い込まれるような、ふかっとした柔らかい椅子であった。

「そちらは？　ホウ家の執事かい？」

「僕が連れている使用人など、どうでもいいことでしょう」

つまらんことを聞いてきやがる。どうせ護衛と察しがついているだろうに。

「それは、その通りだねぇ」

「それで？」

「それで、というと？」

「なんの用があって呼び出したのかと聞いているのですよ」

さっさと話を進めて欲しい。

「おやおや、ホウ家の嫡男はせっかちだね」

「夕食までには帰りたいもので」

つーか、ここに来た目的は〝このババアと会う〟なのだから、ミッションは既に達成しているのだ。ここからは言わば余談であり、もう帰ってもなんの問題もない。

帰るのになんの躊躇《ちゅうちょ》も必要としないし、それを引き止めるのはババアの役目だ。

俺が帰っても、ミャロの学費は保証されるであろう。

ミャロがこいつから下された命令は「手紙を届けて、ユーリを説得し、連れてこい」なのだろうし、説得のところは置いておくとしても、俺は現実に出向いたのだから、そのミッションは完全に達成されている。文句のつけようがないはずだ。

「そうかいそうかい。なんなら夕飯くらいご馳走《ちそう》してやるけどねぇ」

「孫を脅しの道具に使ってくる人間の家で、夕食をご馳走になるというのは、あまり賢い行動ではないでしょう」

俺は仲良く話をしに来たわけではなかった。友好的な態度をとる意味もない。

「こちらとしても、ホウ家の跡取り息子に毒を盛るのは、賢い行動ではないわいな」

そりゃそうだろうな。

俺を殺したとなれば、本格的にホウ家を敵に回す。

だいぶ社が大きくなった今に至っても、まだヤクザが雪崩《なだ》れ込んでいないのは、そのせいであると、俺は読んでいた。打ち壊しや暴力行為を行うのはいいが、その中に俺が紛れ込んでいたら、場合によっては殺してしまう可能性がある。

そうしたら、下手をするとホウ家は軍をあげて王都に上ってくるだろう。

そうなってしまったら、幾ら大魔女家といえど責任問題になるし、事態を収拾するのも大変な仕事になる。それは幾らなんでもマズいので、今でも嫌がらせは間接的なものに限られているのだ。

実際に打ち壊しに入ったところで俺がやられるかどうかはともかく、魔女家側からしてみれば、そこまで読むのは当然のことだ。

「どうでもいいことです。どのみち、こんなところで食事を楽しむことなどできない」

「騎士院の食堂で孫と食事をするほうが美味《おい》しいのかい？」

つまらんことを聞いてくるババアだ。

「当たり前でしょう。親友とする食事であれば、塩をかけただけのパンでも美味しく感じられるものだ」

少なくとも、こんなところで食うメシよりはな。

「……なるほどねぇ」

ババアは、俺がミャロのことを親友と呼んだことから、何かを読み取っている様子であった。

まずったな、失言だった。


「それより、用があって呼んだのでしょう。さっさと話を始めてください」

「ふんっ、うすうす感づいてるんだろう？」

「さてね」

こういう連中の前で、わざわざ自分の思考を晒《さら》すのは得策ではない。

十中八九はホウ社のことだろうが、他にも心当たりは幾らでもあった。ミャロのことかもしれないし、キャロルのことかもしれない。下手をするとカーリャのことかも。

「あんたがやってる商売のことさね」

やっぱり社のことだったか。

「それで？」

「ウチの傘下に入りな。そうすりゃ、守ってやる」

俺は吹き出しそうになった。

誰から？

お前らのご同胞から守ってもらうのか？

お前に金を払って？

馬鹿も休み休み言え。

「守ってやる？」

「大騎士様には気に障る言葉だったかね。だけどね、王都には王都のしきたりってもんがあるんだよ」

しきたりを破っているのは重々承知している。だが、こいつらの言うしきたりというのは、誰が決めたものでもないのだ。もちろん、王家が発した法令の類でもない。

長い時間をかけて、悪《あ》しき習慣が根付いていって、こいつらはそれを自分に都合よく〝しきたり〟と呼んでいるだけだ。しきたりを守れ、というのは、その悪しき習慣に染まれと言っているのと同じで、そんなもんは知ったこっちゃない。

「それで？」

「だから、それを乱すってことは――」

「いや、違いますよ。幾らで守ってくれるんですか？」

「やけに素直だねぇ」

そりゃ、お前の馬鹿みてぇな話を聞いてても意味なんてないからな。しきたりなんて知ったこっちゃねえし。

「……そうさね、売り上げの三割と言いたいところだけど、特別に二割でいい」

二割。ふざけた話である。

王都の税率に加えて二割もとられたら、社の成長に必要な金が余らなくなってしまう。論外だ。

「話になりませんね。それでまけているつもりとは」

バカバカしい。誰が払うか。

「じゃあ幾らならいいんだい」

「さあ……そもそも取引するつもりがありませんでしたからね」

ホウ家は将家だし、その息子が魔女に膝を屈して助けを求めたなんてことになったら、大問題になる。最初から取引する気などなかった。

１％程度なら、こちらも膝を屈したことにはならないから、構わないかと思って聞いてみたが、二割とは。

「そうですね、月々ホウ紙を三十枚、尻を拭く紙としてここに納めるくらいなら、やってあげてもいいですよ」

「お前さん、なめてんのかい？」

ルイーダの顔色が変わった。

「さて、ね」

「この界隈《かいわい》ではね、根拠のない自信に縋《すが》っていると、とんでもなく痛い目に遭うんだよ」

まー、そうやって何人も痛い目に遭わせてきたんだろう。ハロルあたりはそんな感じだろうな。

「老人の説教癖には困ったもんですね」

「なんだって？」

「僕の抱く自信が身の丈にあったものかどうかは、僕が知っていればいいことだ。他人にしたりげに説教されることではない」

他人の評価で自分の身の丈を決めていたら、しぼむ一方である。人並みに身を立てることはできない。

「若者らしい無謀だね」

「どうでしょう。無謀かもしれないし、正確な分析かもしれない。それは、試してみなければ分からない」

「若造には分からないのかもしれないけどね、たった二人でギュダンヴィエルの家に来て、そういう無茶な口をきくのは、誰がどう見たって無謀なんだよ」

ルイーダはパンパン、と手を叩いた。後ろの扉がガチャリと開いた音がする。

ゴロツキでも現れて、俺と従者をしばきあげるつもりだろう。やっぱりナメてんだな、根本的に。

「ソイム、やれ」

俺は後ろも見ずに言った。

少しして、床板を踏み割るような踏み込みの音と、拳が肉を殴る重い音が聞こえた。

「ガハッ！」

誰とも知らぬ男の野太い声が響き、人が地面に打ち付けられる音と、家具が壊れる派手な音がした。

「なんだこの爺《じじい》！」

そのあと数合、人を殴ったり投げたりする、けたたましい音が聞こえたかと思うと、急に静かになった。

そして、バッタン、と扉が閉まる音が聞こえ、ソイムが勝手に扉を閉めたことを知った。

できておるのう。

確かに、誰かに部屋の中の惨状を見られて、大騒ぎになっては問題だ。

「失礼ですが、ナメているのはどちらですか？僕らは戦争を生業《なりわい》としている一族ですよ。街の不良どもを使って偉ぶっているようなあなたたちと、一緒にしてもらっては困ります」

ある意味で、こいつらも平和ボケしているのだろう。ギャングが軍隊に喧嘩《けんか》を売るようなもので、勝負になるわけがない。

「……ふん、度胸はあるようだね」

「あなたもね。感心しますよ」

今やこの場における戦力は逆転している。もちろん、状況から考えれば俺が老婆を虐げるメリットはない。暴行を加えられないことは確信しているのだろうが、動じる様子もないというのは、たいした肝の座りようだ。

「交渉は決裂だね。勝手におし」

「言われなくとも、勝手にしますとも。孫の学費をタテに人を呼び出して脅すようなセコい連中と、交渉をするつもりなど最初からありません」

「やけにそれに拘《こだわ》るねぇ」

「当たり前でしょう。ミャロは申し分なくよくやっている。脅すにしても幼稚にすぎる」

いかに魔女家で男が冷遇されているにしても、金にまったく困っていない家が、学費を止めて学院をやめさせる、などという行為は許されるものではない。

この国で貴族階級の人間として一人前になるためには、学院の卒業資格は絶対に必要になってくる。騎士院か教養院、いずれかの院を卒業しなければ、騎士にも中央の官僚にもなれない。預家《あずかり》の

人々と同じ、紙の上だけの貴族になってしまう。

ルイーダがやった脅しは、脅しにしても程度が低い。

「どれだけ優秀だろうが、知ったこっちゃないね」

「あなたが入れたんでしょうに。どれだけ自分勝手なんだか」

呆《あき》れた女だ。

俺のクソオヤジでさえ、思い通りの学部に入らなかったからといって、学費を干すなんてことはしなかった。

「あたしが入れたんじゃないよ。奴が勝手に入ったんだ」

なんだって？

ミャロはこいつに無断で入ったのか。

いや、まあ、そういうこともあるか。教養院を蹴って、当人の希望で騎士院に入るってのは。

あれだけ魔女を嫌って、騎士に憧れているのだから。それにしても、ミャロもとんでもないことをするものだ。

「勝手だろうがなんだろうが、あれだけ優秀なら、将来は近衛にでも入って立派に出世するでしょうに」

さすがに七大魔女家《セブンウィッチズ》の子を入れる将家はないから、就職するとしたら近衛になるだろうが、それはそれで何の問題もないだろう。魔女家としても恥じる必要などまったくない、立派な就職先であるし、出世すれば手駒にもなるのだから、文句があろうはずもない。

「なにを言ってるんだい。近衛はカースフィットの管轄だろうに。奴が入れるわけがないよ」

ふーん。そういう事情があるのか。

しかし、こいつが言ってるのは第二軍の話で、正真正銘の王軍である第一軍には参加できるはずだ。

「どちらにせよ、あなたにとってはいらない子でしょう。どうせ冷たく扱うのであれば、卒業する学校くらい自由に決めさせてやるのが親心というものだ」

「はあ？　いらない子だって？」

「あなたは、ミャロが男だからこういうふうに、意地の悪いことまでして、冷遇しているのでしょう。それが器が小さいって言うんですよ」

女に生まれたら文句なかったってのか。ほんとにバカバカしい家である。

「あんた、ぷっ、ぶわっははははっ、あははははっ」

ルイーダは突然、大笑いに笑いだした。

「アッハッハッハッハッ」

なんだ……なんか爆笑するようなこと言ったか？

分からない。

どこが笑えるポイントだったのだ？

「あんた、あれが男だと思ってるのかい!?」

……は？

なんだって？


「あれは生まれたときっから女だよ！　なんだ、男だと思ってたってのかい、あははははっ！

どうも話が噛《か》み合わないと思ったら!!　こんなにおかしいこたぁない！」

？？？？？？？？

なんだって？

えっ？

ミャロが女？？？

いや、いやいやいや。

男だろ。

いや、ちょっと待て。この流れはまずい。

こういう場合は、全てを棚に上げて、どうでもいいということにしなければ。このままでは、相手のペースになってしまう。

「ま、いいでしょう。話は終わった。ミャロの学費は無事ということで、僕はこれで帰るとしますよ」

こういう場合はさっさと帰るに限る。あとでゆっくり考えよう。

「あはは……帰るのはいいけどね、学費をいつ出してやると言った？」

……あのさぁ。

普通に話できないのか？　こいつらは。ほんとにうざってぇやつらだな。

「構いませんよ。そうしたら、僕が得をするだけですから」

「なんだって？」

「退学の危機になったら、ミャロにはギュダンヴィエルと縁を切ってもらいます。そして、ミャロは僕の義理のきょうだいになる」

「はあ？」

思いがけない選択肢だったのか、ルイーダは笑うのも忘れて、眉根を寄せた。

一矢報いたな。

「父上に、ミャロを養子にしてもらうんですよ。なんなら、学費くらい僕が出してやったっていい。いっそ、ミャロの喜ぶ顔が浮かぶようだ」

「そんなこと」

「できないこともない。学費を止めて、無理に学校をやめさせるような無体を、あなたがするならね」

これは実際にできるだろう。

学費くらいの出費など痛くも痒《かゆ》くもないほどの資産があるのに、学費不払いで学校をやめさせるなどという非道を行っておいて、子どもから絶縁状をたたきつけられたら、それは許さない。というのはおかしな話だ。

「それでは、僕は失礼します」

勝手に席を立って、ここで初めて振り返ると、そこにはソイムが立っていて、足元には四人の筋骨隆々の男が気絶していた。

爺がいなかったらヤバかったかな、こりゃ。

◇　◇　◇

入り口でコートを返してもらい、屋敷を出て馬車に乗ると、ソイムは乗って来なかった。馬車のそばについて、警戒をしているようだ。

来たときに応接してくれたパンツスーツの女性は、帰るときには一度も現れなかった。少し気になるな。

「出してくれ。ソイムは屋敷を出たら乗ってくるから」

「はいっ」

やや緊張した声の御者が、馬に軽く鞭《むち》を振るって馬車を動かした。

開かれた門をゆるゆるとした速度で抜けると、馬車を守るように殿《しんがり》を務めていたソイムが、最後に執事っぽい一礼をしてから、ひょいと馬車に乗り込んできた。それと同時に強く鞭が振るわれ、馬車のスピードが上がる。

「――いやはや、もう終わりですか。いささか寂しいような気分ですな」

ソイムは遠足が終わってしまって残念がる子どものような顔をしていた。

「物足りなかったか？」

「そういうわけではございませぬが、この血が沸き立つような感覚は心地よく感じられますので、終わってみると些《いささ》か名残惜しゅうございます。赤々しい血が全身が通って、なにやら若返ったような気が致しますので――」

興奮しているような気配は感じられないが、ソイムの目は爛々《らんらん》と輝いているように見えた。なにやらよい影響があったようだ。血の巡りがよくなってボケ防止にでもなったのであれば、一石二鳥のお出かけだったな。

「それならよかった。まあ、こっちも助かったよ」

「フフ――なにやら御学友の件で一悶着《ひともんちゃく》あったようですが、ご安心ください、ルーク様に報告など致しませんので」

ソイムは何も事情を知らないんだよな。

「別に、隠すことではないけどな。恥じるようなことは一つもない。たった二人で魔女の屋敷に乗り込んだというのは、無謀だと怒られるかもしれないが」

「そうですな。しかし、フフ……あの堂々とした立ち居振る舞いであれば、名を上げこそすれ、騎士たるの面目を失うことにはなりますまい」

そりゃそうだろうが、親としちゃあ怒るんじゃないか。

「しかし、若君の鋼の心胆、このソイム感心致しました」

「お前がいたからな。ソイム・ハオが魔女の手先程度に遅れをとるはずがない」

そもそも何人いたら負けるんだ？　そのへんのチンピラなら、百人くらい来てもソイムが負けるところなんて想像できないんだが。

本邸の道場で見たが、ガチで鍛えに鍛えてる筋骨隆々の巨漢ですら素手で一撃だったからな。貫《ぬき》手《て》が腹に刺さったと思ったらぶっ倒れて、服をめくってみたら、割れた腹筋が刺さった指の形に赤黒くなっていて、血が滲《にじ》んでいた。筋肉の隙間をどうとかと言っていたが、あれはさすがにちょっと引いた。

「ふふ――それでも、敵方の腹中に乗り込めば、なかなかあのように堂々とはいかぬものですよ」

「そうか？　まあ、そうかもな」

俺もそこそこ覚悟はして行ったからな。

「あの大魔女も内心では慄《おの》いていたのではありますまいか。まったく、小気味よい一幕でございました」

ソイムは会見の内容については大満足だったらしい。

俺としては、むしろ若干してやられたような気分なんだけどな。ミャロが……うーん、だけど、あれが嘘《うそ》だとも思えねえんだよな……。

「このような用件であれば、いつでもお呼び立てください。このソイム、いつでも推参いたしますゆえ」

「そうさせてもらおう。どうも健康にもいいようだしな」

ソイムには長生きしてほしい。

「フフ、そうですな。このようなことが日々あるようなら、老いとは無縁でいられる気が致します」

こんな事件が夜ごと起こってたら俺はどうにかなってしまうぜ。

それから別邸まで戻ると、ソイムとは別れ、俺はミャロの待つ寮へと足を向けた。

第七章　キャロルの冒険

Ⅰ

寮に辿《たど》り着いたときには、すっかり暗くなってしまっていた。

ロビーでは、明日の休みに何をするか同級生たちが話している。テーブルやソファの間を縫うように歩いて捜しまわり、そのあとは部屋を訪ねたが、ミャロはどこにもいなかった。

昼から何も食べていなかったので、空腹感に負け、食堂で冷えた夕食を一人で食って自室に戻ると、キャロルがベッドに座っていた。

キャロルは、ベッドの上であぐらをかきながら、シーツの上に開いた本を読んでいる。

俺の存在に気づくと、顔を上げた。

「ずいぶんと遅かったな、なにをしていたんだ」

「ちょっと野暮用でな」

キャロルは今日は寮に泊まるつもりらしい。どうも王城にはガミガミとマナーを口煩《くちうるさ》く言ってくる教育オバサンみたいのがいるらしくあまり戻りたくはないようだ。白樺《しらかば》寮にも自室があるが、そちらも色々と立場があって気疲れするようで、結局は騎士院の自室が最もだらしなくいられる場所であるらしい。

「野暮用というのは、もしかしてミャロの関係か？」

「なんでわかった」

エスパーかよ。

「ついさっき、見知らぬ客が玄関に来て、ミャロを呼んだと思ったら、血相変えてすっとんでいったからな」

あちゃー……入れ違いだったのか。

「どんな客だった」

「さあ……テラスからちらっと見たが、大魔女家の最上級使用人《サーヴァント》の服装をしていたな。おそらくギュダンヴィエル家の者だろう」

ああ、俺を案内した女だ。よくは分からんが、やはりかなり高位の役職に就いている人物だったようだ。

「ふーん、まあいいや。ミャロの件は済んだから」

「どういう用件だったんだ？」

「それは話せないが、とにかく解決した。すべてこれまで通り。世は事もなし、だ」

正確に言えば社に対して報復があったりするかもしれないが、まあそれはそれで、仕方がないだろう。今までもトラブルが絶えたことはないしな。

「それならいいんだが」

深くは聞いてこないらしい。

「そういえば、ミャロといえばさ、ミャロって体も薄いし、なんだか女っぽいよなー。ホントはあいつ、女だったりしてー……ハハ……」

……駄目だ。

カマかけて探ろうとしたら、なんか変な感じになっちまった。

「なんだ、やっと気づいたのか」

「………いや」

「フフフ、気づいていないのはお前くらいのものだったが、ついに気づいたというわけだ。お前も肝心なところで抜けているな。あはは」

嬉《うれ》しそうに笑ってやがる。くそったれ。

「お前は最初から気づいてたのかよ？」

「私はここに入ってすぐに分かったぞ。なにせ、寮に二人きりの女だからな。なにかと協力し合っている」

マジかよ。なんてこったい。

「というか、気づいてない奴《やつ》のほうが少ないんじゃないか？　ふつう、あの容姿を見れば、男じゃないことくらい、分かるだろう」

言いたい放題だ。

「はあ……」

しかし言い返せない。落ち込むぜ。親友とか言っておきながら、そんなことにも気づかないとは。

「ところで、お前明日暇か？」

唐突にキャロルが言った。なんだいきなり。

「一日中暇というわけじゃないが……まあ予定が詰まっているわけではないな」

「それなら、私に付き合ってくれないか」

「……？　また王城からの呼び出しか？」

「いや、私もそろそろ大人だ。民衆の生活を見て回りたくてな」

……は？

なに言い出しとんだ、こいつ。

「変装をして街に出かけてみようと思うのだ」

「なんだお前、五年前の一件を忘れちまったのか」

まったく物忘れの激しい姫さんだぜ。

「忘れてはいない。いないが、あのときと違ってちゃんと準備をするんだから危険は少ないだろ？お前も私も五年で体が成長したし、訓練も受けて強くもなった。もうそこらの不良には負けない」

「そりゃそうかもしれんが、お前は自分の頭の上に載っかってる髪の毛の色を忘れちまったのかよ。変装もなにも、そんなにキンキラキンじゃどうしようもねーだろうが」

キャロルは金髪碧眼《へきがん》である。これはどうしようもなく目立つ。

金髪碧眼は、なにか魔術的な仕組みで王族にしか発現しないというわけではないが、工夫して血を濃くしている王族以外では極めて珍しい。王族と血が繋《つな》がることが多い魔女家では若干名いるらしいが、リリーさんの話によると、現在の白樺寮には姉妹の二人を除いては一人もいないという。

七大魔女家《セブンウィッチズ》の一角であるエンフィレ家の先代などは、シモネイ女王の曾祖母が産んだ男子が父親だったので、王族もかくやという金髪碧眼をしていたらしい。魔女家の中でさえ稀《まれ》な存在が、市中に転がっているはずもない。俺も王都をさんざ歩き回り、恐らく万を超える人間とすれ違ったが、金髪碧眼を見かけたことは一度もない。

「私も馬鹿じゃない。それくらいのことは分かっている。こういうものを用意したのだ」

キャロルは、ベッドの上に置いてあった袋の中から、茶色の何かを取り出した。

長毛の動物の毛皮か？　と思ったが、どうも違う。それはカツラのようだった。

「どうだ？　よくできているだろう。この間、またまこの装飾具の存在を知ってな。手に入れるのに苦労したんだぞ」

「苦労した？」

「ああ。白樺寮で誤って燭台《しょくだい》に髪をつけて燃やしてしまった子がいたんだ。幸い大事に至らずに済んだのだが、ある日急に髪が長くなったから疑問に思ってな。話を聞いて、初めてこれの存在を知った。それで、こっそりミャロに頼んで買ってきてもらったというわけだ」

流石《さすが》に王城から注文を出したりはしなかったようだ。そんなことをしたら何に使うのか問い詰められてしまう。それくらいの悪知恵は働くらしい。

「もちろん、手間賃は多めに払ったぞ」

「ちょっと被《かぶ》ってみろ」

「いいぞ」

キャロルはネットのようなものを頭に被り、髪の毛を全部そこにしまった。何の素材でできたネットなのだろう。やや弾性のある特殊な繊維で、糸のようにフニャフニャと曲がる性質ではないようだ。鯨の髭《ひげ》か何かか？

頭が見事に丸くなると、キャロルはガバッと思い切りよくカツラを被った。被ってみると、前髪が妙に長く作られていて具合がよい。

目のあたりまで垂れているので、碧眼のほうも上手《うま》いこと隠れる。キャロルは元の髪の毛が多いので、頭が一回り大きく見えるが、許容範囲内だろう。

恐らくミャロが気を利かせて仕様を整えたんだろうな。

「なるほど。悪くない」

「そうだろうそうだろう。それじゃ、明日はよろしく頼む」

いやいや、なんでだよ。

「勝手に決めんなよ。ていうか、そもそもどこに行きたいんだ？　気になる店でもあるのか？」

「貧民街に行きたい」

「アホ」

こいつのキラキラの頭の中には何が詰まってんだ？　葉っぱか？

「どういう脳みそしてたらそうなる？　あそこは遊びに行くようなところじゃねーぞ」

「私は将来この国の王になるだろ」

また突飛な話が始まった。

妹は頭パッパラパァなんだから、そりゃ頭に葉っぱが詰まってる女でも王になるしかねえだろ。

「自分が統べることになる都のことも知らないのでは、王太子として恥ずかしいと思うのだ」

あー。

「うーん……そりゃ、確かにそうかもな」

案外まともな話だったようだ。

「だろ？　私は、貧民がどのように暮らしてるのか見たこともない。だから、彼らをどうやって救ったらいいのか、そもそも助けが必要なのか、ぜんぜん分からないのだ。まさか魔女たちの言い分を鵜呑《うの》みにするわけにもいかない」

「聞いてみれば、確かに殊勝な心がけと言えるのかもしれんな」

「じゃあ、決まりだな」

「うー………ん」

俺は即答することができずに、考え込んでしまった。軽く一分は考えていただろうか。

まあ……なんとかなるだろう。という結論に至る。

「しょうがないな。その代わり、絶対に俺の言うことは聞けよ」

「ほんとか!?」

「ああ。騎士に二言はない」

「よし、じゃあ明日に備えて寝るとするか。ああ、よかった」

そう言うと、呆《あき》れたことにキャロルはすぐに布団に入って寝てしまった。

俺は……もうこのまま寝てしまおうかと思っていたが、一応風呂に入ってから寝るか。

こいつが絡むと、何があるか分からんしな。またとっ捕まって逃げ出すのに三日くらいかかるとか、そんなことも考えられなくはない。

Ⅱ

「おいっ――起き――朝だ――朝だぞっ！」

キャロルの声と、体が揺さぶられる感触がして、俺の意識は浮揚した。

「ん……？」

なんとか目を開けるが、なんだか体がだるい。体がもっと眠りを欲している感じがする……。

「朝か。うーん……」

俺は、けだるい体をベッドから起こした。昨日は色々あったから疲れてんのかな……。

……ん？

外を見ると、まだ少し暗いのだが……。

「起こすの早すぎだろ……」

えーと……今日の用事はなんだったっけ。

「俺の用事は昼からなんだが……」

そうか、昨日、キャロルを街に連れてくって約束したんだった。

「もう朝だ。朝食も始まっている。早く行くぞっ」

どんだけ早起きなんだよ……おばあちゃんか何かかよ……。

だが、残念ながらキャロルの目はらんらんと輝いていて、元気いっぱいのご様子だ。

意識に一点の曇りもなく、一切の眠気は夜まで襲ってこないだろうことを窺《うかが》わせる。二度寝したいと言っても許してはくれないだろう。

「しょうがねえな……」

「よし」

下に下りて食堂へ行くと、案の定殆《ほとん》ど誰もいなかった。確かに食事は提供され始めているようだが。

平日はこうでもないのだが、休日は起床の鐘が鳴ることもないので、やっぱり俺のように惰眠をむさぼるのが普通なのだ。

「おはよ」

食事を受け取るところへ行くと、おばちゃんが挨拶してきた。

「おはよう」

キャロルがハッキリと挨拶を返した。

「……おはようございます」

「今日はパン二倍で頼む」

おいおい朝っぱらから……。

「……俺はいつものもので」

「チーズとハムのサンドと、ミルクだね」

「お前それ好きだな」

「乳製品は体にいいからな」

この国では、普通はパンには塩バターをつけるものだが、どうせ育ち盛りで鍛えているなら筋肉をつけないと勿体《もったい》ない。塩バターとパンでは蛋白《たんぱく》質《しつ》がとれない。

それに、窯に熱が入っている時間に頼むと、チーズをサンドして焼いてくれるのだ。焼き立てのチーズサンドほど美味《うま》いものはこの世にそう多くはない。

「はい、どうぞ」

しばらくして、おばちゃんは料理の載ったトレーを俺とキャロルの前に置いた。

「うむ、ありがとう」

「どうも」

キャロルと俺はトレーを持って移動し、同じテーブルに座ると、ぱくぱくと食事を始めた。

キャロルはバターが染み込んだパンをもくもくと食べてゆく。なんとまあ食欲旺盛なことだ。

思えば、こいつも寮に入った当初はお嬢様みたいな食い方をしてたっけな。パンをこまごまと千切って一々バターをつけて食ったりして。そのうち、だんだん千切るパンの大きさが巨大になっていき、今でもさすがに丸のままのパンにかぶりつくような真似《まね》はしないが、そんな小さな口によくもまあ入るものだ。という大きさに千切っては口に放り込んでいる。

「よし、食事も済んだことだし、行くとしよう」

瞬く間に食い終わったキャロルが言った。

「はえーよ。まだ全然食い終わってないんだが」

こっちは体がだるくて目をパチパチしながらメシ食ってるっちゅーに。

「う……そうだな。今日はお前のペースに合わせるとしよう」

「どんだけ急いでんだよ……」

「楽しみなことに気が急《せ》くのは当たり前だ。しようがない」

そんなに楽しみなのかよ……。遊びに行くってわけでもないのに。

「それじゃ、行くとするか」

顔を洗ってから部屋に戻ると、俺はそう言った。

「そうだな。よしっ」

キャロルはいきなり髪を上げて昨日のネットを装着しようとしている。

「こら」

「ん？」

「なんで変装をして寮から出るつもりでいるんだ？　寮の誰かに見られたら、俺が茶髪の女を自分の部屋に連れ込んでいたことになっちまうだろーが」

「えっ……あ、そうだな。じゃあ、どうしよう」

キャロルは狼狽《うろた》えている。そこまで考えていなかったのだろう。

「変装の用意だけ持って寮を出て、使ってない教室かどこかで着替えて、そのまま学院を出ればいいんじゃないか？」

「そうか……そうだな、分かった。よし、そうしよう」

キャロルはかばんを取り出した。

かばんは最上等の皮のもので、どうやってプレスしたのか、王室の家紋の形に凹《くぼ》みができている。

何から何までランクが違うなこいつは。

「これを使え」

俺は入寮のときに持ってきたかばんをやった。

「……？　なぜだ？　これではまずいのか」

「そんなに堂々と王室の紋が入ってたら、王城にでも入って盗んできたものかと思われちまうだろ」

そもそも、それを警戒して紋章をつけてあるのかも。刺繍《ししゅう》ならともかくプレスしてあるんじゃ消しようがない。

「そういうものか。ここはお前の言うとおりにしておこう」

キャロルは俺のかばんに変装道具を詰めはじめた。服をきちんと畳んで詰めてゆく。

こういう身の回りのことはきちんとできるんだよな。あの茶道もそうだが、どうも王城の教育というのは偏っている気がする。

「よし、行くぞ」

「そうだな」

俺は若干の先行きの不安を感じながら寮を出た。

◇　◇　◇

「……うーん」

「どうした？　なにか変か？」

学院の空き教室から出てきたキャロルは、俺から見ても、どこに出しても恥ずかしくない美人さんだった。

だけど、これは……仕方ないっちゃ仕方ないのかもしれないが……。

服がよすぎる……。

見た目はシンプルなシャツとスカートという服装だが、シャツ一つとっても、絹のような細い糸で紡がれた光沢のある布で、その上から物凄《ものすご》い手間がかかっているであろう薄く細かい刺繍が、全面に施されている。

スカートはフレアスカートのような仕立てだが、これにも裾のほうに銀糸の刺繍が施してあり、寸法の合い具合と仕上がりを見ると、やはりこれもキャロルのために腕のいい職人が仕立てあげたものなのだろう。

それはそれは趣味のよい服装なのだが、これほどになると、王城の中枢部にしまっておかないと、危なくて仕方がない。

おそらく、キャロルからしてみれば普通に私服を選んで持ってきただけなのだろうが、これではラバの群れに一頭だけサラブレッドが交ざっているようなもので、物凄く目立ってしまう。

「まー、とりあえずは俺がいつも服を買っている店があるからな。そこへ行って着替えよう」

学院からならすぐだし、服屋は別邸の近くで、歩いても行ける。あのへんは治安もいいから、道中襲われる心配はないだろう。

「えっ、これじゃだめなのか」

素で驚いてやがる。

「俺の服を見てみろ。めちゃくちゃ違うだろうが」

俺の服装はといえば、職人の息子が着ているようなボロ服だった。

仕事場となっている水車小屋に向かうには貧民街を通る必要があるので、寮にも一着常備してあるのだ。これでも世間一般からすると悪い服ではないが、キャロルの服と比べると宝石と石ころくらい見た目が違う。

「王城の夜会に行くんじゃないんだ。庶民の街へ行くなら庶民の服を着ないと駄目だ」

「そ、そうなのか……なら服屋に案内してくれ」

俺はドンドンと服屋の扉を叩《たた》いた。まだ朝早く、服屋が開いているような時刻ではない。

だが、俺はしつこくしつこく叩き続けた。

ドンドンドン！　ドンドンドン！

「うるせぇな！　まだ開けてねえよ！」

ふう、やっと出てきた。

開かぬなら、開くまで叩け、店のドア。やってみるものだな。

出てきたのは、まだ二十くらいの若い男だった。

息子のほうか。

「なんだ、お前かよ」

息子は俺を見て言った。何回か服を購入しているので、顔見知りなのである。

「悪い、ちょっと急ぎでな。こいつの服を見繕ってやってほしいんだ」

「あーん?」

息子は不機嫌そうにキャロルを見ると、一瞬で目を見開いた。瞠目《どうもく》、という表現が相応《ふさわ》しい表情の変化であった。

「おまっ、これ、どんだけ……ちょ、これ、おいおいすげーな!」

なにやら興奮している。

キャロルに近寄って、まるで体臭を嗅ごうとしているかのように、至近距離でしげしげと服を見ている。どうやら服の出来のよさにびっくりしているようだ。

「まあま、まあまあ入れよ!」

開店前だからだいぶゴネられると思ったが、向こうから入ってくれとは。

こいつからしてみれば、画廊に客がモナリザを持ち込んできたような感じなのだろうか。

「なんだこいつは?」

キャロルはなんだかゴミを見るような目で服屋の息子を見ていた。

こんなに不躾《ぶしつけ》に体を見られる経験は、この世に生を受けてこの方、なかったに違いない。体を見られているというか、服を見られているのだろうが、キャロルからしたら同じことであろう。

「服が好きなだけだ。許してやれ」

「……そうか?」

「いざとなればどうとでもなる。ほら入れよ」

キャロルも俺も短刀を帯びているわけで、服屋に入ったところで危険なことになりようもない。

それもそうだと思ったのか、キャロルは店の中に入っていった。俺があとに続いて、ドアを閉めると、

「こりゃ王家御用達《ごようたし》のル・ターシャのオートク

チュールだよ……ちょ、ちょっと触っていいか？」

野郎は、ここでも舐《な》めまわすようにキャロルの服を見ていた。

見ただけでどこの服か分かるのか。ル・ターシャってのは有名なブランドかなんかなのかな。

「中身があるんだから触るなよ」

服を触るにしても、中身があったら痴漢になってしまう。

体じゃなくて、服を触るつもりだったんです。そんな言い訳は通らない。

「お前、中身って私のことか……？」

キャロルは怒っているようだ。放っておこう。

「早く服を見繕ってくれ」

「見繕えったって……こりゃ、こんな服の代わりなんて、うちじゃとても用意できねえよ」

「俺と同じ程度に見える服でいい」

「そんな……なんてもったいねぇ。着たいと思って着られる服じゃねえのに」

こいつにとっては本当に雲上人の着る憧れの服なのだろうな。そんな感じが伝わってくる。

「今日は下町に行くんだ。その服で行って追い剝ぎにでも遭ったら大変だろ。下手をすると破かれちまう」

「そんなこと、とんでもねえ」

「だから服を替えに来たんだよ。さっさとしてくれ」

「……分かったよ」

奥のほうへ入っていった。

「なんなんだ？　あの男は」

どうやら会ったことのないタイプらしく、キャロルは困惑している様子だ。

「服屋だから、服が好きなんだろう。お前の着る服なんかは、中流の連中にとっちゃ一生見る機会もないような服だからな」

「ふうん……そうなのか」

そういう自覚がないらしい。

「まあ、お前をどうこうしようと思ってるわけじゃない。安心しろ」

「それはそのようだがな」

ややあって、息子は帰ってきた。

「こんなもんでいいか？」

と差し出してきたのは、どこぞの商人の娘が着るような服だった。

微妙に刺繍が入っているが、普通の色糸で施したものなので安っぽいし、盛り上がった刺繍の部分はやや擦り切れている。

行き先を考えると、これでもやや高級感がありすぎるきらいがあるが、まあ許容範囲内だろう。

夜に出歩くわけじゃないしな。

「それでいい。値段は、これくらいでいいか？」

俺は銀貨を四枚ほど取り出して、置いた。

「毎度のことながら太っ腹だなぁ」

「開店前に無理に開けさせちまったからな。その分だ」

「この場で着ていくんだろ？」

「もちろん、そうだ」

俺は上下を受け取ると、キャロルに押し付けた。


「これを着ればいいんだな」

「ああ、着てくれ」

「えっと……それで、どこで着替えるんだ？」

……目の前に試着室があるんだが、さっきからキョロキョロ見回しているくせに、目に入らないのか？

あ、そうか。

こういう試着室がある服屋に来たことがないのか。ル・ターシャとやらも店には試着室があるのだろうが、多分キャロルの場合は採寸も着付けもなにもかも、職人が王城まで出張ってきて行《おこな》っているんだろう。

「そこに入って、カーテンを閉めて、着替えるんだ」

俺は試着室を指さして言った。

「えっ……」

なにやら絶句しているようだ。

「わ、わかった。そういう仕組みなのだな」

そういう仕組みなんだよ。

キャロルはそそくさと試着室の中に入っていった。

「あと、帽子をくれ」

よく見りゃ、あいつのカツラは髪質がよすぎる。下町では、あんなに髪の毛が綺麗《きれい》な女は、水商売以外では殆どいないから、少し奇異に見えてしまう。

「分かった。ところで、下取りは」

「駄目に決まってんだろ」

仮にも王女の着ていた服をブルセラみたいに売るわけにいくか。

「駄目か……どのみち、店にある金じゃぼったくりになるしな……分かったよ。帽子は、そこにあるもんから好きなのを一つ持ってけ」

服屋は帽子がたくさん引っ掛けてあるスタンドを指さして言った。

どれがいいかな。選んでいると、カーテンがシュッと擦れる音が聞こえた。

早いな。


「……これでいいか？」

再び現れたキャロルが聞いてくる。

「いいんじゃないか？」

悪くない。なんとゆーか、街で見かける女と比べると、背筋がピンと伸びていて少し目立つ気がするが……。

キャロルが元着ていた服は、試着室の足元に落ちている。

「その洋服は持って帰るんだろ……傷むといけねえから俺が畳んどくぜ」

……下心が見え透いている……まあ、それくらいは許してやってもいいか。

服屋は試着室の床にあった服を拾って、机に持っていった。下着ではないし、服屋も変態みたいな顔をしているわけではなく、むしろ純粋でキラキラとした目をしている。

まだ体温が残っている脱ぎたての服を持っていかれた形になるわけだが、キャロルのほうはまるで気にしていない模様だ。そもそも、そういう変態的な嗜好《しこう》に関する知識を持っていないのかもしれない。

まあいいや、帽子を選ぶか。

「ほら、これでどうだ」

俺はスタンドから適当な帽子を取って、キャロルに手渡した。

「うん」

きゅっと帽子をかぶる。

カツラのぶん頭が大きくなっていると思って、男物を渡したのだが、どうやらちょうどいいようだ。

服屋の息子を見ると、恋人との別れを惜しむように、ゆっくりゆっくりと服を畳んでいた。

こいつ……。

畳み終わった瞬間、俺は服を奪うと、さっとかばんの中に突っ込んだ。

「あっ……」

「じゃあな」

そう言って、キャロルの手を引いて店を出た。

◇　◇　◇

キャロルの私服の入ったかばんをホウ家の別邸に預けると、便利な護身具を幾つかまとめた袋を襷《たすき》掛《が》けにして、門の前で待っていたキャロルと合流した。

「よし、行こうか。こっちだ」

「銀貨四枚だったな。出させてくれ」

キャロルは用意していたらしい銀貨を持っていて、俺に渡してきた。

「ああ、そうか。別によかったけど」

あえて奢《おご》る理由もないので、受け取った。それだったら、もうちょっと値切ってやればよかったかな。いや、普通に俺より金持ちなんだから、そんな必要はないか。

「こういう金って王城からいくらでも出てくるものなのか？」

「そんなわけないだろ。自由に使っていい予算を貯《た》めたんだ」

　自由に使っていい予算？

「王族にもお小遣いみたいなもんがあるのか」

「まあ、そうだな。服とか紙とか、生活や勉強に必要な品は頼めばすぐに買ってきてもらえるけど、その他にもお金が入り用なことがあるだろう。急ぎで必要なものを売店で買ったり、使いを頼んだ人にお礼を渡したりとかさ。そのための予算があるんだ」

「そりゃそうか。なかったら不便だもんな」

　つまりはヘソクリを慎《つつ》ましく貯めたというような金であるらしい。立派なことである。

「それで、どこに行きたいんだったっけ？」

「貧民街と言ったろう。せっかくなら、シビャクで一番悪いところを見ておきたい」

　やっぱりそこは変わらないんだな……うーん。

「一番ときたか」

　貧民街というか、スラムとまではいかないまでも貧乏な奴が暮らすところというのは、王都にだいたい二箇所ある。

　北側西区と、南側西区だ。

　なぜ西のほうが治安が悪いのかというと、貧乏人が集まる地域で、家賃が安いからだ。単純に、王都の二大経済中心地区である、大橋と王城島周辺から遠い。

　シビャクを二つに分断する川を渡る方法は二つある。王城島の橋を渡るか、あるいは王城島の東にある大橋を渡るかだ。ところが、王城島の橋には見張りがおり、庶民は王城島には入れないことになっている。となると大橋を渡るしかないわけだが、大橋は王城の更に東にあるので、シビャクの西側というのは南北の移動が非常にし難く、交通の便がすこぶる悪い。つまり、この二つの地区というのは、言ってみれば流通経済的に見放された土地なのだ。

　だが、同じ西側でも、南のほうが北より若干家賃が高く、治安もいい。

　それは郊外の土地の性質が絡んでいる。北の郊外は痩せた土地が広がるばかりの荒涼とした場所なのだが、川の流れの関係でよい土砂が堆積でもしたのか、南には牧草地帯が広がっているのだ。そのため、放牧の関係で多少の働き口がある。

俺がよく知っているのは南側で、俺の持っている水車小屋は、南側の貧民街を通り抜けた先にある。

「俺も貧民街を全部知っているわけじゃないけどな、俺の知ってるところだったら、案内してやるよ」

最近の王都は、やはりホームレスがよく目につく。

ホームレスたちは、石畳にムシロや布、あるいは捨て去った家から持ちだしてきたのであろう毛皮を敷いて、その上に寝そべっている。大抵は、道路側に皿を置きっぱなしにしているので、物乞いを兼ねていた。

俺は、王都では何度も死体を見てきた。冬場、道端に転がって冷えて固まっている、物言わぬ死体。

南の貧民街は北より程度がいいと言っても、そういった死体がないわけではない。この国では、生活できなければ生活保護で金が出る、などというシステムはない。キルヒナからこちらに来ても、仕事がなく、金を得られず、生活基盤を整えられなければ、餓死あるいは凍死という未来が待っている。

「……なぜ、この人たちは、こんなことになっているのだ」

キャロルは道端で毛布に包《くる》まり、ひたすら座っている垢《あか》じみた人々を見ると、そう言った。

彼らは、一様に顔色が悪かった。季節柄凍死の心配はないが、飢えている上、夜の間中、野ざらしで石畳の上に座っていたのだ。具合が悪くなっても仕方がない。彼らは、希望を失ったうつろな目で、目の前を通り過ぎる若者を見ていた。

俺にとっては日常の風景だが、キャロルにとっては想像以上の惨状のようだ。

「さあなぁ」

「さあなって、お前……」

「いちいち教えなくても、少し考えりゃ分かるだろ。働き口がないんだよ。野宿してんのはたいていキルヒナ人だ」

元からキャパシティオーバーのところに、更に来ているのだ。働き口は有限なのだから、あぶれるのは当たり前だ。

その中でも腕っぷしや頭のキレに自信があって、倫理観が低いやつは、以前キャロルと俺を誘拐した連中と同じような仕事をするのだろう。そういう連中は、必ずしも魔女の傘下に収まるわけではなく、半グレのような形で滅茶苦茶《めちゃくちゃ》したりするので、魔女の連中も対応に苦慮していると聞く。

それもできず、まっとうな仕事にも就けなければ、道端で凍えてゆくしかない。

「キルヒナ人といっても、今は我が国の国民だ」

「まー、それはそうかもな。じゃあシヤルタ人って言えばいいのか。その辺は単なる記号的な問題だろ」

「そうじゃなくて……我が国の国民なら、こんな貧窮の中で暮らさなければならないのは、なぜなのだ」

「さあな」

俺は「なぜ」という質問の答えについては、心当たりが幾つかあったが、他人の悪口を言ってても仕方がないので、黙っていた。

「お前は貴族として責任を感じないのか？」

おかしいぞ。なんだか他人事《ひとごと》の俺を責める口調になってきた。

「ここはホウ家の領地じゃないし、カラクモはこんな有り様じゃない」

「だからって、責任がないわけではないだろう」

「責任なんてねーよ」

俺ははっきりと言った。

「そんなわけはない。民草がこうなっているのは、我々貴族の責任だ」

何を根拠に言っているのか知らんが、キャロルは断言した。

「じゃあ、俺に責任があるとして、どうやって責任をとりゃあいいんだよ」

「は……？　彼らを救う方法など、幾らでもあるだろう。食事を配給するとか、家を用意するとか」

「ばーか」

もー、こいつ何も分かってない。温室育ちで学校のおきれいな教育しか受けてないから、仕方ないっちゃ仕方ないが。

「……私を馬鹿呼ばわりとは、聞き捨てならん」

キャロルは立ち止まり、怖い顔をして、俺を睨《にら》んできた。

「じゃあ聞くが、俺が責任持って救ってやるって言ったら、どうすんだよお前は」

「どうする……って、救えばいいだろう」

そこが勘違いなんだよ。

「じゃあ、俺の好き勝手にやらせてくれんのかよ」

「好き勝手？」

「この王都の統治をしてんのは、王家だろう。貴族様の俺が責任持って救ってやるって言ったら、統治権を俺にくれんのかよ」

「そんなの、やれるわけなかろう」

それはそうだろう。統治権という言葉はかなり大づかみだが、それは貴族の生命線であり、先祖たちが継いできた命脈そのものと言ってよい。

「じゃあ、どうやって民に対して責任をとるんだよ。裁判権がなきゃゴロツキどもを退治できねーし、徴税権がなきゃ金持ちから金を集めて貧乏人にくれてやることもできねーだろうが」

そういうものがなければ、手の出しようがないのだ。もっと言えば、王都においてはそういうもんは大抵魔女家の利権になっている。

「そういう権利こそが、統治者が民衆を導くための道具だろ。こいつらに対しての責任があるとしたら、この場所でその権利を持っている奴だ。つまり、王家だろ。なんでホウ家の俺に責任がある」

「……っ」

ぐうの音も出なかったのか、キャロルは口を閉じた。

「それとも、今俺の財布に入ってる金を乞食《こじき》どもにくれてやったら、民衆を救ったことになるのか？　それとも、ホウ家の騎士団をここに入れて、力ずくで王家から統治権を奪い取って、善政を施すのが貴族としての責任のとり方なのか？」

姑息《こそく》的に辛《つら》さを和《やわ》らげるのではなく、根治を目指して制度から変えようと思えば、必ず統治権を持っている何者かと衝突する。

衝突してでも解決するということになれば、結局は戦争になるだろう。結局のところ、他所者《よそもの》の貴族にはなにもしてやれることはないし、将来的にもなにもできない。全て王家がなんとかするしかないのだ。

「……いや」

俺の言葉を受け止めると、キャロルはバツが悪そうに黙ってしまった。

「……すまん、私が悪かった」

そして、珍しく全面的に非を認めて、頭を下げて謝った。

……なんかそう謝られると、嫌な気分になるじゃねーか。俺もなにを本気《マジ》になっちゃってんだか。

そもそも、貧民街の連中がこうなのは、王家のせいとは言えない。王家に責任がないわけではないが、王家は炊き出しができるくらいの金は恵んでやっている。

つまり、貧民をただ自業自得と見捨てるのではなく、富める者から徴収した金を与え、所得の再分配をしているわけだ。それが十分に効果を及ぼさないのは、魔女家の連中が間に入って、我が物のように中間搾取しているからである。

俺はそれを知っていた。

だが、ここでそれをキャロルに言う気にはならなかった。それは俺が俺の答えを与えるのではなく、キャロルが自分で疑い、調べ、自分なりの答えを見つけるべき事柄だからだ。

「まー、だけど、そんなに民を救いたいなら、一つやってみるか」

「……何をだ？」

キャロルは俺に言い負かされたせいか、しょんぼりしてしまっているようだ。声に力がない。といっても、そもそも今日は楽しく遊ぼうという趣旨ではないし、心が痛むわけでもないのだが……。

「そろそろ店も開いたしな」

「食べ物を恵んでやるのか？」

「そんなもんかな。つーか、これこそ俺の責任って感じもするし」

俺は、手近なところでやっている屋台のような店に入った。

焼いた腸詰めを挟んだパン、つまりホットドッグみたいなもんを売っているらしい。まだ朝方だが、働きに出る奴が朝食として買っていくのだろう。

「やってるか？」

俺は屋台に近づいて声をかけた。

「おう、いらっしゃい、何にする？」

屋台の主《あるじ》は、こんなところで店をやっているだけあって、いかにも喧嘩《けんか》が強そうな大男だった。

「今焼いてるそれ以外になんかあるか？」

「焼きたてとはいかねえけど、ミートパイがあるよ」

それだな。

「それ、まるごと一つ包めるか？」

「あいよっ、朝方からまるまる一つ売れるとは、今日は幸先《さいさき》いいねえ」

親父《おやじ》は機嫌よさそうに笑った。

こんなところでも、商売が上手な奴は、きちんと生計が成り立っているのだろう。これだけガタイがよければ、強盗もわざわざ狙おうとは思わないだろうしな。

出来合いのものなので、ミートパイはすぐに包まれて出てきた。料金を払うと、「ありがとさん」と一言礼を言って、屋台を離れた。

「それを恵んでやるのか？　現金だとなにかまずいのか？」

屋台から出ると、待っていたキャロルが興味深げにパイの包みを見ながら言った。別に、俺は乞食に恵んでやるつもりはないのだが。

「まあ、見てろって」

俺は、道端で着の身着のまま寝っ転がっている男のところへ歩いていった。

「こいつだよ、こいつ。この野郎にくれてやるんだ」

「この……人がどうしたんだ？」

キャロルは言葉を選んでいる様子だ。どう表現するつもりだったのか知らないが、当人の前ではばかられると思ったのだろう。

そりゃ、こんな道端で何も敷かずに寝っ転がっているようなゴミは、そう思われても仕方がないよな。

「見てろよ、こいつこのパイを貰《もら》ったら泣いて喜ぶぜ」

「それは、そうだろうな。こんなところで寝ているくらいだから……」

「せーのっ」

俺はおもむろに足を振り上げて、その男の腹をつま先で蹴っ飛ばした。

「うがっ」

だいぶ強く蹴っ飛ばしたので、男は腹を押さえてもんどり打ってのたうち回っている。

「ッツあぁーーーー!!」

なんだこいつ、滅茶苦茶痛がってるな。

ウケるわ。

「おいっ!!　何をしている!!」

キャロルが血相を変えて俺の肩を摑《つか》んだ。

「まあ見てろって」

「ふざけるな！　どういうつもりだ!!」

キャロルが俺を責める一方で、路上で寝っ転がってた男は、痛みが収まるとやおら立ち上がった。

「てめえ、何しやがる!!」

摑みかかりそうな勢いで俺に迫る。男は見た目、二十代後半で、健康そうな成人男性であった。

やっぱりこいつだったか。見覚えあったんだよな。

「そりゃ、こっちのセリフだろうが。ボケ」

こいつは俺の知り合いだった。

「あ、会長」

「はあ?」

キャロルが素っ頓狂な声をあげた。

「てめー、俺が貸してやってる宿舎はどうした。なんでこんなところで寝てやがるんだよ」

俺は、かなりマジで怒っていた。思い切り蹴っ飛ばしたことでちょっと気が晴れたが、まだ全然ムカつきが収まっていない。

「……あー、えーっと……あれ? すんません、なんだか酒に酔って寝入っちまったみたいっす」

そりゃ見りゃ分かるけんども。寝ぼけたこと言ってんじゃねーよ。

「てめーよぉ……一週間前俺になんつった。女房子どもと路頭に迷って……死ぬ気で働くから雇ってくれ、みたいなこと言ってたよなぁ。ありゃ嘘《うそ》だったのか?」

「め、滅相もない! 嘘じゃねえっすよ」

「……じゃあなんでこんなところで寝てんだよ。寝てるうちに殺されてもおかしかねー場所だって分かんねえのか?」

俺でもここを徒歩で夜に出歩くのは遠慮したいし、紙を出荷するときは社員数名が槍《やり》を担いで護衛するのだ。ここはそういう治安の場所であって、酔っ払って寝転んで無事であったのは、運がよかったからにすぎない。財布が抜かれた程度で済めば御の字と言えるだろう。

「そ、そりゃあ……でも」

はいはい、酔っ払って眠っちまったから、昨日のことよく覚えてねーんだろ。

「明日は休みだからって、昨日飲みすぎたか？　前後不覚になるまで飲みやがってよぉ。こないだは子どもが腹減って死にそうなんですとか言って、男泣きに泣いてやがったのに、てめーふざけてんのかよ。てめーが死んだら女房子どもはどうなるんだ」

「い、いや……あのぉ、面目ないっす」

　面目ないじゃねーんだよ。

　ったく、チャラ男はこれだから困るよな。男泣きを見せた感動の面接から一週間でこのザマだよ。

　どんだけやっすい涙だったんだよと。俺の感動を返せと。

「はぁ……もういい」

「か、会長、もしかしてクビ、っすか……お、お願いします！　それだけは、それだけは勘弁してください!!」

　もうなんつーか土下座でもせんばかりに頭を下げてくる。

「女房子どもは宿舎で待ってんのか？」

「は、はい……待ってるはずっすけど」

「朝帰りじゃ女房もキレてんだろ、どうせ」

　ようやく仕事を見つけたと思ったら、その週に飲み明かして朝帰りだ。そんなもん、怒らないほうがどうかしている。

　せめて三週間くらいは我慢しろや。お前の頭ん中はどうなってんだよ。

「そうかもしれないっすね……」

　しょぼくれてやがる……なんというダメ男……。

「朝帰りするときは、男は土産を持って帰って、平謝りに謝って、怒った女房の機嫌をとるもんだ」

　俺は、さっき買ったミートパイをチャラ男に押し付けた。

「ほら、このメシ持ってさっさと帰れ」

「……え？」

「家に帰って家族で食え」

　俺がそう言うと、チャラ男は震える手でミートパイを受け取った。

「あ、あ、あ……あぁ…う、あ」

なんだか目に涙を溜めてやがる。

「あ、あざっす……くっ、ありがとございあす、会長」

「さっさと帰れ」

俺がシッシッと手で追い払いながら言うと、チャラ男は走って去っていった。

「ほら、一家の家庭崩壊の危機が救われただろ？」

俺はドヤ顔でそう言った。

「さっきのはお前が雇ってる男だったのか」

「そうだよ。びっくりしただろ」

「うん。驚いた……」

「俺が今雇ってるのは、このへんに住んでる連中ばかりだしな」

そちらのほうが安くあがるし、ちゃんと面接をすればハングリー精神がある奴を雇えるので使いやすいのだ。

たまに本性を見抜けずああいうチャラ男を雇ってしまうこともあるが、まあ殆どはちゃんとしている。

「そうか……口先だけの私とは違うのだな」

……なんか急に自虐的なことを言い始めた。サプライズで気が晴れるかと思ったが、逆に落ち込んでしまったらしい。

「おいおい、なにしょぼくれてんだよ」

「私はなにもできてないのに、お前に偉そうなことを……人間失格だ」

人間失格ということはないと思うけど……お前はどんなに頑張っても、あの主人公より下にはなれないと思うよ。

「まあいいじゃねーか、卒業してから頑張りゃいいことだろ、そんなもんは」

「そうかもしれないが、私が身の程を知らない大口を叩いてしまったことは事実だ。すまなかったな……」

なんだ、むず痒《がゆ》くなるじゃねーか。そんなに素直に謝ってんじゃねーよ。お前そういうキャラじゃないじゃん。

「ほ、ほら。そろそろ俺の水車小屋に着くぞ。きっと面白いぞ」

そうはいっても、まったく自信はなかった。というか、考えてみたら、あそこに面白い要素ってあったっけ？

水が綺麗な河原で水遊びできるくらいか。

あとは、市街地を抜けて郊外に入ったところだから、見晴らしがよくて気持ちがいい日も、なくはないってくらいか。うーん……。


しばらく言葉少なにトボトボと歩き続けると、ようやく水車小屋に到着した。

昔の名残で水車小屋と呼んではいるが、今では建物自体がいくつか増えている。創業当時はこの水車小屋が一つだけだったが、すでに作業場としては使っていない。近くに三棟の木造掘っ立て小屋ができていて、そこが作業場となっていた。

水車小屋は、今は三棟の建物に水車で揚げた水を分ける、いわば揚水小屋となっていて、中は枝分かれした水道が走っており、あとは荷物が置いてあるだけだ。

「おい、水車じゃないか」

「だから水車小屋って言っただろうに」

水車は今日も今日とて、ぐるぐると回っていた。

働きものの水車である。

「初めて見た」

初めて見たとは。なんとまあ。川の多いシヤルタ王国では、街道を歩いていれば水車小屋を見かけることは多いのだが。

殆ど王都から出たことがないんだろうな。

「よう、ユーリ。来たのか」

「うん」

作業小屋からカフが出てきた。

「……？　そちらの女性は？」

カフはキャロルを見て言った。

「私はキャロ」

「キャロリナだ」

何を素直に本名を喋《しゃべ》ろうとしているんだ、こいつは。

「……キャロリナだ。よろしく」

キャロルはさすがに察して、合わせてくれたようだ。

「また連れてきた女を入社させるのか」

前例が一つしかないのに人聞きの悪い……。

「いや、見学だ」

「そうか……まあビュレは優秀だから、悪いということはないがな」

「ところで、ちょっと聞きたいことがあるんだけど」

「なんだ?」

「耳を貸せよ」

「ああ」

俺はカフに近づいて、耳元で尋ねる。

「おまえ、ミャロが女だって知ってたか?」

「……あのなぁ」

カフは耳を離すと、やや呆れた様子で言った。


カフ「あのなぁ、そんなわけないだろうが。ミャロは男に決まっているだろう」

俺「ああやっぱりお前もそう思ってたんだな。実は俺も、最近まで知らなかったんだが、女みたいなんだ」

カフ「おいおい、嘘だろ? そ、そんな馬鹿なー」

「ほんとに目ぇついてんのか? どうやったら、あの子を男と見間違えるんだ。どっからどう見たって可愛《かわい》らしい女の子だろう」

はぁ……なんてこったい。

「お前、まだ疑ってたのか……」

キャロルが哀れみの眼差《まなざ》しを向けてきた。

「疑ってはいなかったが、俺だけ気づかなかったってのはな……」

どうなってんだよ……もうこの目やだ。交換したい。

「ミャロは、お前だけには気づかれまいと細心の注意を払っていたからな。分からなくても仕方が

ない。そう落ち込むな」

「ミャロが隠してようがなんだろうが、五年も一緒にいて気づかなかったなんておかしいだろうが。やっぱり俺に欠陥があるんだ」

俺のほうこそ人間失格なんだ。

一番の友達の性別も分からないなんて。

「……まあ、その、なんだ、そう気を落とすな」

「…………そうだな」

「なにがあったのかは知らんが……ユーリ、油の加工を任せた奴が困ってたぞ。どうも上手いことといかんらしい。暇なら行ってやれよ」

ああ、そういえばそれが心配で来たんだった。単純にカフにミャロのことを聞くというのが用事の半分だったが……。

「油の加工？　なんだそれは」

キャロルの目が輝いていた。

仕事の用事が済むと、寮に戻ることになった。来たときと同じ道を使うのも退屈だろうと思い、一つ北の道を通って帰る。

その途中、

「みな活《い》き活《い》きと働いていて、よい職場だったな」

キャロルはホウ社の労働環境がよほど気に入ったらしく、帰りながらしきりに褒め称《たた》えていた。

職場見学はそれなりに楽しかったようだ。

「あれが産業というものなら、どんどん振興していけば更に国が豊かになるに違いない」

「そうだな」

うちのような会社がたくさん生まれたら、そりゃ豊かにもなるだろう。そんなんありえねーけど。

「さて……どうするか」

俺はアミアン家謹製の懐中時計を取り出して、時刻を確認した。キャロルがクソ早起きして早朝に出発したせいで、まだ昼を回ったところだ。俺は今日はもうずっと暇なので、時間が余っている。

「せっかくだし、ついでに大市場のほうも見て回るか？」

　もし今日のことが例の護衛にバレたら、あのときのようにしばらく監視がべったりになるだろう。キャロルはバレないと思っているようだが、たぶんバレるので今のうちに遊んでおいたほうがよい。

「大市場？　王城通りの店なら、いつも見ているぞ。馬車の中からだけど」

「王城通りとはぜんぜん違う。大市場ってのは、庶民の市場だからな」

　王城通りというのは、王城から北と南に出る通りのことだ。王城勤めの連中向けの店が並んでいるが、飲み屋からして上流階級御用達という感じで、あの通りだけ物価が五割くらい違う。紙屋なども、安いホウ紙は未《いま》だに取り扱っていない店が多い。

「いいのか？　なら、ぜひお願いしたい」

「そうか。歩いていたら時間が足りないから、乗合馬車に乗るぞ」

　時刻表もバス停もないのだが、王都には需要のある路線を一日中往復している大型の馬車がある。西から東の大市場まで乗るとなると、やや乗り賃が高くなるが、俺やキャロルにとっては懐が痛いほどの値段ではない。

「乗合馬車か。それも初めてだ」

「そりゃ、そうだろうな。じゃあ、そこで飯を買って道端で食いながら待とう。来たらすぐに乗れるようにな」

　歩いて距離を稼いでも、どうせ乗る馬車は同じになってしまうので、それなら休んでいたほうがよい。丁度いいところに、朝方ミートパイを買ったのと同じような屋台もあった。近くにはベンチが置いてある。

「えっ、外で食べるのか？」

「いいんだよ。この辺じゃマナーもへったくれもない」

　やや恥ずかしがっているキャロルがキョドキョドと辺りを窺いながら食べているのを見ているうちに、馬車がやってきたので、手を上げて止めた。

Ⅲ

「いやー、楽しいなっ！　好きに店を見て回るというのは！」

キャロルは大満足ではしゃいでいる。色んな店を見るだけ見て、結果なにを買うでもないのだが、大満足なようだ。

見ていると、どうもキャロルはこういった普通の店舗で買い物をした経験が殆どないらしい。無駄遣いという習慣がない上、持ち物全てがハイエンドな品物のせいで、これといって欲しいものが見つからないようだ。まあ、ウィンドウショッピングを楽しんでいるならいいだろう。

「喜んでるなら何よりだ」

俺は買い物や営業で何十回とここに足を運んでいるので、新しい発見はないが、考えてみれば社員以外と遊びに来るのは、ほぼ初めてだった。幼い頃に、ルークに連れられて観光に来たとき以来か。

「なんだ、お前はつまらないのか？」

「そっちだって、王城島の中を探検したって面白くはないだろ。俺は何度も来てるから、どの店も目新しくないしな」

そもそも、興味のある店があまりない。俺は武具を見るのが好きなのだが、武具となるとこのへんの店より職人街のほうがよっぽど面白い。

この辺りは問屋のような店が並んでいるが、庶民向けのお手軽価格の服屋や、雑貨店なんかもたくさんある。キャロルは特にお茶専門店に興味を示していたようだが、俺はあまり興味が持てなかった。まあ、引率なので面白いと思う必要もないんだけどな。

「そうか？　じゃあ、そこの露店とかならどうだ？」

キャロルが指さしたのは、商工会議所の壁だった。この商工会議所は、通りに面して横に立っていて、入り口はちょっとした公園になっている。

大市場の通りの殆どのところには店が並んでいて、通りに面して店先があるので、こういった横になっている場所というのは珍しかった。壁になっている建物という場所には流れの商人など、色んな奴が屋台のような露店を開いたり、ゴザを敷いて物を並べていたりしている。

こういった商売形態については、気になってカフに聞いてみたことがあるのだが、あまり荒稼ぎせず一日二日くらいで店を畳むようであれば、縄張りにうるさい魔女も見逃しているようだ。すぐにどこかに行ってしまうし、稼ぎも極わずかなので相手にしても金にならないらしい。

「ああいった店は入れ替わりが激しいんじゃないか？　見たことのない店が多いだろう」

「まあ、そのへんの店より興味深いかもな。掘り出し物があるかもしれん」

といっても、別に俺は目利きの才があるわけではない。服だの陶器だのの物の良《よ》し悪《あ》しは何となく分かるが、この絵はあの画家の作で骨董《こっとう》的価値がある、みたいなことはさっぱり分からない。そういうのは、むしろキャロルのほうが詳しいかもしれない。

「じゃあ、ちょっと見てみよう」

これはこれで面白いのか、ウキウキしているキャロルの背中を追いかけながら、壁のほうに向かっていった。

流し見しながら歩いていると、さすがに割れた茶碗《ちゃわん》を売っているような奴はいないが、どれも欲しくはならない。昔来たときと同じで、殆どがガラクタやインチキ商品ばかりだ。上京ついでの行商なのか、田舎の猟師みたいな人が自分でナメした毛皮を割安で売っていたりもするが、そういうのにはあんまり興味がない。

真っ白いフワフワした糸くずが荷車いっぱいに売られていたら、俺も目の色を変えるんだけどな。

「ふむ……これはなんだ？」

「そりゃ、カニを割る用の木槌《きづち》やな。これで割ると美味いんやで」

「ほー……そうなのか」

キャロルはといえば、ガラクタとしか思えない品々を売る店の前で興味深そうに店主の話を聞いているが、買う気はなさそうだ。山の背の地方ではカニを割るのにハンマーを使うのが普通なのだろうか。俺は使ったことはない。王都では普通、専用のハサミを使って殻を割る。

行儀作法として折り目正しい方法とは思えないので、キャロルは一生使うことはないだろう。さすがに、あまり興味もなさそうだ。

「キャロリナ、行くぞ」

どうも長々とした店主の話から逃げそびれているようなので、助け船を出してやった。

「あ、ああ。それじゃ」

キャロルは店主に小さく礼を言って、その場を離れる。

「やっぱり、ガラクタばっかりだな。欲しいものがない」

「中古品を売っている店が多いようだな」

中古品とは物は言いようだが、確かに古着などを並べている店もある。

「安そうではあるけど、これを売って生活していけるのか？」

「さあ……俺もよく分からんが、捨てるよりは売ったほうが金になるって魂胆なんじゃないのか。家で寝ているよりは金になるだろうよ」

まともな働き口があるなら、時給を貰って働いたほうが遥《はる》かに儲《もう》けられると思うが、そのまともな働き口というのが稀だしな。

「ふーん……確かに、それはそうだろうけど」

「――ん？」

話をしながら見ていると、少し興味深い店があった。

「槍の穂先を売ってるな。ちょっと見てみよう」

「武具か。感心な心がけだな」

感心な心がけなのかは知らんが、その店に行ってみると、確かに折れた槍の穂先がゴザに置いてあったものの、武具の店というわけではなかった。

穂先の他は、細々とした旅道具などを並べている。店というよりは、単に自分の私物を処分しようとしているようだ。

せっかくだから槍を見てみるか。こういうところで買ったものが、実は歴史的な名槍だった。みたいな話は浪漫《ろまん》だしな。

「ちょっと見せてもらってもいいか。槍は売り物かい？」

「ああ。直す金がないんでな」

キルヒナの元軍人だろうか？　ゴザの上から槍を取って見ると、折れた柄がそのままになっているようだ。柄は半ばまで鋭利に切られ、あとは力ずくで折ったような粗い断面になっている。

槍の柄は木でできているので、鋭利な刃物の斬撃を受けることは禁忌とされているが、戦いの流れでどうしてもそれしか防御手段がない、というときは仕方がないこともある。

そうやって剣や槍を受け、運良く切断されずに済むと、こうして半ばまで断ち斬られることになる。そうなると当たり前だが折れやすくなるので、そのあとになんやかんやあって折れてしまったのだろう。

「使い込んでるな……うーん、すまんな、ちょっと使いにくそうだ」

穂先をつぶさに観察した俺は、興味を失って槍を置いた。

「そうか」

男はやや残念そうに言った。

槍は造りはよかったが、実戦で切っ先が大きく欠けたのを研ぎ直したのか、切っ先と刃紋までの間がかなり近くなってしまっていた。切っ先に残っているのは刃に適した鋼なので、機能的に問題があるわけではないのだが、寿命が縮まっているのは確かなのであまりよろしくはない。硬い鎧《よろい》を着た相手と戦うと、どうしてもこうなってしまうのだと聞いたことがある。

残念ながら、あまり魅力ある品とは言えない。

「……ん？」

他の道具を見ていると、一つ奇妙なものが目に入った。

「それ、指輪か？」

「ああ」

「見せてもらってもいいか」

「構わんよ」

男は、自らの足元近くに置いていた指輪を、こちらに寄こした。

「なんだ？　青い宝石がついてるな」

キャロルが俺の手元を覗《のぞ》き込んでいる。

「ああ」

薄汚い黒い汚れが浮いたリングに、透き通った透明の青い宝石がくっついている。結構な大粒だ。

この国では青色の宝石はあまり珍重されない。絵の具の白と青を混ぜたような透明感のない石や、透明感はあるが物凄く青が薄く、淡い水色のような色をしている石はあるが、どちらもそれほどシャン人に気に入られておらず、あまり市場価値がないのだ。

この宝石の色は物凄く濃く、それでいて透明で、サファイアのように美しい。おそらくリングは銀だろう。銀は放っておくと硫化し、このような黒い皮膜を作ってしまうが、簡単に元の輝きに戻す方法がある。

「この指輪、どうやって手に入れた？」

「クラ人の侵略者が持っていたものらしい。戦場で拾った奴から、賭けで手に入れた」

なるほど、南から来たのか……イーサ先生によると、イイスス教の諸国は世界中と貿易をしているそうだから、本当にサファイアかもしれないな。

「ふーん……幾らだ？」

「幾ら出す？」

男は値踏みするように俺を見ている。

俺は自分の財布を開いて、中を見た。金貨が十枚ほど入っている。

「銀貨五枚でどうだ？」

リングに銀が使われているので、石に価値がなくても銀そのものの価値というものがある。とはいえ、使われているのは銀貨一枚分くらいの銀だろうから、五枚というのは多すぎるほどの金額だろう。質屋に持っていったら、もっと低い値がつけられるはずだ。

「フッ……足らんな」

「六枚なら？」

「足らん」

「うーん……ならいい。やめておこう」

俺は財布の紐《ひも》を縛り、指輪を男に返した。

「行くぞ。お前に似合うと思ったんだが、ちょっと高い」

「わっ、どうしたんだ」

俺はキャロルの手を取って、その場から去った。

◇　◇　◇

「なんだ？　欲しかったんじゃないのか？」

店から少し離れたところで、キャロルが言った。

「あの男、金に飢えてたからな」

「は……？　そんなの、当たり前じゃないのか。じゃなかったら店など出さない」

そういう意味じゃなくて。

「貧しいってことだよ。そんで、自分でもあの指輪の価値を分かってない。だから、俺に先に値段を言わせたのさ」

「ああ、そうだったのか……でも、なんで諦めたんだ？　金が足りないなら、世話になったことだし、私が貸してもいいぞ」

まあそうなるよな。キャロルがそれを言いそうだったから、俺はあの場を離れたのだ。

「値段が決まってないってのは、難しいんだよ。貧しい人間は、自分が損をすることに対して敏感になる。お前がそんなことを言い出してみろ、値段の吊《つ》り上げが始まって、面倒なことになっちまってたぞ」

こちらから提示する金を吊り上げていくのは簡単だが、そうなってしまったら下げるのは難しい。俺が
価格は双方が合意しなくては決まらない。俺が

相場より遥か上の金額を言ったところで、あの男が納得しなければ交渉は成立しないのだ。

「元が銀貨三枚くらいの価値の指輪だって、値段が吊り上がったら金貨を何枚も出さなきゃならなくなる。一度頭を冷ましてやるのが肝心なのさ」

「えっ、じゃあ、駆け引きで一度諦めてみせたってことなのか？」

「そうだよ。ちょっと時間を空ければ、あの男は、さっきの取引は実は得だったんじゃないか……って悩み始めるだろ？」

「へー……そうなのか。なるほど、心理的な駆け引きってやつだな」

「難しい言葉を知ってやがる」

俺の知る限り、キャロルほど心理的な駆け引きに向いていない奴はいない。

「でも……そうか、私に買ってくれるつもりではなかったんだな……」

キャロルは俺の軽口に付き合わず、なぜか少しうつむいて、妙なことを言い出した。

「なんだ、気に入ってたのか？」

「いいや、別に」

キャロルはそっぽを向くように、向こうを見てしまった。子どもか。

まあ、子どもなんだけどな。

しばらくそのまま歩いていると、

「うん？　あれはなんの店だ？」

そっぽを向いた先に気になる店があったのか、キャロルは急に言った。そちらを見てみると、ああ確かに、と納得するような佇《たたず》まいの建物があった。

「ああ、ありゃ、賭博場だよ」

この街では賭博は魔女が取り仕切っていて、免許制になっている。個人が勝手にやるくらいなら無免許でも取り締まりはないので、博打《ばくち》の多くは個々人が酒場の隅のほうで行っているわけだが、好きで仕方ない奴はこういった賭博場で本格的にやるのだろう。

「賭博場？　あそこで賭け事をするのか」

「入ってみるか？　ある意味、いい社会勉強になるかもしれないぞ」

行くわけないと知りながら、俺は言った。キャロルが賭け事をしているところなんて見たことがないが、賭博なんてもんは風俗の次くらいに嫌いそうだ。

「入ってみよう。ちょっとやってみたい」

「はあっ!?」

キャロルの口からありえない言葉が出たので、素っ頓狂な声が出てしまった。

「――なんだ？　別に、賭博は違法ではないだろう。寮でやっている者もいるし」

訝《いぶか》しげな目で俺を見てくる。寮で行われる賭け事は、賭け金十ルガ以下という取り決めになっている。あんなのは、勝負事にちょっとしたスパイスを添加するお遊びのようなもんだ。

「やめといたほうがいいぞ」

風俗にはあんなに怒るのに、なぜ賭博にはその感性が育っていないのだ。どうもこいつの頭からはギャンブルが不道徳的だという観念がすっぽりと抜け落ちていて、なにやら真っ白にクリーンな合法事業のように捉えている気がする……。

十ルガ以下という取り決めのせいで、寮では賭け事でトラブルを起こした奴がいないことが原因なのかもしれない。たまたま、こういうところに来て身を持ち崩したという馬鹿も同じ学年にはいない。

別にギャンブルに対してどんな見解を持っていようが自由だが、どう考えてもキャロルは性格的にギャンブルに向いてない。

「いや、行く。今日は自分の知らない世界を見に来たのだ。お前も一緒に来てくれるんだろう？」

キャロルは挑発的な目で俺を見ている。

うーん……まあ、人生経験という意味では糧になんのかなあ。賭け事なんて一生知らなくても困りゃしないと思うが、こいつの場合は将来賭博を制限する法律を作るときなんかに経験が活かされたりする可能性もなきにしもあらずだし……。

「そこまで言うなら構わねーが、やるなら自分の金でやれよ」

「当たり前だ。まあ、初めてだけど、賭け事は時の運というからな」

「ううん……まあ、そうだな」

むしろビギナーズラックで勝ってしまうほうが心配なんだが。妙な方向に転んでギャンブル依存症みたいになったらこえーぞ。


賭博場に入ってみると、ややオシャレな感じで統一されているが、大市場という庶民的な立地にあるだけあって、汚い格好の客もそこそこいるような店だった。

入り口では店員にガッツリ見《み》られたが、特に見咎《とが》められることもなかった。むしろ追い出されたほうが嬉しかったのだが、このままプレイできてしまうようだ。

「ふうむ……」


賭博に興じている様々な台を練り歩きながら、キャロルは唇を尖《とが》らせていた。

しばらく様子を見ては別の場所に移動し、それを繰り返している。

「もしかして、知っている遊びがないのか？」

「……実はそうだ。お前は知っているのか？」

「全部じゃないけどな。ああ、アレなんていいと思うぞ。ルールがすっげぇ簡単だ。馬鹿でもすぐ覚えられる」

「馬鹿……？」

キャロルは馬鹿という言葉に反応して俺を睨んできた。いや、現在進行形で馬鹿な真似はしていると思うんだけどな。

「そのくらい簡単だってことだよ。一ヶ月やってようやくルールが呑み込めるようなゲームなんて、今無理にやっても仕方がないだろう」

「まあ、それはそうか……えっと、札に14と書いてあるな。あれがゲームの名前なのか？」

「ああ、そうだ」

俺はキャロルに、簡単にルールを説明した。

〝14〟は1～7のカードが三組、合計で二十一枚のカードを使うゲームだ。ゲームのやり方は、まず親が一枚のカードを場に伏せることから始まる。

あとはブラックジャックとルールが似ていて、プレイヤーに一枚ずつ表にしたカードが配られる。以降、求めるごとにカードが配られ、数字を足して14を目指してゆく。14を超えてしまうとバストとなり、無条件に負けになる。

特徴的なのは、最初に伏せたカードを最後にオープンし、全員がその数字を足すというルールだ。なので、手札のみで合計が14になってしまうと、確実にバストしてしまう。

あとは、最初に配られた数字が7で、そこからベットし、伏せ札の7を足して2枚で14を作ると、掛け金の3倍を貰えるというルールがある。だが、この賭場では2倍に減っている代わりに、親がそうなっても子は2倍を払う義務はないということになっているようだ。

つまり、仮にキャロルが有り金を全部賭けたとしても、有り金以上の金額を要求されることはないというわけだ。

このゲームは少ない初期投資で簡単にできるので、騎士院の寮では賭け斗棋《トウギ》の次に多く行われているゲームである。

――という情報をキャロルに伝えると、こいつも頭が悪いわけではないので、すぐにルールを呑み込んだようだ。

「伏せ札の期待値は、ほぼ4になる。だから手札は7から10くらいを狙って作るといい」

「平均して4だったら9、10、11くらいがよいのではないのか？」

「バストがなくて、15が12に勝てるならそうだな。14を超えたら無条件に負けなんだから、やや少ないほうが有利なんだよ」

本当ならカウンティングをして正確に期待値を出すのが正解なんだろうが、カードは毎回シャッフルされるし、あんまり難しいことはいいだろう。

「ああ、そういうことか。道理だな。分かった」

「よし――じゃあ、行くぞ」

俺は14をやっているディーラーのところに向かった。

「やれるか?」

まずは俺が声をかけた。

14のテーブルは、客側が三席あったが、今は誰も席にいない。

このゲームは、ディーラー一人に対して同時に何人もの客がプレイできる。というより、本来はパーティーゲームのような側面を持っていて、最後に伏せ札をオープンしたときの一喜一憂、あるいは阿鼻《あび》叫喚《きようかん》が楽しいらしいので、少人数でも行われるが、大人数でやる場合もかなり多いようだ。普通は二十一枚一組のデッキを使うが、プレイヤーが四人五人と多くなると足りなくなるので、その場合はデッキを二組組み合わせて二倍にする。

「どうぞ。お二人で遊びますか?」

「いや、こっちだけだ。迷惑でなければ、客が来るまで椅子をもう一つ借りてもいいか? 彼女は初めてゲームをするようだから、ルールを教えながらやりたい」

「もちろん構いません。どうぞ」

フォーマルな服を着たディーラーは、椅子を手で指し示した。

「失礼する」

キャロルはディーラーの対面の、真ん中の椅子に座ると、テスト前に心を定めるように背筋を伸ばした。

いや……まあいいか。

しかし、いつまで経《た》っても動かない。ディーラーがカードを配ってくれるのを待っているようだ。

「おい」

「……なんだ? 始まらないのか?」

「賭博場だって言ったよな? このディーラーさんがお前の賭け金を決めるのか?」

「あっ!」

そうだった、という感じで、キャロルは慌てて財布を取り出した。

あーあー、テーブルの上にそんなドッシリした財布を置いちゃって。

「それじゃ、これで頼む」

キャロルは金貨を一枚、テーブルの上に置いた。チップを使う文化はないので生々しいが、先ほど見て回ったときはみんなこうしていたので、おかしなことではない。

しかし、金貨一枚か。ディーラーを見ると、ポーカーフェイスが若干崩れ、笑顔の仮面から狼《おおかみ》が獲物を狙うような顔が覗いているように見えた。

金貨は一枚千ルガとされていて、銀貨十枚と両替できる。千ルガはざっくり言うと十万円くらいの価値があるので、こんなところに来た小娘が初めての遊びでポンと出すような金額ではない。まあ、焦っていて考えるゆとりもなく出してしまったという感じだが、ちょっとまずいかもな。


「――では、始めます」

ディーラーがカードをシャッフルして、一枚のカードをテーブルに伏せて置いた。

次に、キャロルのほうに表にしたカードを投げた。

商売に関係があるので、俺はこのカードについて調べたのだが、このカードは二枚の厚めの羊皮紙に強い種類の膠《にかわ》をたっぷりと塗り、張り合わせてプレスすることで作られる。プラスチックのカードほどの弾性はないが、投げても空気抵抗でひるがえってしまわない程度にはよくできている。

表面には数字が書かれていて、裏面には白い塗料がべったりと塗ってある。トランプのように絵柄がついているカードもあるが、こういう場面で使われるプロ用のカードは単色で塗られている。塗料のかすれや色の飛び、角度の違いなしにまったく同じ絵柄を印刷する技術がないからだ。そこに少しでも違いがあると、それを覚えて伏せ札の数字を割り出すことができてしまう。このカードは白を使っているようだが、恐らくは鉛白《えんぱく》を使っているので、あんまり触りたくはない。

「7か」

キャロルのほうに来たカードは7だった。

ディーラーのカードは、4だ。

「うーん……なあ、もう一枚引いたほうがいいのか？」

「このまんまでいい」

俺もそこまで熱心にこのゲームをやったわけではないが、普通は7が来たならそのまま勝負する。

確率的にも、7というのはそのまんま勝負しても悪くない数字だし、伏せ札が7だったら三倍……二枚の7《ダブルセブン》と言うのだが、それを狙うメリットのほうがずっと大きい。この席では二倍になっているわけだが、最善の判断は変わらない。札を足さないほうが圧倒的に有利だ。

「じゃあ、このままで」

「引きます」

ディーラーが宣言して、自分にカードを配った。

6だ。これでディーラーの数字は10になった。

「では、勝負――開きます」

ディーラーが、伏せ札をパッとめくった。6のカードだった。

「おめでとうございます」

「勝ったのか？」

キャロルが戸惑った顔で俺を見る。

「ああ。よかったな」

キャロルは7と6で二枚の7《ダブルセブン》とはいかなかったが、16でバストしたディーラーには勝った。

ディーラーはテーブルの引き出しを開けて、コイン箱から金貨を選び、キャロルの前に置いた。ものの数十秒で、王都で庶民が一ヶ月働いて稼ぐような金額をポンと稼いだわけだ。ギャンブルの怖いところである。

「ふむ……なるほど、ちょっと面白いな」

「満足したか？　じゃあ、帰るぞ」

「もう少しやってみたい。ダメか？」

もっとやりたいらしい。この負けず嫌いは、斗《トウ》棋《ギ》がクソ弱いせいであんまり勝つことはないし、もしかするとこういうゲームでの勝ちに飢えているのかもしれんな。

「……まあいいけどな」

痛い目を見るのも一興か。


「また負けた……」

案の定、キャロルはカモにされていた。

六勝十敗だ。どうしようもないなこいつは。あんまり調子よくカモられて、小気味よく一喜一憂しているせいで、ちょっとギャラリーが沸いているくらいだ。

「もうお金がない……だめだな。帰ろうか」

キャロルはずーんと落ち込んだ顔で俺を見ている。まあ、せっかくコツコツと貯めたヘソクリを、一時間もしないうちに全額スったらそうもなるわな。

キャロルは金貨三枚と銀十一枚で、ざっくり言うと四十一万円くらい負けてスッカラカンになった。王城の金銭感覚がどんなものかは知らんが、さすがに一月や二月節約したくらいで貯められる金額ではないだろう。

キャロルが諦めた顔で席を立った。

「俺も一戦だけしていいか？」

俺は席を移動して、キャロルが座っていた椅子に座った。

「えっ、やめておいたほうがいいんじゃないか」

さっきの俺と同じようなことを言ってやがる。

痛い目を見て、キャロルの心には正常な感覚が宿ったようだ。これだけでも失った金額以上の収穫だとは思うが、さすがにこのまんま帰るのもな。

「いいだろ？」

と、俺はディーラーに尋ねた。

「もちろん」

「ただし、カードはこいつに配ってもらうぞ。構わないな」

「……はい？」

ディーラーが眉をひそめた。

「申し訳ありませんが、お客様。そういった行為は認められておりません」

「――これでもか？」

と、俺は財布の中から金貨を五枚取り出し、テーブルの上に置いた。

後ろにいたギャラリーから、「兄ちゃん、やるじゃねえか」と野次が飛んだ。恐らく、彼女の敵討ちに彼氏が意気込んでるように思われたのだろう。

金貨五枚といえば、なかなかの金額だ。このような庶民的な賭博場では、この金額が一度に賭けられるのは稀であろう。

「……なるほど」

「受けるか？」

俺はディーラーの目を真正面から見据えながら、言った。

「ええ。そういうことであれば、構いませんよ」

と、ディーラーはニッコリと微笑《ほほえ》みを浮かべて、揃《そろ》えたデッキをこちらに寄こした。

まだまだ真新しい、真っ白なカードだ。

こういったカードは、長く使って傷んでくると、汚れや折れを覚えることで裏の数字が分かってしまうようになる。友達同士の遊び用ならそれでもいいが、賭博場では使えない。なので、定期的に新しいものに替える必要がある。

デッキの枚数が二十一枚と少ないのはそのせいで、単純にカードそのものが高いので、あまり枚数を多くしてしまうと取り替えのコストが嵩《かさ》んでしまうのだ。

「キャロリナ、シャッフルしてくれ」

「あ、ああ……分かった。あんまり上手くやれないと思うけど」

キャロルはテーブルの上のデッキを拾い、不器用な手付きで何度かデッキを二つに分けては順番を変えた。

「じゃ、始めるぞ。いいな？」

「ええ、いつでも」

「キャロリナ」

俺はキャロルを呼び、いつも商品見本に持ち歩いているホウ紙の切れ端を渡して、耳元で指示をした。

「分かった」

　キャロルは、テーブルの上に伏せ札を置いた。その上には、薄いホウ紙が載っている。

「――お客様、何の真似でしょうか？　それは当店では、ルール違反です」

「何か問題があるのか？　どう問題があるのか説明してみてくれないか」

「それは――」

　店員は口ごもった。伏せ札の上に紙を置くことに、何か問題があるわけがない。

　やはりイカサマは伏せ札をすり替えるものだったようだ。


　キャロルのゲームのときも、最初に勝たせてやった以降は、銀貨数枚のベットのときしか勝っていなかったから、まあイカサマをやってるんだろうなとは思っていた。

　というか、それ以前に色々とおかしい。14は極めて単純なゲームだ。斗棋《トウギ》のようなボードゲームと違って、腕前だけで勝率を稼ぐのは難しい。ある程度戦略に知悉《ちしつ》したプレイヤーならば、ディーラー相手でも勝率は五割に近くなってくる。

　それでもカウンティングなどを駆使すれば、ディーラーはプレイヤーより優位に立って儲けることはできるだろう。

　だが、二枚の7《ダブルセブン》でこちらだけが二倍のリターンがあるというルールは明らかにおかしい。

　実際にやってみると、二枚の7《ダブルセブン》というのは稀なようで意外と多く発生するものだ。ただでさえ勝率が五割に近いのに、一方的に客側だけが受益できるルールにしてしまったら、ディーラーのほうがずっと不利になってしまう。

　最初はカードに傷でもあって、それを覚えているのかと思ったが、鉛白《えんぱく》を塗った表面は本当に真っ白で、指紋の汚れなどもなかった。おそらく、客に不信感を持たせないために、カードだけは綺麗なものを使っているのだろう。

マジシャンのような手業で自由に好きな数字を繰り出しているのかとも思ったが、キャロルがカードを配るという申し出をあっさりと受け入れたので、その線も消えた。

あとはもう、伏せ札のすり替えくらいしか考えられない。

伏せ札の数字を自由にできるのなら、このゲームではほぼ確実に勝つことができる。

これは邪推かもしれないが、ここの客がこの席にいなかったのは、そういう荒稼ぎをするせいで勝てない席だという噂《うわさ》が立っていたからではないだろうか。キャロルに対してやっていた荒稼ぎは、かなり露骨だったしな。

「ルール違反で、これでは賭けができないというのなら、従おう。その紙をひっぺがしても構わないぞ」

少ないとはいえ、俺の後ろには四人ほどのギャラリーがいる。その前で紙をひっぺがすというのは、公平を建前としているディーラーとしてはできかねることだろう。俺はそれを知っていながら提案した。

「だけどな、考えてもみろ。これは別に、俺が有利になる小細工じゃないんだぜ。きみも、己は一端の博徒だという自負を持って生きているんだろう。小細工抜きでは年下のガキと一勝負もできないのか？」

このディーラーは受けるだろう。

別に、俺に負けたところで大損をするわけではない。キャロルから荒稼ぎした金を失い、それだけでは足りないから銀貨九枚分くらいは余計に出費するかもしれないが、それはそこまで大きな損失とはいえない。

リスクとリターンを考えたら、ここで逃げ出すリスクのほうが大きい。俺のほうもそれを考えて、賭け金を五枚に留《とど》めておいたのだ。

「――分かりました。構いませんよ。ただし、イカサマ行為を見つけた場合は」

やっぱり乗ってきたか。

「構わんよ。その場で負けでいい。というか、俺は腕を上げもせんからイカサマのしようもないがな」

「それに、二枚の7《ダブルセブン》のペナルティーはお客様も支払うというルールでお願いします」

おっと、そう来るか。

これだけの大金を出して、財布の中にまだまだ余裕があるとは思っていないのだろう。支払い能力を超えたリスクを示すことで、脅しているつもりらしい。

お金があるってのはいいことだな。

「構わない。条件の提示はそれで終わりか？　さ、始めよう」

「おい、ユーリ。もしかして、その男はイカサマをやっていたのか？」

キャロルが怒気も露《あら》わに言った。ていうかイカサマって口に出しちゃった。それを言っちゃおしまいってもんだろう。言わぬが花というものだ。

「お前は黙ってろ。真剣勝負に口を出すな」

「だが……もしイカサマをやっていたのなら許せんぞ」

怒るのはもっともだが、こういうのは騙《だま》されたほうが悪い。

キャロルは性分的にイカサマを許さないだろう。もしかしたら、水戸黄門のように身分を明かして処罰しようとするかもしれない。そうしたら、こいつらは反省したフリをして奪った金を返してくるだろう。だけどそれは違う気がするし、キャロルも間違った学び方をしてしまう。

「お前――俺の勝負の邪魔をする気か？　今は俺が勝負をやってるんだ。横から嘴《くちばし》を挟むんじゃねえ」

「……分かった。だが、必ず勝てよ。こんなイカサマ男に負けるな」

キャロルのテンションが何か変なことになって

いる。この勝負をしているのは、勧めたゲームでキャロルの財布をスッカラカンにしといて、俺だけ懐が温かいままなのも男としてどうかと思っただけなんだが。

まあ、だが、あんだけ露骨に射幸心を煽《あお》ってキャロルを毟《むし》ったのは気分がいいもんじゃなかったがな。

「……まあ、いいか。早く配ってくれ」

「うん」

キャロルはカードを俺に配った。3だ。

そして、キャロルは止まった。なんだ？

「どうした？　早く向こうに投げろよ」

「う、うん」

キャロルがディーラーに投げたカードは、7だった。

7か。これで伏せ札が7だったら二倍払わなきゃならんな。

まさか、この状況でイカサマをする術《すべ》があるとも思えんし、これは偶然なのだろう。

「もう一枚」

「引きません。このままで」

両者の宣言が終わると、キャロルがもう一枚、カードを俺の前に置いた。

1だ。これで合計は4になる。

「もう一枚」

7という数字の強いところは、伏せ札が7でもバストしない最大の数である、というところだ。

つまり、こちらの数字が7以下でベットすれば必ず負けてしまう。必ず、7より上の数字にしなければならない。

次にキャロルが投げてきたカードは、2だった。合計は6である。

「もう一枚」

「――あっ」

手元でカードを表にしたキャロルが、声を上げた。嫌な予感しかしない。

「さっさと寄越《よこ》せ。出ちまったもんはしょうがないんだから」

「う、うん……」

キャロルが置いたカードは、7だった。

「やれやれ……あんた、なかなか、ここ一番に強いじゃないか」

合計で13となると、さすがにしょうもない気分になる。

あえていえば、最後に俺の手に来た7は、仮に伏せカードが7だとすると、デッキに三枚ある7が全部出たことになる。確率的にはやや稀なので、伏せ札は7ではないかもしれない。まあ、若干の気休めを言うとすれば、そんなところだった。

「いえいえ……お客様、勝負は終わってみるまで分かりません」

そう言いながらも、ディーラーは見るからにほっとした顔をして、ニヤついていた。

「ベットだ。キャロリナ、伏せ札を開いてくれ」

「すまん……私のせいで……」

「馬鹿みたいなこと言ってんなよ。博打ってのは、勝つも負けるも全部手前《てめえ》の責任なんだ。俺の男が下がるようなことを言うな」

まあ、キャロルにとってもいい経験だろう。もし伏せ札が7だったとしても、金貨の十枚や二十枚程度では買えないモノを得るのだと考えれば、それは悪いことではない。キャロルのような人間にとって、将来どうなるにしても、この失敗は得難い経験となるに違いない。

キャロルは、覆っている紙を除《よ》けると、伏せ札を開いた。

「えっ――」

キャロルが呆気《あっけ》にとられたような声をあげる。

そこにあったのは、1のカードだった。

1なんかい。

「やった！」

キャロルが少女のような歓声を上げた。

「うおっ」「やるじゃねえか、兄ちゃん」

ギャラリーもびっくり仰天したようだ。

七分の一の確率なので、それほど珍しいということでもないが、この流れで引いてくるとはな。

うーん……すっかり諦めて気持ちの整理を完了していたので、なにやら折り合いがつかない複雑な気分だ。

「――やれやれ、降参です。お客様は強運の持ち主でおられる」

「じゃ……金を貰おうか」

俺はこのイカサマ野郎と会話したくなかった。勝ったあとというのは、さっさと店を出るに限る。

「そうでした。勝者には戦利金を。おめでとうございます、ユーリ様」

ディーラーはコイン箱を引き出し、金貨を五枚取り出してテーブルに置いた。

名前を覚えられている。さっきうっかりキャロルが口を滑らせたのを、聞き逃していなかったようだ。別に、こんな小物に名を覚えられたところでなんともないがな。

「ほらよ。もうなくすな」

俺はキャロルに金貨四枚と、財布から取り出した銀貨一枚を握らせた。キャロルが巻き上げられた金は、これでピッタリ戻ってきたことになる。

「――いいのか？　お前の金じゃないか」

「金が欲しくてやったんじゃねえよ。欲しかったら仕事して稼ぐわ。ほら、さっさと行くぞ」

「うん」

キャロルは素直に頷《うなず》いて、急いで金を財布に入れると、俺に手を引かれて賭博場を出た。

◇　◇　◇

賭博場を出ると、まだぎりぎり、空は明るかった。腹が減っているが、飯など食わずに用事を済ませ、学院に帰ったほうがいいだろう。ここから騎士院までは治安のよい地域が続いているが、大金を見せてしまったので、日が暮れてから歩くのは避けたい。

「賭博というのは怖いものなのだな。もうやりたくない」

出てから少し歩くと、キャロルが独り言のように喋った。なにやら身に染みてくれたようだ。まあ、案の定まるで向いていなかったので、一生やらないほうがいいだろう。

「俺もそんな感じだな。やっぱり、賭け事ってのはあんまり面白くない」

「そうなのか？　お前は向いていたように思うが」

「勝ったところで、運がよかったから何なんだって話だしな。どっちかというと、ドッラに試合で勝ったときとか、ミャロに斗棋《トウギ》で勝ったときのほうが嬉しい」

１が出た。すげえな。と言われたところで、「だから？」としか思えない。別に俺が凄《すご》いわけではないし、「運がよかったな」と言われたのと同じ意味でしかない。

俺はやっぱり、実力を競うほうが楽しいようだ。今日のように付き合いで賭けることは、今後もあるかもしれないが、自ら余暇を使って賭けに出かけることは一生ないだろう。そんな気がする。

「珍しく、健全な精神じゃないか」

「俺ほど健全な学生は珍しいくらいだろ」

これはキャロルだけでなく、様々な人から同じようなことを言われるのだが、酒も賭博も風俗もやってないのに、なぜ不健全な生活を送っているかのように思われているのかさっぱり分からん。他の学生なんて、だいたいは全部やってるだろ。

「それで、今日はもう帰るのか？　どこに向かってるんだ？」

「あのなあ、忘れちまったのかよ。指輪を買うんだろ」

俺が向かっているのは、例の壁の露店だった。遠目に見ると、まだやっているようだ。売れてないとは思うがな。

「キャサリン、口裏を合わせろよ」

「うん、分かった」

武人がやっている露店に行くと、やはりまだ指輪は残っていた。

「やっぱりこいつが欲しいそうでな。しつこいんだ。幾らなら売る？」

「金貨一枚だ」

どうやら、この男はあんまり商売上手ではないらしい。幾らなんでも馬鹿げた値段設定である。価値を誰かに聞きに行って、何か見当違いの知恵でも吹き込まれたのだろうか？

どう考えても金貨一枚ってのはないだろう。銀貨五枚でも多いくらいなのに。

「はあ……吹っかけてきたな。銀貨九枚でどうだ。財布にそれしかねえ――おい、駄目なら諦めろよ」

俺はこれ見よがしにキャロルに言った。

「九枚か。いいだろう、交渉成立だ」

指輪を差し出してくる。俺は財布から、金貨を見せないように銀貨を九枚取り出すと、武人の男の手のひらに載せた。

「財布には、まだ金が残ってるみたいだな」

まあ、金貨と銀貨がまだジャラジャラ入ってるからな。

「今日の晩飯代だよ。欲をかきすぎると碌《ろく》なことがないぜ」

「ふんっ」

武人はゴネるつもりはないようだ。ジャラ、と銀貨を握ると、俺が摘《つま》んでいる指輪から指を離した。

その金で槍を直すのだろうか。まあ、どちらにせよ、もう二度と会うこともあるまい。

「じゃあな」

俺は武人がやっている店から離れていった。


「ほらよ」

露店から離れると、道すがら、俺はキャロルに指輪を渡した。

「えっ、なんだ？」

「やるよ」

「く、くれるのか？　なんでだ？」

キャロルはなんだかんだ言いながら欲しかった

のか、戸惑いの中に隠しきれない嬉しさがこぼれ出している。

豪華な装飾品など見慣れているだろうに、やはりプレゼントされると嬉しいものなのだろう。

「賭けで勝った泡銭《あぶくぜに》ってのは、こうやってパーッと使い切ったほうがいいんだ。ちょっと欲しがってたろ」

「そうなのか……っ、つけてみてよいか？」

「ああ、ちょっと汚れてるけどな」

キャロルは黒ずんだ指輪を薬指につけた。

ぶかぶかのようだ。

薬指から親指に向かって試していくが、親指でも大きい。元々が戦場の略奪品なのであれば、成人男性が何らかの習慣でつけていたものなのかもしれない。

「あ、合わない……」

「まあ、気に入ったら直せばいいさ。職人に頼んだらすぐやってくれる」

「そういうこともできるのか。うん、そうする」

「ちょっと、指につけてるとこを見せてくれよ」

「うん」

俺がそう言うと、キャロルは人差し指に指輪をはめて、裏から押さえながら俺に見せてきた。短く切った爪に、稽古でささくれている指。だが、手のかたちは男のものとは違う。キャロルらしい手だった。

カットされた大粒の青玉《せいぎょく》が、手の中でキラキラと青く輝いている。

その光を見たあと、俺はキャロルの顔を見た。指先でカツラの前髪をそっと上げ、隠れていた目を露わにした。

「ど、どうしたいきなり……」

目が合うと、キャロルは小さな声で抗議をした。

「やっぱり、お前の瞳と同じ色をしてる。深く透き通った青だ。似合ってるぞ」

前髪を上げていた手を離すと、キャロルは呆気にとられたような顔をしていた。

「どうした？」

「ば、馬鹿！　もう……そういうこと言うなぁ！」

キャロルは顔を両手で覆ってしまった。

「それじゃ前が見えないだろ」

「先に行け！　ぜったいに！　振り向くな！」

「お前が後ろを歩いてたら、かっさらわれても分かんないだろ。ほら、後ろ見ないから手ぇ繋ぐぞ」

「手ぇ!?」

動かないキャロルの左手を持って、そっと除けると、リンゴのように真っ赤になった顔が恥ずかしそうに下を向いていた。

「さ、行くぞ」

俺はキャロルの手を引きながら、ゆっくりと歩きはじめた。

あとがき

前巻ぶりにお目にかかります。不手折家《ふでおるか》と申します。

幸いなことに第二巻も世に出すことができました。それもこれも、全て皆様の応援の賜物だと思います。重ね重ね、ありがとうございます。

さて、この巻では、シャルタ人の世界の外からやってきた、イーサ・ヴィーノというキャラクターが登場し、世界観が国内の小さなスケールからぐっと広がります。

イーサ先生は、独特な宗教観を持った素敵なキャラクターですね。

物語で宗教を扱うという行為は、あまり良くない気持ちになる人も多いと思います。宗教というのは、信じる人にとっては傷つきやすい大切な心の拠り所でありながら、信じない人にとっては荒唐無稽な馬鹿げた絵空事でしかない場合が殆《ほとん》どです。そのため、信じる人々は傷つかないために閉鎖的になりがちで、二つの宗教が境を接すると衝突が起きがちでもあります。

イイスス教という設定は、もちろん名前の似た某巨大宗教が元ネタになっていますが、死後の世界観などはまったく別にしました。それは、両者を別物と考えて欲しかったからです。

読者の皆様も、できれば二つの宗教を別世界の別物と割り切って考えていただき、現実の宗教に悪いイメージを持たないでいただけたらなと思います。

それにしても、書いていた当時のことを思い出してみると、これでも展開を速くしよう速くしようと急いでいたつもりだったので、書籍化してみてここまでで二巻というのは、ちょっと信じられないような思いです。そりゃ、長いと言われるわけですね。

支えてくださっている読者様には、改めて感謝申し上げたいです。

さて、まだ行数が余っているので、前回のあとがきの最後に書いたお話の続きを書きたいと思います。


「後ろから来た車に呼び止められたんだ」

と父は言いました。

「その人は俺と同年代くらいの、六十歳近いおじさんで、トヨタのカローラに乗ってた。車の中をちらっと見ると、生活用品が山と積まれていた。どうも、長い間車中泊をしているらしい。このへんの道でそんな人に突然声をかけられるって、まあ異常な状況だよな。そんで、その人が窓を開けて言うんだよ」

「なんて?」

と僕は聞きました。

「今日の新聞をくれって言ってきたんだ」

おっと、またあとがきが足りなくなってしまいました。

名残惜しいですが、続きはまたの機会に。続きがありますように。

OVERLAP NOVELS

亡びの国の征服者 2
～魔王は世界を征服するようです～

発行 2020年9月25日 初版第一刷発行

著者 不手折家

イラスト toi8

発行者 永田勝治

発行所 株式会社オーバーラップ
〒141-0031
東京都品川区西五反田7-9-5

校正・DTP 株式会社鷗来堂

印刷・製本 大日本印刷株式会社

ISBN 978-4-86554-743-6 C0093

【オーバーラップ カスタマーサポート】
電話 03-6219-0850
受付時間 10時～18時（土日祝日をのぞく）

作品のご感想、ファンレターをお待ちしています

あて先：〒141-0031 東京都品川区西五反田7-9-5 SGテラス5階 オーバーラップ編集部
「不手折家」先生係／「toi8」先生係

スマホ、PCからWEBアンケートにご協力ください

アンケートにご協力いただいた方には、下記スペシャルコンテンツをプレゼントします。
★本書イラストの「無料壁紙」 ★毎月10名様に抽選で「図書カード（1000円分）」

公式HPもしくは左記の二次元バーコードまたはURLよりアクセスしてください。
▶ https://over-lap.co.jp/865547436
※スマートフォンとPCからのアクセスにのみ対応しております。
※サイトへのアクセスや登録時に発生する通信費等はご負担ください。

オーバーラップノベルス公式HP ▶ https://over-lap.co.jp/lnv/